桜舞う

おいち不思議がたり

あさのあつこ

PHP
文芸文庫

○本表紙デザイン＋ロゴ＝川上成夫

桜舞う——おいち不思議がたり　目次

桜舞う——おいち不思議がたり

走る。

鼻緒《はなお》が切れた。

指の間で紐《ひも》が千切《ちぎ》れる。

身体《からだ》が前にのめり、足がたたらを踏む。

声をあげる間もなく、おいちは地面に膝《ひざ》をついていた。膝頭《がしら》から腰まで鈍《にぶ》い痛みが走る。

「く……」

思わず呻《うめ》いていた。痛みに一瞬、目の前がぼやける。しかしすぐに、おいちは立ち上がり、大きく息を吐《は》いた。

腹の底から深い呼吸を二度、三度、繰り返せば、多少なりとも痛みが和《やわ》らぐ。呼吸は人の感覚の芯《しん》に繋《つな》がっている。深く緩《ゆる》やかな息は苦痛を取り除く効果があるのだ。ほんの僅《わず》かだが。

父、松庵《しょうあん》から教えられた。

膝を押さえる。脹脛《ふくらはぎ》を伝《つた》い、血が流れ落ちてきた。まるで、月のものを粗相《そそう》したようだ。いつものおいちなら、恥ずかしさに赤面していただろうし、手早く血を拭《ふ》き取りもしただろう。けれど、今はそんな余裕はない。

「おや、娘さん。どうしたね」

ふいに声を掛けられた。顔を上げると、男が二人、道を塞《ふさ》ぐように立っている。二人とも肩幅も身の丈《たけ》も並み以上にあるので、突然、鼻先に衝立《ついたて》を置かれたような錯覚《さっかく》を覚えた。

一人は弁慶縞《べんけいじま》の、一人は金通縞《きんつうじま》のぞろりとした着流し姿で、一目で堅気《かたぎ》ではないと知れる。まだ、夕暮れどきにはよほど間があるのに、酒の臭《にお》いを強く漂《ただよ》わせていた。

「えらく勢いよくすっ転《ころ》んだみてえだが、だいじはねえかい」

弁慶縞が妙に鼻にかかった声を出し、おいちを覗《のぞ》き込んでくる。

「だいじがねえなんてわけ、あるかい。おい、吉助《よしすけ》、おめえの目ん玉は節穴《ふしあな》か。見てみろよ、血が出てるじゃねえか」

金通縞が爪楊枝《つまようじ》をくわえた口元を歪《ゆが》める。おいちは、鼻緒の切れた下駄《げた》を片手に、一歩、後ずさった。

ってやろうか」

「娘さん、たいせつな脚《あし》に傷跡《きずあと》でも残っちゃ、ことだぜ。おれたちが医者に連れて

もう一歩、下がる。

「けっこうです」

「遠慮《えんりょ》するこたぁねえぜ。おれたちは顔が広くてよ、いい医者を一人、いや二人も

三人も知ってんだ」

「けっこうです。うちは医者ですから」

「医者? へぇ、そりゃあどうも、だな。けど、そのあんよじゃ歩くのもままなら

ねえだろう。気の毒だから、おれたちがお宅までちょいと送って差し上げましょう

かね」

「そりゃあいい思案だ。なあに、遠慮はいらねえ。人助けは天下の御法《ごほう》に負けねえ

ぐれえ、だいじなもんだ。なぁ、相棒《あいぼう》」

「おうよ。だいじ、だいじ」

金通縞は爪楊枝を路上に吐き捨てると、口元をさらに歪めた。野卑《やひ》そのものの笑《え》

みだ。ぞっとする。おいちはまた一歩、足を退《ひ》いた。背中が柳の幹《みき》に当たる。黄色

く変色した葉が数枚、はらりと散って地に落ちた。

六間堀《ろっけんぼり》に架《か》かる北の橋を渡ったところだ。辺《あた》りは間口の狭《せま》い二軒長屋《ながや》の商店が続

き、人通りはそこそこにあるのだが、一見ごろつきとわかる輩《やから》とごろつきに絡《から》まれている娘に近づこうとする者はいなかった。昼下がりをやや過ぎて、傾《かたむ》き始めた秋の日差しが地に降り注《そそ》ぐ。その光は、男たちのすさんだ顔色や顔つきを無残なほど明々《あかあか》と照らし出していた。そのすさみ、その崩《くず》れが、男たちにある種の凄《すご》みを与えている。牙《きば》を剝《む》く野犬を避けるように、人々は男たちを避けて行き過ぎた。

「どいてください」

おいちは、男たちの下卑《げび》た笑顔を睨《にら》みつけた。

「おいおい、与造《よぞう》、どいてくださいとよ。どうする」

弁慶縞が黄色い歯を剝き出して笑う。歯の間で赤黒い舌が蠢《うごめ》いている。

「どいてください。あたし、急いでいるんです」

「へぇ、こりゃあまた、えらく気が強《つえ》ぇ女だな」

「いいじゃねえか。おれは気の強ぇ女は好きだぜ。むしゃぶりつきたくなるぐれぇだ」

「へっへっへ、昼の日中から往来でむしゃぶりつくのかよ」

「それも、乙《おつ》なもんだぜ。な、ねえちゃん」

光を浴びながら、男たちがおいちを見やる。金通縞が舌先で自分の唇《くちびる》を舐《な》めた。

怒りが湧《わ》く。

怯《おび》えではなく怒りが突き上げてきた。

こんなところで、ぐずぐずしている暇《ひま》はないんだ。あたし、行かなくちゃ、一刻も早く行かなくちゃならないのに。

「邪魔《じゃま》しないで！」

叫《さけ》ぶと同時に持っていた下駄を投げつける。鼻緒の切れた下駄は、金通縞の男の顔面を直撃した。

予想もしていなかった抗《あらが》いだったのだろう、男は「ぐえっ」と野太《のぶと》い悲鳴をあげ、よろめいた。

その横をすりぬける。片方の下駄も脱《ぬ》ぎ棄《す》て、裸足《はだし》で走る。

「この女《あま》。待ちやがれ」

怒声が追いかけてくる。

おいちは走った。逃《のが》れるためではなく辿《たど》り着くために、必死で走った。足裏に小石が突き刺さる。小さな鋭《するど》い痛みに呻きそうになる。それでも、足を緩めなかった。

汗みどろになりながら、裸足で走る若い女を、道行く人が驚《おどろ》いたように、おもしろそうに、気味悪《きみわる》げに見送っている。もっとも、今のおいちには、他人の目などどうでもいい。感じるゆとりなど、まるでなかった。ごろつき二人の眼つきも濁声《だみごえ》も頭からすっぱり抜け落ちている。

おふねちゃん。

友の名を心の裡《うち》で呼ぶ。何度も何度も呼んでいた。

おふねちゃん。

死なないで。

深川《ふかがわ》六間堀町の呉服問屋《ごふくどんや》『小峯屋《こみねや》』の一人娘おふねは、おいちにとって数少ない友人の内の一人だ。手習いのお師匠《っしょ》さんのところで知り合ったとき、おいちもおふねも七つだったから、もう十年来の付き合いになる。

『小峯屋』は大店《おおだな》ではないが、手堅《てがた》い商《あきな》いを三代続けてきた中堅《ちゅうけん》どころの店だ。そういう家の一人娘らしい鷹揚《おうよう》さを、おふねは七つの歳《とし》には既《すで》に備えていた。もう一人の友人、経師屋《きょうじや》の娘であるお松《まつ》は、

「おふねちゃんて、少しのんびりし過ぎなんだよ。生き馬の目を抜くってのが、お江戸なんだからさ。もうちょいしゃきしゃきしないと、そのうちたいへんな目に遭《あ》うよ」

などと、辛辣《しんらつ》に決めつけていた。勝気《かちき》で口達者《くちたつしゃ》なお松にぴしゃりと言われても、おふねは小首《こくび》を傾《かし》げて、

「たいへんな目って、どんなこと？」

と真顔《まがお》で問いかけたりするのだ。お松が唇を突き出すようにして、答える。

「そりゃあ、いろいろたいへんなことだよ。たとえば……」

親の職業とは関係ないだろうが、お松はほっそりしたいかにも器用そうな指をしている。その指を一本折り曲げて、細い顎《あご》を突き上げた。お松は目も口元もきりりと引き締まり、良くいえば凜《りん》とした、悪くとればやや癇性《かんしょう》にも見える面立《おもだ》ちをしている。気性《きしょう》も口調《くちょう》も面立ちのままに、きりりと強い。

いつもの強く、歯切れのいい物言《ものい》いで、お松は続けた。

「一つ、他人に騙《だま》される」

二本目の指が畳《たた》まれる。

「二つ、他人に舐められる」

三本目の指先をくるりと回して、お松はさらに唇を尖《とが》らせた。

「三つ、他人に嗤《わら》われる」

おふねは遠慮がちに、そうかなぁと呟《つぶや》いた。

「騙したり、嗤ったり……そんな悪い人ばかりじゃないと思うけど」

「もう、おふねちゃんたら。そういうところが、のんびりし過ぎって言ってんの。ほんと、おじょうさまなんだから。あのね、世間ってのは、大勢《おおぜい》の悪人と、ちょっぴりの善人と、どちらに転がるかわからない人たちで、できてるもんなんだよ」

お松のくるりと丸い目が瞬《またた》く。

「へぇ、そうなんだ。お松ちゃん、世間のこと知ってるんだ。どこでそんな難しいこと習ったの」

「うちのおとっつぁんの口癖。酔っぱらうと、いつも同じことを繰り返すんだ。おとっつぁん、悪い人に何度も騙されたんだって。おっかさんが亡くなったのも、親戚の人に騙されてお金を巻き上げられたのが因《もと》だったらしくてさ。あっさり他人を信じちゃいけない。それって、蛇《へび》の巣に手を突っ込むような考えなしと同じなんだって。なんだか、聞いてるとうんざりするし、気分が悪くなっちゃうけどさ、うんうんって聞いてあげるの。それも親孝行かなって。聞いてあげるの、あたししかいないもんね」

「うん。親孝行だよ」

おふねが素直に頷《うなず》く。お松は軽く肩を竦《すく》めると、語気を強めた。

「世間ってのは怖《こわ》いもんなんだ。優《やさ》しいだけじゃ人は生きていかれないんだってのも、おとっつぁん、よく言うよ。あたしもそう思う。おふねちゃんみたいに、のんびりふわふわしていたら、すぐに騙されちまうよ。ね、おいちちゃん」

「え？　あ……どうかな」

おいちは言い淀《よど》み、少し目を伏《ふ》せる。

手習いからの帰り道だった。おいちたちは、いつものように三人並んで歩いていた。影法師《かげぼうし》が長く地に伸びていたから、晩秋の夕暮れどきだったのだろうか。よく、覚えていない。

世間や人の心についてあれこれしゃべっていたのだから、七歳の童《わらべ》ではなかっただろう。

十二だったのか十三だったのか。まだ子どもではあるけれど、大人《おとな》へのとば口が見え始めている、そんな年頃だったろうか。

手習いのお師匠《ししょう》は、名を梅乃《うめの》といい三十を少し越えたあたりの太り肉《じし》の女人《にょにん》だった。女の子だけを集めて、習字の他に行儀作法や読み書き、裁縫《さいほう》まで教えていた。鷹揚で誠実な人柄《ひとがら》で、家格や親の財力を基《もと》に子どもたちを分けへだてすることは一切《いっさい》なく、どの子にも丁寧《ていねい》に心を込めて、ときに厳しく教示してくれた。少し垂《た》れた目元に仄《ほの》かな色香《いろか》の漂う人で、お武家の後家《ごけ》さまだ、いや、武家の出にはちがいないが零落《れいらく》して、さる豪商の囲い者になっていたのだと、口さがない大人は噂《うわさ》したけれど、子どもたちにとっては師の前身などどうでもいいことだった。

みんな、梅乃先生を慕《した》っていた。

おいちも、おふねも、お松も十三の歳まで、梅乃の許《もと》に通っていた。七、八歳のころは手習い帳を提《さ》げて、昨夜見た蛍《ほたる》が綺麗《きれい》だったの、梅乃から貰《もら》った干菓子《ひがし》がとろけるように甘かったの、稲光《いなびかり》が怖かっただの、他愛《たわい》もない話に興《きょう》じて三人ころころと笑っていた。たまに、神社の境内《けいだい》に寄り道して、銀杏《ぎんなん》や団栗《どんぐり》を拾ったり鬼《おに》ごっこをしたりして遊んだ。遊びながら、また、ころころと笑い合ったのだ。

けれど、あの日、地面に三人の影が黒く刻印された夕暮れどき、おいちたちの話していたことは、とりとめのないぶん楽しく甘やかな軽口《かるくち》でも、ただのおしゃべりでも、笑い話でもなかった。

世間は大勢の悪人と、ちょっぴりの善人と、どちらに転がるかわからない人たちで、できている。

他人を安易《あんい》に信じることは、考えもなく蛇の巣に手を突っ込むようなもの。

世間は怖い。優しいだけでは、人は生きてはいかれない。

そうだろうか。どうだろう。どうなのだろう。

「ね、おいちちゃん」

と、同意を求められ、おいちは束《つか》の間《ま》、目を伏せてしまったのだ。

おいちは医者の子だ。

お松同様に、母はいない。とうの昔に亡くなった。

父の松庵は、六間堀町の菖蒲《しょうぶ》長屋で町医者をやっている。梅乃の許に通うようになったころから、おいちは子どもなりにできる手伝いをしてきた。血に汚《よご》れた晒《さら》しや父の上《うわ》っ張《ぱ》りを洗うことはもちろん、歳が長ずるにつれ、傷口の消毒や簡単な血止めの処置まで任《まか》されるようになっていた。

松庵の患者は大半が、その日暮らしの貧しい人たちで、僅かの薬礼《やくれい》さえ払《はら》えない者もかなりいた。当然、松庵とおいち、父娘《おやこ》二人の暮らしも貧しい。助手を雇《やと》える余裕など、どこにもない。

おいちが手伝うしかなかったのだ。

尤《もっと》も、おいち自身は、父の手伝いや貧しい暮らしを、苦痛とも束縛《そくばく》とも悲運とも感じてはいない。暮らしに今少しのゆとりをと望まないわけではない。決してない。我慢せずとも食べたい物が食べられる生活、米の心配をしなくてすむ暮らしを羨《うらや》ましく思う。憧《あこが》れもする。けれど、訪《おとず》れる患者たちと松庵のやりとりを間近に見たり、聞いたりできる日々は、実におもしろく興味深く、ささやかな嘆《なげ》きなどどこかに吹き飛ばしてしまう。

おもしろい、興味深い、楽しいと言い切ってしまえば、やや語弊《ごへい》があるし、病《やまい》や怪我《けが》に苦しむ人たちに申し訳なくもある。あえなく散っていく命《いのち》を目《ま》の当《あ》たりにし、人々の悲しみや父の落胆《らくたん》に接する度《たび》に、胸奥が軋《きし》むほどの痛みを覚えもする。人の寿命の儚《はかな》さに呆然《ぼうぜん》と我を失うこともあった。

それでも、やはり、おもしろい。興味深い。楽しい。

人は儚いけれど強靭《きょうじん》だ。しぶとく、したたかで、生きることに貪欲《どんよく》だ。生まれて間もない嬰児《みどりご》でさえ、生きるために全力で闘《たたか》う。そしてまた、人は誰もみな同じだ。死の前には身分の高低も、財力の大小も、人柄の善《よ》し悪《あ》しも、並《な》べて役に立たない。

死はどのような人にも必ず訪れる。

貧しいが故《ゆえ》に、ろくな治療も受けられず、みすみす消えていく命に松庵もおいちも、折れるほどに奥歯を噛《か》み締《し》める。金の有る無しで生き死にが左右される、人の世に満ちた理不尽《りふじん》さに呻《くる》きもする。

けれど、錦《にしき》の夜具《やぐ》に包まり高直《こうじき》な薬を使い、手を尽くした治療を受けても、人は死から逃れられない。錦の夜具の上で苦悶《くもん》にのたうち、衰《おとろ》え、贅《ぜい》を尽くした一室で己《おのれ》の来《こ》し方《かた》を悔《く》いながら息絶える、そんな最期《さいご》をおいちは何度か目にした。耳にした。

人の生《せい》への執着《しゅうちゃく》とは、死の平等とは、ほんとうに幸せな最期とは、何か。おいちは考える。父の傍《かたわ》らにいて、考える。考え続けている。

答えはまだ、見つからない。

でも、人はおもしろく、興味深く、楽しい。

その生もその死も、一言で言い表せるほど簡単ではない。深く、広く、ややこしく、さまざまだ。百の人には、百の生と百の死が存在する。そう、一言ではとても、言い表せないはずだ。

「おいちちゃん、どうしたのよ」

黙《だま》りこくったおいちを、お松が訝《いぶか》しむ。

「なんで、急に黙っちゃうの」

「あ、うん……」

「お腹《なか》でも痛いのと、ちがう？」

おふねが、眉間《みけん》に皺《しわ》を寄せる。本気で心配しているのだ。

「あ、おいちちゃん、もしかして、あれ、あれ？」

「あれって？」

「お月の御不浄《ごふじょう》」

お松がさらりと口にした一言に、頰《ほお》を赤らめてしまった。おいちは、ちょうど一《ひと》月前に初めての月役《つきやく》を見ていた。伯母《おば》のおうたから、初潮《しょちょう》時の心得《こころえ》は伝えられていたし、準備も整えていたから、さほど驚きはしなかった。慌《あわ》てもしなかった。それまで経験したことのない下腹の鈍い痛みは辛《つら》かったが、それも二日と経《た》たずに治《おさ》まった。治まれば何ほどのこともない。

痛みより辛さより、重箱に山と盛られた赤飯と尾頭付《おかしらつ》きの鯛《たい》を持参して、おうたが調《ととの》えてくれた祝いの膳がどうにも大仰《おおぎょう》で、気恥ずかしくて堪《たま》らなかった。裕福な商家の内儀《おかみ》であるおうたは、何事につけ派手で凝《こ》り性《しょう》で、見栄《みえ》っ張《ば》りだった。

子のいないおうたは、たった一人の姪《めい》を溺愛《できあい》してもいた。過剰《かじょう》だけれど真《ま》っ直《す》ぐな伯母の愛は、昔も今も、有り難《がた》くもあり少し迷惑でもある。

「お月の御不浄って、なあに？」

おふねが、微《かす》かに間延びした口調で問うてくる。お松が驚いたという風に、声を高くした。少し、わざとらしい。

「え？　おふねちゃん、月のもののことも知らないの？」

「知らないけど……」

「もう一人前の女だって、お印《しるし》じゃない。月のものがあると赤ん坊を産《う》むことができるんだよ」

「えっ、赤ちゃんが。おいちちゃん、赤ちゃん産むの？」

「ちがうって。赤ん坊を産める身体になったってこと。女だけで赤ん坊は作れないでしょ。赤ん坊をつくるためにはね、やらなきゃいけないことがあるの」

「お松ちゃん、そこまでにしとこうよ」

おいちは袖《そで》を引いて、お松の口の滑《すべ》りを諫《いさ》めた。おふねのおっとりとした晩生《おくて》な性質《たち》は、ときに、お松を苛立《いらだ》たせるらしい。お松も父親しかいない娘だったが、前の年に亡くなった母親はお松の下に、妹二人を残していた。やんちゃ盛りの幼子《おさなご》にまだ襁褓《むつき》もとれない赤子《あかご》、女房を失ってどこか箍《たが》が外《はず》れたような父との生活は、お松を否応《いやおう》なく大人びさせてしまう。

生来《せいらい》気が強く、聡明《そうめい》でもあるお松にすれば、商家の一人娘として、真綿《まわた》に包まれた生き方をしているおふねが歯痒《はがゆ》いのかもしれない。だから、ついぞんざいで意地悪な口気《こうき》になってしまう。お松の口ぶりに含まれたものに、おふねが一向《いっこう》に気がつかないことが、お松をさらに苛立たせてもいるようだ。そのくせ、お松は、おふねが誰かにからかわれたり、苛《いじ》められたりすれば、すぐさま飛んでいき、おふねを守る盾《たて》となる。相手が男だろうが年上だろうが、どれほどの体軀《たいく》をしていようと、仁《に》王立《おうだ》ちになり睨みつける。

「おふねちゃんを泣かせたら、このあたしが許さないからね。倍にして仕返ししてやるから、覚悟しな」

小柄な身体に本物の怒りを漲《みなぎ》らせたお松の啖呵《たんか》は、迫力も威力もあった。小太りのおふねを女達磨《おんなだるま》と揶揄《やゆ》した悪童や帯《おび》を摑《つか》んで転ばせた悪戯者《いたずらもの》が、お松に一喝《いっかつ》され、すごすごと逃げ去ったことも一度や二度ではない。

お松はいつも、おふねの保護者のようであり、守り人のようだったのだ。おいちは、そんな二人の間にいた。お松が苛立ったときのなだめ役になり、諫め役になり、おふねが戸惑《とまど》ったときの指南役《しなんやく》になる。おいちは、お松もおふねも大好きだった。おふねのものに拘泥《こうでい》しない大らかさや優しさが、お松の裏表のない心意気やさっぱりとした気性が、大好きだった。

　しかし、十五を過ぎて、本格的に松庵の助手を務めるようになったころから、お松ともおふねとも徐々に距離ができ、二月《ふた》、三月《み》、半年近く、顔を合わさないこともざらになっていく。

　三人とも梅乃の許に通うには大きくなり過ぎた。月のものの話をして間もなく、おいちたちは梅乃に呼ばれ、

「あなたたちには、わたしの教えられることの全《すべ》てを教えました。後は他のお師匠さんを見つけるなり、自分で自分を磨《みが》くなりなさい」

　と、言い渡された。

「人には、定められたそれぞれの道があります。その道を踏み外さないように、己を律して生きるのですよ」

　梅乃がそう続けたとき、お松が身を乗り出した。

「定められたって、誰にですか。公方《くぼう》さま？　天子さま？」

　いいえ、と梅乃はかぶりを振った。

「公方さまでも天子さまでもありません。天です」

「天……」

「人の定めを決めるのは天。覚えておきなさい」

今度はおいちが前に出る。

「じゃあ、人は天の定めには逆《さか》らえないものなのですか」

「そうです」

はっきりと言い切った後、梅乃は口元を緩めた。

「天の決め事とは人の決め事。天は人の内にあります。おいち、お松、おふね、あなたたちの定めはあなたたちの内にある天が決めるのです。迷ったら、その声に耳を澄ませてごらんなさい。必ず、行くべき道が見えてきますからね」

梅乃の言葉に、おいちは頷き、お松は黙ってこぶしを握《にぎ》り、おふねは僅かに笑んだ。

天は人の内にある。

この正月で、おいちは十七になった。

十七になった今も、師の言葉は胸の裡に鮮《あざ》やかに刻《きざ》まれている。

天は人の内にある。

迷ったら、その声に耳を澄ませてごらんなさい。

鮮やかに刻まれた言葉を胸に、おいちは行くべき道を探している。いや、既に道は朧《おぼろ》ではあるが見える。見える気がする。その道をどう行けばいいのか、どのように歩けばいいのかは、まだ、霞《かすみ》の彼方《かなた》ではあるのだけれど。

手習いを了《お》えてから、お松は家族の世話に明け暮れ、おふねはさらに習い事に精を出し、おいちは松庵とともに菖蒲長屋で忙しい日々を送るようになった。

それでも、友は友。文《ふみ》をやり取りし、暇を作り、僅かな間でも逢《あ》おうとする。無《む》性《しょう》に逢いたくなる。顔を見たい、声を聞きたい、おしゃべりがしたいと、焦《こ》がれるように思ってしまう。そして、無理をして逢い、逢えたことが心底嬉《しんそこうれ》しかったりした。

この春は、三人で墨田堤《すみだづつみ》に花見に出かけた。花の名所として名高い三囲《みめぐり》神社や木母寺《もくぼじ》を巡《めぐ》り、渡し船にも乗った。おふねが人込みに酔《よ》って軽い悪心《おしん》を覚えた他は、心が晴々《はればれ》と明るんでいくような楽しい一日だった。

爛漫《らんまん》な桜は、他のどんな花よりも豪奢《ごうしゃ》で絢爛《けんらん》で、その色や匂《にお》いに包まれていると、人の世の栄華などたいしたことではないという心地《ここち》に、誘われてしまう。

「桜って、なぜか怖いよねえ」

おふねがぽつりと呟いた。茶屋で一息ついているときだった。

「怖い？」

団子《だんご》に伸ばしかけた手を止めて、お松が黒眸《くろめ》を動かす。おふねは床几《しょうぎ》に腰かけたまま、ぼんやりと空に目を向けていた。その視線の先を無数の花弁《かべん》が風に流れていく。短い桜の季節が終わろうとしていた。

「怖いって、なんで？　こんなに綺麗《きれい》なのに」

「綺麗だから、怖いの。こんなに綺麗だなんて尋常《じんじょう》じゃないよ」

「けど、綺麗じゃなくちゃ花見にならないでしょ」

団子を頬張《ほおば》り、お松が「ねぇ」とおいちに相槌《あいづち》を求める。おいちは口をつぐみ、おふねを見やった。人酔いをまだ引きずっているのか、顔色が悪い。色白の肌《はだ》は昔からだけれど、頬に血の気《け》はなく、窶《やつ》れさえ見えた。皮肉なことに、その窶れが、おふねをいつものおふねよりずっと、艶《つや》めいて美しくしていた。

「お松ちゃんやおいちちゃんは、怖くないの」

「怖い、か……」

おいちは惜《お》しげもなく散っていく花弁に目をやり、樹の下にものの半刻《はんとき》（約一時間）も横たわっていれば、人の身体はこの花弁に埋《う》まってしまうだろうと考えた。人も道も草も川の流れも、この地の全てを埋め尽くすように、花が散る。

それは、途方もなく怖いことかもしれない。

「怖いかもしれないね」

呟く。おふねが小さく息を吐いた。

「あたしは、やっぱり花より団子だね。花を怖がるより、腹下《はらくだ》しを心配しなくちゃ。あっ、そうしたら、松庵先生のところに診《み》てもらいにいくよ」

お松の剽軽《ひょうきん》な物言いがおかしくて、おいちもおふねも声をあげて笑ってしまった。おふねの笑顔はいつもと変わらず、桜を怖いと言ったときの陰りは、きれいに消えていた。

あの花見の後、おふねと三度、逢った。一度はお松も一緒に、梅乃の許に盆の挨《あい》拶《さつ》に出向いた。二度目は偶然に往来で出逢った。おいちは松庵の調合した薬を、さる商家の隠居に届ける途中だったから、二言三言、言葉を交《か》わしただけで別れた。三度目は、一《ひと》月ほど前のこと。

おふねが菖蒲長屋にひょっこり現れたのだ。近くに用事があったので、寄ったのだと言う。おいちが井戸端で晒しを洗っていたときだった。おふねは手早く袖をたくし上げると、おいちの横に座り込み、山と積まれた晒しの洗濯を手伝ってくれた。

「おふねちゃん、ありがとう。でも、悪いからいいよ」

「いいの、いいの。こう見えても、あたし、洗濯上手なんだよ。力があるからかもしれないんだけど、どんな汚れでもたいてい、落としちゃうんだ。重宝《ちょうほう》な手でしよ」

「ほんとだ。血の染《し》みがずいぶんと薄くなってる。すごい。人の血ってなかなか落ちないのに。すごい、すごいよ、おふねちゃん。なんだか手妻《てづま》みたい」

灰汁《あく》に手をつけたまま、おふねは目を細めた。暫《しばら》く逢わない内にまた少し肥《こ》えたようだ。頬も肩の辺りもふっくらと肉がつき、乳も以前より盛り上がっている。

「おいちちゃん」

「なあに」

「いつも、褒《ほ》めてくれてありがとう」

「え？」

「おいちちゃん、いつもあたしのこと褒めてくれたでしょ。お上手《じょうず》とかじゃなくて、声が綺麗だとか、字が上手《うま》いとか、あたしのこと褒めてくれたよね。あれ、すごく嬉しかったな」

「おふねちゃん……」

「ほら、あたし、あんまり取り柄《とりえ》とかないから……。なのに、おいちちゃん、いつも褒めてくれて……うん、すごく嬉しかった。でも、お松ちゃんに褒められるのはもっと嬉しかったな。お松ちゃん、めったに他人のこと褒めたりしないからね」

おふねちゃん、どうしたの。何かあったの。

そう問おうとしたとき、背後が騒がしくなった。慌てふためいた人の叫び声と乱れた足音。おいちには馴染《なじ》みの騒がしさだ。

「先生、うちの親父《おやじ》が急に腹が痛《いて》ぇって苦しみ出して。診《み》てやってくだせえ。早く、診てやってくだせえ」

「患者さんだ。おふねちゃん、ごめん。またね」

担《かつ》ぎ込まれた患者は、下腹部の烈《はげ》しい痛みを訴《うった》えた。聞けば、川に長時間つかり、魚を捕っていたとか。冷えから疝気《せんき》を起こしたらしい。温石《おんじゃく》で温め、痛みを和らげる薬を投与《とうよ》すると、かなり楽になったようだ。来たとき同様、息子に背負われて帰っていった。

治療が一段落した後、ふと干し場を見ると、洗いたての晒しが、きちんと干してあった。おふねの仕事だ。

おふねちゃん、あたしに用があったんだろうか。

気にはなったけれど、動けない。おふねに逢いに行けない。

夏を越して、患者がどっと増える時期でもあった。酷暑《こくしょ》に耐《た》えてきた身体が秋風とともに、不調を訴え始めるのは毎年のことだ。人は山を登るときはがんばれても、頂《いただき》に着くと張り詰めた気が折れるものらしい。やれやれと、吐いた息が合図のように、身体のあちこちが軋み出す。

疝気だ癪《しゃく》だ霍乱《かくらん》だと、次々運び込まれる患者の応対に追われ、おいちも松庵も疲れ果てていた。夜具にもぐり込めば、十《とお》まで数えないうちに寝入ってしまう。朝、起きれば既に患者が待っている。そんな日々の中で、おいちは時折おふねを思い出しはしたが、すぐに忘れた。目の前の患者に精一杯で、忘れるしかなかったのだ。

この忙しさが一段落したら『小峯屋』をおとなってみよう。久しぶりにゆっくりと、おふねちゃんとおしゃべりしよう。

そんなことを考えていた。

『小峯屋』の小女《こおんな》が慌《あわただ》しく飛び込んできたのは、季節が安定し、患者の数が目に見えて減ってきた日の昼下がりだった。おいちが明日にでも『小峯屋』に行こうかと思案していたときでもあった。

「おじょうさまがお倒れになって……。至急、おいでください」

「おふねちゃんが倒れた⁉」

『小峯屋』には掛り付けの医者がいるはずだ。だから、呼ばれているのは、松庵ではなくおいちだ。

おふねちゃんが呼んでいる。

「倒れたって、どういうこと」

「わかりません。わかりません。あたしには、わかりません。血が、血がいっぱい出て……わかりません。わかりません」

何度もかぶりを振り、小女はふいにその場に泣き伏した。

「おじょうさまが、おじょうさまが、おじょうさまがぁっ」

泣きながら、叫ぶ。その姿から、尋常でない何かがおふねの身に起こったと察せられた。

「おいち、急げ。駕籠《かご》を拾え」

松庵が巾着《きんちゃく》を投げてくる。それを受け取り、おいちは大通りまで走った。こういうときに限って、溜《たま》り場《ば》には駕籠昇《か》きの姿がない。そのまま、全力で駆《か》ける。

おふねちゃん。

おいちは、走った。走った。ただ、ひたすらに走った。

泣く。

『小峯屋《こみねや》』が見えた。

表通りに面した店だ。土蔵《どぞう》造りの堂々とした構えで、周《まわ》りの小体《こてい》な店に比べると一回りは大きい。いつもなら開け放たれ、客や店者《たなもの》が賑《にぎ》やかに出入りする表口が……。

「閉まっている」

おいちは閉め切られた戸の前に立ち尽くす。こぶしを固め力いっぱい叩《たた》いてみたが応答はなかった。大戸どころか潜《くぐ》り戸《ど》さえ、開かない。

「開けてください。おいちです。開けてください」

喉《のど》の奥が焼けつくようだ。からからに渇《かわ》いている。身体《からだ》は汗でしとどに濡《ぬ》れていた。解《ほど》けて乱れた前髪が額《ひたい》に張り付き、息が喉の奥で固まっている。苦しい。

おいちは喘《あえ》ぎながら、こぶしをさらに強く握《にぎ》り締《し》めた。

「裏だよ、おいちちゃん」

背後で声がした。掠《かす》れた、でも、しっかりと耳に届く声だ。

「お松《まつ》ちゃん」

お松が立っていた。やはり汗を流し、荒い息をしている。右手に鼻緒《はなお》の切れた下駄《げた》を提《さ》げていた。

「裏から入るんだ。あたしたち、ずっとそうしてきただろう」

「あ……」

そうだった。雛《ひな》の祝いや、七夕《たなばた》の祭り、仲秋《ちゅうしゅう》の名月、ことあるごとにおいちとお松は『小峯屋』の奥座敷に招《まね》かれ、菓子やちょっとした料理でもてなされた。

当時、お松の母は後に命取りにもなった心《しん》の臓《ぞう》の病《やまい》にとりつかれ、寝込むことが多くなっていたし、おいちは既《すで》に母を失っていた。おふねの母お安《やす》は気立てのいい優《やさ》しい女《ひと》だったから、そんな二人の境遇を不憫《ふびん》と感じていたのかもしれない。ただ、お安の態度や言葉からは、押しつけがましさは微塵《みじん》も感じられなかった。だから気丈《きじょう》で、一方的な憐《あわ》れみを蛇《へび》より厭《いと》うお松も、見せかけの善意を鋭《するど》く嗅《か》ぎあててしまうおいちも、拘《こだわ》りなく素直に『小峯屋』の奥に上がり込むことができた。こざっぱりとした質素な造りの座敷で、笑い興《きょう》じたり、時が経《た》つのも忘れ話し込んだり、双六《すごろく》や歌留多《かるた》に夢中になったりできたのだ。

それは、いつ振り返っても、「楽しかった」という情に彩《いろど》られた思い出としてよみがえる。

「おいちちゃん、ぼやぼやしてないで。こっちだよ」

お松は下駄を提げたまま、絵草紙屋《えぞうしや》と『小峯屋』に挟《はさ》まれた路地に駆《か》け込んでいった。

おいちも後を追う。

板塀《いたべい》に沿って走る。追いついたとき、お松は板戸に両手をかけていた。もしかしたらこちらも閉まっているのでは。おいちのそんな心置きを嗤《わら》うように、戸は滑《なめ》らかに横に動いた。

裏口は狭《せま》かった。大人の男なら腰を屈《かが》めなければ通れないほどの丈《たけ》しかない。お松とおいちはもつれ合うようにして、中に転《ころ》がり込んだ。

小さな庭があり、庭に見合った小さな泉水《せんすい》がある。鯉《こい》が一匹、紅白の背を見せて水面《みなも》を過《よぎ》った。それだけだ。佇《たたず》んでいると虫の羽音《はおと》さえ聞き取れるほど、静まり返っている。

「おいちちゃん……」

お松が手を伸ばしてきた。おいちも手を伸ばし、しっかりと指を絡《から》める。小刻《こきざ》みな震《ふる》えが伝わってきた。

震えているのは、お松ちゃん？　それともあたし？

唾《つば》を呑《の》み込もうとしたけれど、口の中も乾ききっていた。

足音がした。重い乱れた足音。静寂《せいじゃく》が破られる。おいちの背筋《せすじ》を伝《つた》う汗《あせ》がふいに冷たくなる。

廊《ろう》下《か》に女が二人現れた。『小峯屋』のお仕着《しき》せ姿の女が、枇杷色《びわいろ》の小紋《こもん》を着た痩《や》せた女を抱《かか》えて歩いている。抱えているというより、引きずっている風だった。小紋の女が膝《ひざ》からくずおれて、その場にしゃがみ込む。

お安だった。

大柄な女は女中頭《がしら》のお元《もと》だ。

「おばさん」

おいちが叫《さけ》ぶ。弾《はじ》かれたように、お安は顔を上げ黒眸《くろめ》を泳がせた。

「おいちちゃん……お松ちゃんも……」

お安の唇《くちびる》が痙攣《けいれん》する。半《なか》ば開いたままの口からは、細い呻《うめ》きが漏《も》れるだけだった。

「おばさん。おふねちゃんは、おふねちゃんは」

お安は廊下に突っ伏し、首を左右に振る。

「……まさか」

おいちは目を閉《と》じた。軽い目眩《めまい》を感じたのだ。

まだ空は十分明るいというのに、眼裏《まなうら》に漆黒《しっこく》の闇《やみ》が広がる。

おいちちゃん。

闇に、おふねの白い顔が浮かび上がった。

苦しいよ、助けてよ。

おふねは薄《うす》く開けた目から、とめどなく涙を流していた。

早く……来て、早く……。

目を開ける。

汚《よご》れた裸足《はだし》のまま、おいちは廊下に上がり込んだ。

「あっ、待ちなさい。どこに行くつもり」

お元ががっしりとした大きな手を振る。

「おじょうさまのところには行けないよ。お医者さまがお手当てをなさってるんだ」

お元は四十がらみの大柄な女で、おふねが生まれた年からずっと『小峯屋』で働いている古参の奉公人《ほうこうにん》だった。顔は男のようにいかつく、物言《ものい》いも荒かったが、性根《しょうね》は優しく誠実だった。おいちたちが遊びにいく度《たび》に、「おやおや、かわいい子《こ》雀《すずめ》たちが、飛んできたよ。ぴいちくぱあちくがまた始まるのかね」と、いかつい顔を綻《ほころ》ばせ迎え入れてくれた。

おふねを産《う》んだとき、産後の肥立《ひだ》ちが悪く赤子《あかご》に乳を与えるどころではなかったお安にかわり乳母《うば》をつとめたのがお元だった。『小峯屋』の裏手にある長屋にいたお元は、お安と前後してやはり女児を出産していたのだ。しかし、長寿を願っておお長《ちょう》と名付けられた赤子は、名に背《そむ》き僅《わず》か一月《ひと》足らずで世を去っていた。児《こ》を失ってなお、溢《あふ》れるように出る乳をお元は乞《こ》われるままに、おふねに含ませて育てた……と、おいちはおふね自身から聞いたことがある。

お元は、おふねが乳離れすると瓦葺《かわらぶ》き職人だった亭主と別れ、『小峯屋』の女中として働き始めた。それから十六年、今では女中頭として、『小峯屋』の奥をとりしきるまでになっている。

「おいちちゃん、聞いているのかい。お医者さまの邪魔《じゃま》をするんじゃないよ」

お元が怒鳴《どな》る。その声は震え、濁《にご》り、ざわついていた。お元の心の裡《うち》に強風が吹き荒れている。その風に負けまい、取り乱すまいとお元は必死で闘《たたか》っているのだ。

顔に血の気《け》はなく、目は血走り、瞬《まばた》き一つしない。

おいちは鬼《おに》のようなお元の形相《ぎょうそう》から、お元の腕にもたれ半ば気を失っているお安へと視線を移した。

「おいちちゃん、あたしの言うことがわかっているのかい」

「あたし、医者の娘です」

お元の怒声を遮《さえぎ》り、おいちはもう一度叫《さけ》んだ。

「医者の娘なんです」

　ほんとうは医者ですと告げたい。あたしがおふねちゃんを診《み》ますと言いたい。しかし、まだ無理だ。自分が医者と名乗るにはあまりに未熟で無知であると、よくわかっている。誰よりよく、解している。

　それでも医者の娘だ。町医者である父松庵《しょうあん》の助手として、何年も何年も患者たちに接してきた。おふねが苦しんでいるのなら、傍《かたわ》らにいたい。手を握るだけしかできなくても、傍らにいたい。それにおふね自身が……。

「おふねちゃんが、あたしを呼んでるんです」

　おいちちゃん、早く来て。

　呼んでいるのだ。確かに、呼んでいる。あたしを待っている。

「……行ってやって……」

　お安が身体を起こし、おいちに向かって頷《うなず》いた。

「おふね……奥の座敷にいるから……行ってやって」

「内儀《おかみ》さん」

「あの子、待っていたから……おいちちゃんとお松ちゃんを待っていたから……行ってやって……」

　お安の目が大きく見開かれる。目尻《めじり》から涙が零《こぼ》れ、頬《ほお》を伝う。

「おいちゃん、助けてやって」

悲鳴がほとばしった。

「お願い、おふねを助けてやって。あの子を死なせないで」

お安の叫びが長く尾を引いて響《ひび》く。

おいちは、娘を失おうとしている母に背を向けた。唇を噛《か》み締《し》める。奥座敷まで走る。昔、三人でよく遊んだ部屋だ。

「失礼します」

声を掛け、戸を開ける。

「うっ、臭《くさ》い……」

後ろにいたお松が、袂《たもと》で鼻を覆《おお》った。

血の臭《にお》いだ。濃厚な血の臭いが立ち込めている。おいちには、慣れっこになっている臭いだ。なのに、ひどく猛々《たけだけ》しくぶつかってくる。胸を掻《か》き乱され、吐《は》き気さえ覚えてしまう。

真ん中辺《あた》りに、部屋を仕切るように屏風《びようぶ》が立て回されている。その屏風の内側から、

「誰だ！」

鋭《するど》い誰何《すいか》の声がした。

「入ってきてはいかんと言っただろう」

かまわず中に踏み込む。血の臭いがさらに濃くなる。生臭い。異様な臭いだった。

「う……」

おいちは息を詰め、その場に立ち竦《すく》んだ。

おふねが横たわっている。

衾《しとね》から覗《のぞ》いた顔はまるで血の気がなく、雪よりも白く見えた。血に汚れた晒《さら》しが山と積まれている。枕元の盥《たらい》の水も紅《あか》く染《そ》まっていた。

これだけ大量の出血があれば、臭いが満ちるのも当たり前だった。そして、身体からどれほどの血が流れ出たかは、人の生き死にに直《じか》に響く。

こんなにたくさんの血が……。

おいちの後ろで、お松が何かを呟《つぶや》いた。おふねの名を呼んだのかもしれない。

「何者だ。今、治療中だ。出ていけ」

恰幅《かっぷく》のいい医者が鋭い視線を向けてくる。

掛り付け医だろうか。そういえば『小峯屋』の掛り付け医は、高名《こうめい》な流行《はやり》医者だと聞いた覚えがある。昔からの知り合いで、おふねが幼女のころから出入りしていたのだと。

「まさか、あの先生が評判のお医者さんになるなんて、思ってもみなかったな」

おふねが、首を傾《かし》げたことがある。

「それって評判ほどの名医じゃないってこと」

お松が、いつものようにずけずけと言い切った。

「そんなわけじゃないけど……」

おふねが曖昧《あいまい》な笑いを浮かべ、束《つか》の間《ま》黙《だま》り込む。話題はすぐに他に移り、三人は賑やかにおしゃべりを続けた。あれはいつのことだったのか……。

おいちは膝をつき、畳《たたみ》に両手をついた。

「六間堀町《ろっけんぼりちょう》は菖蒲《しょうぶ》長屋《ながや》で町医者をしております藍野《あいの》松庵が娘、いちと申します。ご無礼《ぶれい》は承知で参《まい》りました」

「町医者の娘？　なんでそんな者が顔を出す」

「友だちなんだよ」

お松が身を乗り出してくる。

「あたしたち、おふねちゃんの友だちなんだ」

「だから、どうした。医者の娘であろうとなかろうと、女子《おなご》の分際《ぶんざい》でうろうろするな」

おいちは面《おもて》を上げ、医者を見やった。肩幅のある堂々たる体軀《たいく》の男だった。身につけた上《うわ》っ張《ぱ》りこそ血で汚れているが、きちんと髷《まげ》を結《ゆ》い、髭《ひげ》を剃《そ》っている。ぼさぼさ髪を一括《ひとくく》りにし、無精《ぶしょう》髭を生《は》やしっ放しの松庵とはずいぶんちがう。歳《とし》は松庵より下に見受けられるが、よほど貫禄《かんろく》がある。その医者の放った一言を受け止め、おいちは姿勢を正した。

女子の分際で。

女のくせに生意気《なまいき》な。

女だてらに医者の真似《まね》ごとか。

女風情《ふぜい》に何ができる。

今まで数え切れないほどぶつけられてきた雑言《ぞうごん》だ。男の側からだけではなく、女たちからも「藍野のおじょうさま先生は、女らしい暮らしをお忘れか」と度々《たびたび》、揶《や》揄《ゆ》されたりもした。

「気に掛けるな」

と、父は言う。

「他人の言葉は、真摯《しんし》に聞くべきものと聞こえぬふりをしても一向《いっこう》に構わぬものがある。聞かずともよい言葉に惑《まど》わされることはない。心を煩《わずら》わせるだけ損ってもんだ」

「はい」と、おいちは答える。惑わされたりはしない。心を煩わせているわけでもない。ただ、腹が立つのだ。憤《いきどお》りの念が湧《わ》き上がる。ときに、怒りで腸《はらわた》が捩《よじ》れそうになる。

この世には女にはできない仕事が、確かにあるだろう。けれど、女にしかできないことだって、あるはずだ。そして、医者という仕事には、男も女も関係ない。男だから治《なお》せる病や傷《きず》など、どこにもありはしない。

診立《みた》て、薬の調合、傷の縫合《ほうごう》。病の因《もと》を探り患者が少しでも楽になるように心を砕《くだ》く。冷静に、しぶとく、丁寧《ていねい》に患者の声に耳を傾ける。病《や》んだ、あるいは傷ついた人の苦痛を和《やわ》らげ、命を救う。その仕事のどこに、男であること、女であることが関《かか》わってくるだろうか。

おいちを女としてしか見ず、女であるだけで侮《あなど》ろうとする輩《やから》に、心底《しんてい》からの憤りを覚えるのだ。

この医者もそんな輩の一人だろうか。しかし、今は憤っている暇《ひま》などない。

「先生、おふねちゃんの按配《あんばい》はどうなんだよ」

おいちの心内《しんない》の思いを、お松が口にする。

「生きてるんだろう。治るんだろうね。だいじょうぶなんだろうね」

「うるさい。出ていけ」

医者は顔を歪《ゆが》め、蠅《はえ》を追うように手を振った。

「まだ治療の途中だ。邪魔をするな」

嘘《うそ》だ。おいちは唇を嚙み締める。もう手の施《ほどこ》しようがないのは明らかだった。打つ手は既に尽きている。それを見透《みす》かされるのが嫌《いや》で、この医者は人払《ひとばら》いをしたに過ぎない。

「先生」

静かだけれど張りのある声音《こわね》が、おいちの耳朶《じだ》に触れた。医者の後ろに助手が控《ひか》えていたのだ。まったく気がつかなかった。髷を結わず、髪を後ろで一つに束《たば》ねている。まだ、若い男のようだった。

「患者が目覚《めざ》めたようです」

「なに？」

衾《しとね》が僅かに動いた。微《かす》かな呻きが聞こえる。

「おふねちゃん」

おいちとお松は医者を押しのけ、おふねの傍らに寄った。

「おふねちゃん、聞こえる？」

「あたしだよ。松だよ。おいちちゃんもいるよ。おふねちゃん」

血の気のまったくない瞼《まぶた》がゆっくりと持ち上がっていく。

「あぁ……二人とも……やっぱり来てくれてた……」

おふねの唇が持ち上がった。微笑《ほほえ》みが浮かぶ。

「夢……見てたの。二人が……遊びに来てくれる夢……。でも、夢じゃなかったんだ……」

おいちは、おふねの手首に指を当てた。

脈がとれない。

「よかった……会いたかったから……。最期《さいご》に二人に……会いたかったから……よかった」

「ばか、最期だなんて言うんじゃないよ」

お松が身を乗り出し、叱《しか》りつけた。おふねの笑《え》みがさらに広がる。この世に不幸なんて何一つないような楽しげな笑み。おふねにしかできない笑顔だった。

「あは、ひさしぶりに……お松ちゃんに怒られたね……ほんとに、ひさしぶりに……怒られた」

「当たり前だよ。もう一度、最期だなんて言ってごらん。こんなもんじゃすまないからね。ほっぺた張っちゃうよ。おふねちゃんがよくなったら、もっともっと叱ってやるからね。心配かけるんじゃないよって、怒鳴ってやるから。覚悟おしよ」

「……怖《こわ》いね」

「怖いさ。あたしの怖さ、おふねちゃんが一番よく知ってるじゃないか。散々《さんざん》、怒鳴られたんだからさ」

あははと、おふねは笑い声をあげた。その声が、あまりに明るく力強かったものだから、おいちは一瞬、おふねが笑いながら起き上がる幻《まぼろし》を見た。いや、幻ではなく願望かもしれない。

笑いながら起き上がってほしい。「ごめん、ごめん」。謝《あやま》りながらぺろりと舌《した》なんか覗かせてほしい。

お願い、おふねちゃん。起き上がって、笑って。あたしたち、まだ十七だよ。若くて、元気で、死ぬなんて、ずっと先のことじゃない。そうだよ、死ぬなんてあたしたちには二十年も三十年も四十年も五十年も早過ぎるよ、あまりに早過ぎるよ。

指先に脈は触れない。温《ぬく》みさえ徐々に失われていく。お松と目が合う。きりきりと吊《つ》り上がった目が「どうなの？」と問うてきた。かぶりを振る。

だめだ、もう、だめだ。脈がとれない。人の温もりが失《う》せていく。

もう……だめだ。

すぐ横で若い男が身じろぎした。

「先生、ご両親を呼んだ方がいいのでは」

医者が曖昧《あいまい》に首肯《しゅこう》する。

「では」

男が素早い動作で部屋を出ていく。医者は何か言いかけた口を閉じ、助手の背を見送った。それから、おふねの顔をじっと見詰《みつ》める。額には汗の粒《つぶ》が浮かんでいた。

お松が、おふねに被《かぶ》さる。

「おふねちゃん、なんで、なんでこんなことに。なんでだよっ」

　おふねの黒眸が左右に揺れた。焦点《しょうてん》がぼやける。白く乾いた唇から吐息《といき》が漏《も》れた。

「……赤ちゃん……」

「え？」

「赤ちゃん……いたの。お腹《なか》の中に……でも……死んじゃった」

　お松が息を吸い込み、おふねからおいちに視線を移す。

「おいちちゃん、ほんとに……」

「うん」

　わかっていた。

　外傷のない大量の出血、独特の臭い。おふねは赤子を死産したのだ。そのとき、おふねの身体にも異変が起こった。おそらく赤子を包んでいた臓器が破れたのだろう。

　今年の初め、まだ門松《かどまつ》もとれないころ、おふねとよく似た状態で女が一人、松庵の許に運び込まれてきた。おつえという、油屋の女房だった。激しい痛みと出血を訴え、半ば気を失っていた。一昼夜、苦しみもがき、冬の日が白々《しらじら》と菖蒲長屋に差し込み始めるころ、息を引き取った。

　同じだ。

「赤ちゃん……お乳、あげなくちゃ……」

おふねの呼吸が荒くなる。焦点がますますぼやけ、目尻から一筋、涙が流れた。

身体が痙攣する。

「おふねちゃん、しっかりして」

おふねは答えなかった。大きく息を吐き出したまま、身体の動きを止める。

「おふねちゃん」

おいちは、おふねの胸に手を重ねた。強く圧《お》す。

左右の乳首を結ぶ線の真ん中を手のひらの付け根で圧す。肘《ひじ》を真《ま》っ直《す》ぐに伸ばし身体の重みをかけていく。

一つ、二つ、三つ、四つ……。松庵から教えられた蘇生《そせい》方法だ。

死なないで、死なないで、死なないで。

「おふね！」

『小峯屋』の夫婦が駆け込んでくる。おふねの口から息が漏れた。薄く目が開いていく。お安が娘の名を絶叫《ぜっきょう》する。おふねの父小峯屋兵蔵《へいぞう》は棒立《ぼうだ》ちのまま、娘を見《み》下《お》ろしていた。

「おふね、おふね、しっかりおしよ。おふねーっ」

「おっかさん、おとっつぁん……」

おふねの喉がごろごろと鳴った。再び、息が切れる。おいちは必死でおふねの胸を圧した。頭の中が真っ白で何も考えられない。身体だけがからくり人形のように動いている。

手のひらの付け根で、相手の胸が一寸五分（五センチ弱）ほど沈むように圧す。緩《ゆる》める。圧す。緩める。

七つ、八つ、九つ、十……。

死なないで、死なないで、死なないで。

嫌だよ、おふねちゃん。そんなの嫌だよ。嫌だ、嫌だ。

肩が重くなる。

「もう、やめろ」

穏《おだ》やかに言われた。男の声だった。肩に載《の》った男の手に力が加わる。重い。でも、身体に染《し》みるほどに温かい。

「これ以上は、もう、無駄だ」

助手を務めていた若い男は、おいちを支えるように肩に手を置いている。

「無駄？　何が？　どうして、無駄なの？」

身体が硬直して元に戻らない。肘も背中も強張《こわば》ったままだ。男はおいちの腕を外《はず》し、おふねの乱れた襟元《えりもと》を整えた。

「おふねちゃん……」

おふねは半眼《はんがん》になり、口元もうっすらと開けている。何かを懸命に思案している ような、自分の身に起こったことを反芻《はんすう》しているような、思慮深い顔つきだった。

男の指が瞼を下ろし、口元を拭《ぬぐ》う。

それで、おふねの顔相《がんそう》は死者のものとなった。

何の感情もなく、苦痛もない。もう、二度と笑いも泣きもしゃべることもない。肩を竦めたり、眉《まゆ》を顰《ひそ》めたり、忍び笑いを漏らしたり、団子を口いっぱいに頰張《ほおば》ったり、ぼんやり空を眺《なが》めたり、わけもなく涙を流したり、追いかけっこをしたり、恥ずかしげに俯《うつむ》いたり、……たり、……たり、……たり。みんな消えてしまった。もうどこにも、ない。

あぁ、死んだんだ。

白くなった頭の中に自分の声が響く。

あぁ、死んでしまったんだ。

「おふねぇっっっ」

お安がおふねを抱きかかえる。

「おふね、おふね、おふねぇっ」

娘の身体にとりすがる。おふねの頭がくらくらと揺れた。兵蔵はまだ立っていた。虚《うつ》ろな眼差《まなざ》しを泣き叫ぶ女房とただ揺《ゆ》れているだけの娘に向けている。向けているだけで、何も見ていない。がらんどうの眼差しだった。

「ちくしょう」

おいちの背後でお松が唸《うな》った。

「ちくしょう、見てやがれ」

外はいつの間にか夕暮れの風景に変わっていた。秋の日は駆け足で過ぎていく。夏の盛り、恋しくて恋しくて待ち望んだ涼秋《りょうしゅう》の風情が、今はどうにも重く、どうにも淋《さび》しい。ぎらつく光や突き刺すような熱い日差しが懐《なつ》かしかった。

風が背中を押す。

冷ややかな風だ。身体中から熱を奪《うば》っていく。風に乗り、紅い体の蜻蛉《とんぼ》が一匹、目の前を横切る。その姿がふっと掻き消えた。あれほど紅いのに、空の青に融《と》け込んだのだろうか。赤蜻蛉とは、不思議な生き物だ。

「ちくしょう」

お松はずっと、その一言を唸り続けていた。囁《ささや》くでも呟くでもなく、手負いの獣《けもの》のように唸り続けていた。

おいちもお松も裸足だった。お松の鼻緒は切れたままだったし、おいちは下駄そのものを放り投げてきたのだ。

母娘《おやこ》らしい二人連れとすれちがう。五つ、六つだろうか、あどけない顔立ちの女の子がおいちたちを見上げ、瞬きをした。

「おかかさま。あのおねえちゃんたち、裸足だよ」

「しっ」

母親は唇の前に指を立て、娘の手を引っ張った。

「じろじろ見ちゃだめだよ。関わり合いになるんじゃないの」

「だって、血が出てるよ。なんで、草履《ぞうり》も下駄も履《は》かないの」

「黙りなさいって」

女の子が母親に引きずられ、遠ざかっていく。

「ちくしょう」

お松がまた、唸った。

北の橋の近くだ。六間堀の上を蝙蝠《こうもり》が舞っている。こちらは闇に苦もなく紛《まぎ》れる。水面の上にはすでに薄闇が忍び寄っていた。

「絶対に、敵《かたき》をとってやる」

おいちの足が止まる。

「敵？　お松ちゃん、敵って？」

「決まってんだろう。おふねちゃんの敵だよ。おふねちゃんをあんな目に遭《あ》わせた男を必ず見つけて、仇《あだ》を討ってやるんだ」

「お松ちゃん、あんた、そんなことを考えてたの」

「そうさ。ずっと考えてたよ。あのおふねちゃんが赤ん坊を死産して死ぬなんて……。そんなことってあるかよ。あるわけないいんだよ」

お松はふらりとよろめくと、橋《はし》の袂《たもと》に座り込んだ。

「あたしはこの通りあばずれだし、妹たちや酒浸《さけびた》りの親父《おやじ》の面倒をみなきゃいけない。おいちちゃんは医者としてずっと働くつもりなんだろう。誰かと所帯《しょたい》をもつなんて夢のまた夢だよね。けど、おふねちゃんはちがう。誰かいい人と祝言《しゅうげん》を挙《あ》げて、かわいい赤ちゃんを産んで、優しい母親になって……そんな女の幸せの見本みたいな一生を送るんだって、あたし、ずっと信じてた。信じてたんだ。あたし時々『小峯屋』に寄って、そんなおふねちゃんの様子を見せてもらって、おふねちゃんの子を抱っこさせてもらって……そしたら、あたしも幸せな心持《こころも》ちになれて……そう思ってた。昔から思ってた。おふねちゃんの幸せをおすそ分けしてもらって、あたしも幸せになるんだって、思ってた。それなのに死ぬなんて……、こんなにあっけなく、赤ん坊と一緒に死んじゃうなんて。信じられない。おいちちゃん、あたし、どうしても信じられないんだよ」

そうか、そうだったのか。

おいちは、お松の背中を見下ろし深く息を吸い込んだ。

お松は自分の定めをとうの昔に受け入れていたのだ。家には女房を失った心の洞《うろ》をごまかすために酒に溺《おぼ》れる父親と、幼い妹が二人がいる。お松がいなければ、明日にも立ち行かなくなる家族だ。父のために、妹たちのために、自分を捨てよう。お松は決心していたのだ。

だからこそ、おふねには幸せになってもらいたい。ささやかで、ありふれてはいるけれど、お松が決して手に入れられない幸せをしっかり摑《つか》んでほしい。

「お松ちゃんて……、ほんとうに、ほんとうにおふねちゃんのこと、好きなんだね」

好きだったんだねと、来《こ》し方《かた》のことにしたくない。まだ、おふねを葬《ほうむ》りたくない。踵《きびす》を返し、『小峯屋』に行けばおふねが生きて笑っていると、思いたい。

「好きだよ。当たり前じゃないか。あたしの友だちは、おふねちゃんとおいちちゃんだけなんだから。好きに決まってるじゃないか。おふねちゃんが幸せな内儀さんになるのも、おいちちゃんが江戸一番のお医者さんになるのも、あたしの夢なんだ」

夢のかたわれが砕けて散った。

お松は泣いていなかった。唇を嚙み、真《ま》っ青《さお》な顔色をしていたけれど一粒も涙を流してはいなかった。

「ちくしょう。絶対に敵をとってやる」

「敵って……、お松ちゃん、待ってよ。おふねちゃんに敵なんていないよ。そりゃあ、とても……とても惨《むご》いことだけど、赤ちゃんができたってのは、あの、おふねちゃんだって承知の上で……」

「手ごめにされたんだ」

「え？」

「おふねちゃん、手ごめにされたんだ。無理やりやられて……それで身ごもっちまったんだ」

「おふねちゃんがそう言ったの？」

「言うもんか。でも、あたしにはわかる。あの晩生《おくて》のおふねちゃんが祝言も挙げてないのに身ごもるなんて、そんなこと、あるわけないよ。万が一そうだとしても、惚《ほ》れた男との赤ん坊なら、おっかさんに何もかも打ち明けてるはずだ。お安おばさんなら、打ち明けられたはずだもの。おじさんだって、責めたりしない。それは、おふねちゃんが一番よくわかってたことだろう」

そうかもしれない。お安は鷹揚《おうよう》で肝《きも》の据《す》わった母親だった。おふねが父親のわからぬ子を産んだとしても、取り乱したりはしなかっただろう。それに、おふねの子なら、父親が誰であろうと『小峯屋』の血筋であることに間違いはない。『小峯屋』の夫婦は案外、嬉々《きき》として初孫を迎え入れたのではないか。

「だけど、おふねちゃんは黙ってた。あんなになるまで、誰にも言わずに自分の胸に仕舞《しま》っていた。どうしてだよ？　言えなかったからじゃないか。言いたくても言えなかったからじゃないか。手ごめにされたって、そんなこと言えやしないだろう」

「……うん」

お松の言うことにも一理ある。おふねが子を身ごもったと母にも父にも友にも告げようとせず、口を閉ざしていたのは事実だ。けれど、手ごめにされたというのは、無理やり犯《おか》され不幸な懐妊《かいにん》をしたというのは、どうだろう。そんな惨い出来事に、おふねは耐《た》えられただろうか。黙って一人、忍《しの》んでいられただろうか。

おいちはかぶりを振っていた。

おふねにはあまりに荷が重過ぎる。重過ぎて背骨が軋《きし》む。耐えられなかったはずだ。耐えられず、お安に、あるいはおいちやお松に全《すべ》てを打ち明けていたはずだ。それとも、自《みずか》ら命を絶っていただろう。

では、どうして、おふねは自死することも、打ち明けることもせぬまま今日まで……。

「おや、これはこれは、また威勢のいいおじょうさんに会えたぜ」

濁声《だみごえ》と含み笑いが風音《かざおと》に交《ま》ざる。

振り向き、おいちは小さく叫んでいた。

『小峯屋』に急ぐ途中、絡んできた男たちだ。あのときより、さらに酒臭さが濃くなっている。

「おじょうさん。あっしのこの傷、どうしてくれるんですかねえ」

男が眉間《みけん》を指差す。丸く腫《は》れ上がって、赤黒い痣《あざ》ができていた。

「おじょうさんのお投げになった下駄さまのおかげで、こんな印《しるし》をつけられちまった。え？　この小娘、どうしてくれんだよ」

口調《くちょう》をがらりと変え、男が凄《すご》む。もう一人、弁慶縞《べんけいじま》の男がするりと横に動き、逃げ道を塞《ふさ》いだ。道行く人たちは、目を伏せ足早に通り過ぎていく。昼下がりと同じだった。誰もが厄介事《やっかいごと》から逃げようと、目を伏せる。足を速める。

男たちは血走った目をおいちに据えたまま、じりじりと寄ってきた。捕《と》らえた鼠《ねずみ》をなぶる猫のような眼つきだ。

堀からの風が髪をなびかせる。

後がない。

「おいちちゃん」

お松が後ろから肩を摑む。指先が強くくい込んできた。

救われる。

男たちが近寄ってくる。

舌の先がちろりと覗《のぞ》き、唇《くちびる》を舐《な》める。

さっき、鼠《ねずみ》をなぶる猫のようだと感じたけれど、猫はこんな卑《いや》しげな眼つきはしない。

この人たち、獣《けもの》以下だ。

そう思ったとたん、身体《からだ》中を震《ふる》えが走った。

獣に言葉は通じない。人の心も情けも解さない。ただ、欲望のままに荒《あら》くれるだけだ。

「へへっ、さっきの鼻息はどうした、ねえちゃん」

金通縞《きんつうじま》の男がおいちの腕を摑《つか》んだ。叫《さけ》ぶ暇《ひま》もなく抱き竦《すく》められていた。酒と汗《あせ》の臭《にお》いの混ざった悪臭に包まれる。吐《は》き気《け》がした。

「やめて、放して、放せ」

身を捩《よじ》ったけれど、男の手は僅《わず》かも緩《ゆる》まなかった。おいちを捕《と》らえ、男は喉《のど》の奥から低い含み笑いを漏《も》らした。

「ほお、見かけによらずいい尻《しり》をしてるじゃねえか。むっちり肉がついてやがるぜ。こりゃあ、たまんねえな」

男の右手と脚《あし》が絡《から》みついて、おいちはほとんど身動きできなくなっていた。指が尻を這《は》い、唇がうなじを吸おうとする。

「やめて、嫌《いや》、嫌だ。やめてっ」

「騒ぐんじゃねえよ。騒いだって誰も助けちゃくれねえんだ。それが世間ってもんさ。諦《あきら》めて、おれたちと楽しもうぜ。え、楽しませてやるからよ。たっぷりな」

恐怖と嫌悪《けんお》に血が凍《こお》るようだ。おいちは半《なか》ば、気を失っていた。

「ちくしょう、馬鹿野郎《ばかやろう》。放せ、放しやがれ」

お松《まつ》の喚《わめ》き声が聞こえる。必死に抗《あらが》っている声だ。

お松ちゃん。

お松の名を呼ぼうとしたとき、悲鳴があがった。弁慶縞《べんけいじま》の男が腕を押さえ、二、三歩、よろめく。

「こっ、この女《あま》、嚙《か》みつきやがった」

「てめえら、みんな、食い殺してやるぞ」

お松が手鞠《てまり》のように弾《はず》み、金通縞の男にぶつかっていった。思ってもいなかった反撃に、男はあっけなく尻もちをつく。身体の束縛《そくばく》が解けた。息がつける。

「おいちちゃん、逃げろ」

お松が叫ぶ。

そうだ、逃げなくちゃ。逃げなくちゃ。

裸足《はだし》のまま、駆《か》け出そうとする。しかし、男たちの動きの方が僅かに速かった。酒浸《さけびた》りの崩《くず》れた身体が敏捷《びんしょう》に動き、おいちたちの前を塞《ふさ》ぐ。

「この女、ふざけた真似《まね》しやがって」

びしりと肉を打つ音がして、お松が地面に転《ころ》がった。頬《ほお》を打たれ、唇の端《はし》が切れている。

「ちきしょう、ちきしょう」

お松はすぐに飛び起きると目の前の男に、むしゃぶりついていった。まともにぶつかって、勝負になるわけがない。もう一度頬を張られ、倒れ込んだところを抱《かか》えこまれてしまった。その一撃が効《き》いたのか、お松は目を閉《と》じたまま荒い息を繰り返している。

お松ちゃん……。

「まったく、えらく活《い》きのいい女が揃《そろ》ったもんだぜ。料理のし甲斐《がい》があるってもんだ」

「だな。おめえがそっちのあばずれを食うなら、おれはこっちのねえちゃんをいただこうか」

男の目がおいちの全身を舐め回す。おいちはお松を見詰《みつ》めたまま、二歩ほど後ずさりした。

どうしよう、どうしよう、どうしたらいい。

何も浮かばない。心も身体も硬直《こうちょく》し、今にも砕《くだ》け散りそうだ。

父さん、助けて、助けて。

父、松庵《しょうあん》を呼ぶ。涙が零《こぼ》れた。

「おやっ、泣いた面《つら》もなかなかじゃねえか。いいねぇ、涙で塩味がついた女は、殊《こと》の外《ほか》、美味《うめ》えんだ」

男が歯を剥《む》き出して笑った。

おいちを捕らえようと、再び、腕を伸ばしてくる。目を閉じ、身体を縮《ちぢ》めるより他に、何もできなかった。

「嫌だっ。誰かーっ」

耳の傍《そば》を風が過ぎる。

ふっと、鼻孔《びこう》を刺激する清々《せいせい》とした匂《にお》いを嗅《か》いだ。薬草《やくそう》の匂いだ。

薄荷《はっか》？

おいちがほんの一瞬、薄荷油の筒《つつ》を思い浮かべたとき、「ぐえっ」と野太《のぶと》い唸《うな》りが起こった。同時に男の一人が足元に転がる。

え？　何が……。

顔を上げると、もう一人の男が腕を捩《ねじ》り上げられ、悲鳴をあげていた。捩り上げているのは、総髪《そうはつ》の若者だ。

「痛《いて》っ、痛てて。折れる。やめてくれ、折れる」

「天下の往来で娘に乱暴をはたらこうって輩《やから》が、この程度で騒ぐな」

若者がさらに力を込めたのだろう、男の顔から瞬《また》く間に血の気《け》が引いていく。脂汗《あぶらあせ》が額《ひたい》に噴《ふ》き出した。

おいちの足元の男は低く唸ったまま起き上がれない。

おいちは、魅入《みい》られたように若者の動きを目で追っていた。

「やめてくれーっ、勘弁《かんべん》してくれ」

「もうこんな悪さを二度とせんか」

「しません。しません。絶対に、しません」

それほど屈強《くつきよう》な体軀《たいく》には見えない若者に腕を取られたまま、男はもがくこともできず、悲鳴をあげている。

「よし。それなら、この程度で許してやるか」

若者の手のひらが男の肩口《かたぐち》を押した。

「ぐわっ」

男がそれこそ獣じみた叫びをあげる。

「いっ痛ぇ。痛ぇ」

だらりと下がった腕を押さえ、喚き続ける。

骨違《ほねちが》いだ。

おいちは唾《つば》を呑《の》み込んだ。男は肩の骨を外《はず》されていた。元に戻すのは難しくはないけれど、素人《しろうと》には無理だろう。そして、外すのもまた、素人にできる業《わざ》ではない。

「ちょっと手荒《てあら》だったたが身から出た錆《さび》だ。我慢してもらおう。こういう物騒《ぶっそう》な物を振り回されちゃ困るんでな」

若者は男の懐《ふところ》に手を突っ込み、短い鞘《さや》を取り出した。匕首《あいくち》だ。若者の手が動くと、白鞘《しろさや》の短刀は弧《こ》を描いて六間堀《ろっけんぼり》に落ちていった。小さな水音がした。

「う……ちきしょう。若造《わかぞう》が……覚えてやがれ」

「覚えとくのはいいが、早く医者を見つけて腕を元に戻さないと、一生、ぶらぶらのまま治《なお》らなくなるぞ」

「げっ、そっそんな」

「急げ、急げ。ぎりぎり半刻《はんとき》（約一時間）が勝負だ。それ以上、放っておくと」

若者が言い終わらないうちに男は駆け出していた。しかし、痛みが酷《ひど》いのか、足取りはすぐに重くなり、よたよたとしか歩けない。もう一人の男も辛《かろ》うじて立ち上がり、同様の足取りで仲間の後を追った。

助かった……。

「お松ちゃん」

「おいちちゃん」

二人はお互いの身体を抱き締めた。涙が噴き出す。頰を流れ、口の中まで染《し》みてくる。

「おいちちゃん、怖《こわ》かったよう」

「あたしも、あたしも怖かった。だけど、ありがとう。ありがとう、お松ちゃん」

お松を抱き締め、礼を告げる。

「ありがとうって、なんで？」

お松がしゃくりあげながらも、首を傾《かたむ》けた。

「だって、あたしのこと助けてくれようとしたじゃない。男に嚙みついて……ひっく、あのとき、逃げようと思えば逃げられたのに……ひっく、あたしのこと助けようとしてくれて、お松ちゃん、ありがとう。ほんとに、ひっく、ありがとう」

お松は頰の涙を拭《ぬぐ》い、僅かに笑って見せた。

「あたし、無我夢中《むがむちゅう》で何をやったか覚えてないよ」

おいちも微笑《ほほえ》んでみる。

お松ちゃんが覚えてなくても、あたしは覚えてる。お松ちゃんがあたしを助けようとしてくれたこと、ずっとずっと忘れない。

助けてくれたこと……。

「あっ、いけない。あたしたちを助けてくれたお方にお礼を」

辺《あた》りを見回したけれど、若者の姿はない。

どうしよう。名前も聞かないままだなんて。

「おいちちゃん。あそこ」

お松が指差す先に若者が立っていた。流しの草鞋《わらじ》売りと何か言葉を交《か》わしている。落ち着いた心根《こころね》で眺《なが》めると、若者はおいちたちより三つ四つ年嵩《としかさ》なだけのようだ。

よかった。

胸が軽くなる。全身から力がぬけた。

え？　なぜ？

この安堵感《あんどかん》はなんだろう。おいちは身体がふわりと浮き立つ感覚に戸惑《とまど》う。心地よいのに、その心地よさの因《もと》が摑めない。

「あの人、強かったねぇ」

お松が小さなため息を一つ、吐《つ》いた。

「ね、あの人、おふねちゃんの部屋にいたよね」

「うん」

気がついていた。医者の後ろに控《ひか》えていた助手だ。息を引き取ったおふねの瞼《まぶた》を閉じ、口元を拭《ふ》いてくれた。それだけのことで、おふねの死に顔は清《きよ》らかなものとなった。その清らかさは、僅かでも、ほんとうに僅かでも、残された人たちの悲しみを和《やわ》らげてくれたのではないか。

あの人だ。

上《うわ》っ張《ぱ》りを脱《ぬ》ぎ、こざっぱりとした小袖《こそで》に袴《はかま》をつけた姿は、医者の助手というより武家の子弟のようだ。

若者は足早においちたちの前に来ると、草鞋を差し出した。二組ある。一つには紅《あか》の、一つには臙脂《えんじ》の鼻緒《はなお》がついていた。

「往来には錆《さ》びた釘《くぎ》や小石が転がってる。裸足で歩くのは、ちょっと危《あぶ》ないだろう。ほら、これを履《は》きなさい」

そう言われ、おいちは自分の足元に目をやった。土で黒く汚《よご》れている。擦《す》り傷《きず》があちこちにあって血を滲《にじ》ませていた。お松の足も似たようなものだ。

「言っとくけど、金はいらない。草鞋売りのおやじに掛けあって、半値《はんね》にまけさせたから。ただみたいなもんだからな」

「あ、ありがとうございます」

紅い鼻緒の草鞋を受け取り、おいちは深々と頭を下げた。

「お助けいただいたばかりか、こんなご親切まで。ほんとうにありがとうございました」

「藍野《あいの》松庵」

呟《つぶや》きが聞こえた。父の名だ。

身体を起こす。

若者の視線が絡まってきた。

感情の読みとれない眼だった。穏《おだ》やかに凪《な》いでいるようではあるが、表の凪ぎと不穏《ふおん》は裏腹《うらはら》に水底《みなそこ》には激流が渦巻《うずま》いている。おいちはとっさに、感じた。凪ぎと不穏と。これまでおいちが、一度も出合ったことのない眼だ。その眼を見返し、尋《たず》ねる。

「父をご存じなのですか」

「お名前だけは。あなたが藍野松庵の娘だと名乗ったとき、まさかと思ったが……。ほんとうに、藍野先生の娘御《むすめご》でいらっしゃるのですな」

若者の物言《ものい》いが丁寧《ていねい》になる。その分、硬《かた》く引き締まり、どこか他人を拒《こば》む響《ひび》きを孕《はら》んでくる。

「間違いございません。あの……父をなぜ、ご存じなのですか」

「たいそうな名医とうかがっております。わたしも若輩《じゃくはい》ながら、医の道を志《こころざ》す者。藍野先生がどのような方か、以前から気に掛かっておりました」

「はぁ……」

首を傾《かし》げる。松庵は確かに医者として優《すぐ》れた腕をもっている。父だから娘だからでなく、松庵という医者の傍《かたわ》らにいて、その術の見事さ、診立《みた》ての確かさを目《ま》の当《あ》たりにしてきた者として断言できる。

菖蒲長屋《しょうぶながや》の医者、藍野松庵は名医だ、と。

しかし、その名医は一介《いっかい》の町医者に過ぎない。さっき、おふねの病間《びょうま》で吐き捨てるように言われたではないか。

「町医者の娘？　なんでそんな者が顔を出す」

あれは、おいちが女であることを貶《おとし》めたと同時に裏長屋に住む町医者を侮《あなど》った一言でもあった。松庵が菖蒲長屋でその日暮らしの人々を相手に仕事をしているのは事実だ。それを卑下《ひげ》する気はさらさらないし、医者のくせに身分や儲《もう》け事に汲々《きゅうきゅう》とする輩を軽蔑《けいべつ》もする。が、そういう自分の心の裡《うち》と世間の決まり事が微妙にずれているのも、おいちなりに察してはいるのだ。

藍野松庵は一介の町医者、しかも、貧乏医者だ。どう考えても、医の道を志す若者が目途《めど》とする存在ではないだろう。

この人はどこで、父さんの名を知ったんだろうか。

不意に、若者が笑《え》みを浮かべた。

屈託《くったく》のない朗《ほが》らかな笑顔だった。先刻、眼の中に渦巻いた不穏の影は欠片《かけら》もない。とんと軽く胸を突かれた気がした。

「それでは、わたしはここで失礼する。日が暮れるのが早くなった。また、物騒な輩に絡まれないように、さっさと帰るが安心だ」

若者が身体を回す。総髪の先がさらりと揺れた。

「あっ、待って」

呼び止めたのはお松だった。若者が振り向く。

「あ、あのさ、名前を、いえ、お名前を教えてください」

そうだ、この人に救ってもらった。名前も知らないまま別れたりしては、いけない。

おいちもお松の横で、声を大きくした。

「お願いします。せめて、お名前なりとお教えください。いつか必ず恩返しをいたしますから」

「恩返しって、そんな大仰《おおぎょう》な」

さもおかしいという風に、若者の口元が緩んだ。

「だいたい恩返しってのは、ろくなもんじゃないからな。勝手に竜宮城《りゅうぐうじょう》に連れていかれたりしたら、たいへんだ」

「まっ」

おいちとお松は、顔を見合わせた。

この若者の物言いはどこまで本気でどこからが冗談《じょうだん》なのかと、戸惑う。枝を飛び交《か》う小鳥のようだ。容易に摑めない。

「田澄十斗《たずみじつと》と申す」

それだけ言い残すと若者は背を向け、遠ざかっていった。後ろ姿が角《かど》に消えたとき、お松が大きく息を吐き出した。

「おいちちゃん、あたし……なんだか、疲れちまった」

「うん。あたしも……」

「こんな一日もあるんだね」

「うん」

こんな一日もあるのだ。次から次へと目まぐるしく動き、うねり、おいちもお松もその動きに、うねりに、為《な》す術《すべ》もなく翻弄《ほんろう》された。

そんな一日だった。

そんな一日が終わろうとしている。

「怖かったね」

お松がぽつりと呟く。

「あたし、あの男たちにやられちまうって思って……むちゃくちゃ、怖かったよ」

頷《うなず》く。おいちも同じだ。若者、田澄十斗と名乗った若者が助けてくれなかったら、どうなっていたか。死ぬより辛《つら》い目に遭《あ》っていたはずだ。背中を冷たい汗が伝《つた》った。今さらながら、震えが止まらなくなる。お松が、また、呟いた。

「おふねちゃんも怖かったろうね」

「え？」

「おふねちゃんもあんな風に男に……。けど、あたしたちみたいに助けてもらえなくて、子どもまで孕んじまって……。どれだけ、怖かったんだろうか。どれだけ、辛かったんだろうか」

お松は涙の浮かんだ目をおいちに向けた。

「ね、おいちちゃん、そんな辛さがおふねちゃんの命を縮めたんじゃないか。身体じゃなくて心が先にまいっちまったんじゃないか。そういうことって、あるだろう」

「うん。ある」

お松の目を見たまま答える。

胎内《たいない》に命を宿《やど》した女人《にょにん》が味わうのは、子を授《さず》かった至福《しふく》、母親になる喜びだけではない。身二つになるまで諸々《もろもろ》の不調に耐《た》えなければならないのだ。悪阻《つわり》もそうだし、子が育っていくにつれ動悸《どうき》、息切れも激しくなる。脚気《かっけ》や浮腫《むくみ》の症状も出やすい。出産もまた、命懸《いのちが》けだ。お松の言うように、心が萎《な》えてしまったが故《ゆえ》にお産に耐えられず亡くなった者も大勢《おおぜい》いる。

しかし、おふねがそうだったのかどうか、見当がつかない。気の鬱《うつ》が身体に障《さわ》ったのか、他にわけがあるのか、見当がつくとしたら……あの医者しかいない。おふねの最期《さいご》を看取《みと》った医者だ。あの医者なら、ある程度のことはわかるのではないか。いや、わかるはずだ。医者なら、わかる。

「確かめてみようか」

おいちも呟いていた。お松が、瞬《まばた》きをする。

「お松ちゃん、あたしたちでほんとうのことを確かめてみようか」

「おふねちゃんがどうして死ななきゃならなかったか、そのわけを、だね」

お松の目がきらりと輝いた。涙はもう、乾《かわ》いている。おいちは、手の中の草鞋をそっと握《にぎ》り締《し》めてみた。

「まあっ、おいち、何て格好《かっこう》だい」

おうたが悲鳴に近い声をあげる。

薄鼠色《うすねずいろ》をした青海波《せいがいは》の着物を身につけている。一目で上物《じょうもの》と知れる艶《あで》やかな衣《ころも》だ。

おうたは、おいちの母、お里《さと》の姉にあたる。お里が幼いおいちを残して亡くなってから、陰《かげ》に陽《ひ》に母親代わりになって支えてくれる人だ。八名川町《やながわちょう》の裕福な紙問屋《かみどんや》『香西屋《こうさいや》』の内儀《おかみ》であり、おいちにとってただ一人の伯母《おば》、親戚縁者《えんじゃ》だった。

伯母には感謝している。どれほど感謝してもし足りないとさえ思っている。父と娘、二人の暮らしを案じて、しょっちゅう菖蒲長屋に訪ねてきてくれる。実子がいないせいもあるだろうが、おうたは心底《しんそこ》、おいちを想い慈《いつく》しんでくれている。

感謝している。有り難《がた》いと思う。ただ、おうたは並はずれて騒々《そうぞう》しい。いつも、立て板に水で捲《まく》し立てる。おそらく、今日も……。

「伯母さん、来てたの」

「来てたのじゃないよ。髪はぼさぼさだし、足は泥だらけだし、まったく若い娘の形《なり》じゃないね。ほんとにもう、情けない。たった一人の娘が嫁にもいかずこの有様じゃ、お里が生きていたら、どれだけ悲しむか、考えてごらんな。あぁ、そんなに汚れた足で上がるんじゃないよ。ほら、おかつ、濯《すす》ぎ水を持っておいで。こらこら、甕《かめ》の水を汲《く》んでどうすんだよ。それは飲み水だろ。井戸水を汲んでおいで、井戸水を。おいちもぼうっとしてないで、ここにお座り。まぁ、足が傷だらけじゃないか。いったい、何をしてたんだよ」

「義姉《ねえ》さん、義姉さん」

おうたの背中を松庵が平手《ひらて》で叩《たた》く。

「そんなに捲し立てられたら、おいちも返答のしようがありませんよ。ほんとに、いつもいつも、義姉さんは賑《にぎ》やかですなあ。どういう口の作りになってるんだか」

「ふん、せっかく舌《じた》が付いて生まれたんだ。使わなきゃ勿体《もったい》ないだろ。松庵さんみたいに、わけのわかんない薬を舐めてばかりだと、舌が可哀《かわい》そうですからね」

「義姉さん、ここは一応、医者の家なんでね。お静かに願います」

「奥に病人でもいるのかい」

「いませんよ。けど、義姉さんの声を聞いたら、寝たきりの病人でも逃げ出しちまいます。ここじゃ猿《さる》のお化けでも飼ってるのかってね」

「まぁ、ほんとに、えらい言われようだね。ふん、ふん」

おうたは胸をそらし、義弟《おとうと》を睨《にら》みつけた。周《まわ》りを威嚇《いかく》する雄鶏《おんどり》みたいだ。いつもなら、ここで笑い出すところだが、今日はそんな気は微塵《みじん》も起こらない。頰が強張《こわば》って、笑みを作れない。

「おいち……」

娘の様子に松庵の表情が引き締まる。

「おふねちゃん、まさか……」

「父さん……」

突然に身体の芯《しん》が熱くなる。その熱が迫《せ》り上がってくる。

「あっ」

声をあげると同時に、涙が溢《あふ》れ出た。眼の球《たま》が押し出されるのではと思うほどの勢いだ。

「まぁ、おいち、いったい、どうしたっていうのさ」

おうたが慌《あわ》てて、懐紙《かいし》を取り出した。

「え？　何があったんだよ」

おいちは泣きながら、松庵の胸に飛び込んでいった。

「父さん、おふねちゃんが、おふねちゃんが、死んじゃったようっ」

言葉にすると、余計《よけい》に心が揺《ゆ》さぶられる。涙が湧《わ》いてくる。止められない。

父さん、おふねちゃんが死んじゃったよ。どんなに呼んでも、呼んでも目を開けないの。どんどん冷たくなって、もう笑わないの。しゃべらないの。あたしのこと、見ないの。

どうして、どうして、どうして。

父さん、どうして。どうして、おふねちゃん、死ななきゃならなかったの。教えてよ、教えてよ。

おふねの笑顔が浮かぶ。散り急ぐ桜の花の下で微笑んだ顔だ。たいせつな友は、あの桜より儚《はかな》く散ってしまった。

おふねちゃん。嫌だ、嫌だ、逝《い》ってしまわないで。

「そうか、そうだったのか」

松庵の手が背中を撫《な》でる。

「辛《つら》かったな、おいち。辛かったな。よく我慢して、帰ってきたな」

その声は深く、柔《やわ》らかく、温《あたた》かかった。

箍《たが》が外れる。悲しみ、怒り、虚《むな》しさ、悔《くや》しさ、喪失《そうしつ》、疲労、失意、あらゆるものが綯《な》い交《ま》ぜになり、おいちの内を吹き荒れる。

父に縋《すが》りつき、おいちは声をあげて泣き続けた。

「どうです?」

おうたが湯呑《ゆの》みから顔を上げ、尋ねてきた。

「義姉さん、勝手にお茶をいれて飲んでるんですか」

「喉が渇《かわ》いたんだから、しょうがないでしょ。いいじゃないか、大の男がお茶ぐらいケチケチしなさんな」

「ケチケチなんか、してませんよ。どうぞ好きなだけお飲みくださいい」

「そりゃあどうも、ご親切に。だけど、この茶葉、ちょっと苦《にが》いんじゃないかい。また、安物を使ってんだろう」

「それ茶葉じゃありませんよ。薬草です。腹下《はらくだ》しによく効《き》くやつです。あぁ食い過ぎの腹痛にも効くかもしれんな」

「まっ、薬草！　道理で不味《まず》いと思った。よくもこんなもの、飲ませること。恐れいったね」

「義姉さんが勝手に飲んだんじゃないですか」

松庵は薬研《やげん》の前に座り、車輪の軸《じく》を動かし始めた。おうたが膝《ひざ》でにじり寄ってくる。

「おいち、どうなんです？」

「眠りましたよ。義姉さんが甘酒《あまざけ》を持ってきてくれていたので助かった。心が乱れたときは、温かくて甘い飲み物が一番なもので」

「あたしはいつだって、あんたたちを助けてますよ。助けられたことは、あんまりないけどね」

「また、そんな嫌味《いやみ》を言う」

「ふふん。そんなことより、おいちがあんなに取り乱すなんて珍《めずら》しいじゃないか。いったい、誰が亡《な》くなったんだい」

「仲の良い友だちの一人です。姉妹みたいに仲の良かった娘《こ》で……」

おうたの華やかで艶《つや》のある顔に、影が差した。薬草の苦みがまだ残っているかのように、口を窄《すぼ》める。

「まぁ、そう。それなら……取り乱しもするねえ」

「ええ。急でしたからね」

薬研から乾いた草の匂いが立ち昇ってきた。

松庵はその匂いを吸い込み、軽く目を閉じた。

おふねの丸い顔が浮かんでくる。笑顔の愛らしい、おっとりとした少女だった。

あの娘が亡くなったのか。

『小峯屋《こみねや》』から報《しら》せが届いたとき、おふねの身に只《ただ》ならぬことが起こったとは察せられた。しかし、松庵は、おふねが死ぬとは思ってもいなかった。おふねはいつ会っても幸せそうで楽しげで、苦悩や苦労とは誰より無縁に見えた。ささやかだけれど、確かな幸《さち》を掴む娘のように見えた。おいちをそのように育てられなかったことを、僅かだが後悔していたのだ。大人《おとな》しいけれど生き生きした眼差《まなざ》しをしていた娘、それが……。

「おいち、だいじょうぶかね。だいぶ、まいってたみたいだけど」

「ええ、だいじょうぶでしょう。あいつも医者の娘だ。人の死を乗り越えて生きる術は知っているはずです」

どれほど辛くても、どれほど苦しくても、残された者は生きねばならない。自分のためにも、死者のためにも、耐えて生き続けねばならない。それが人の定めだ。

おいちは、それを知っている。

「松庵さん」

おうたがそっと、鬢《びん》の毛を掻《か》き上げた。

「あたしが死んだら、泣いてくれるかね」

「義姉さんが死ぬ？　そんなこと考えたこともないですな。おそらく、わたしの方が先に逝っちゃいますよ」

「誰があんたのことなんて訊《き》きました。松庵さんに泣かれたって、ちっとも嬉《うれ》しかありませんよ。おいちですよ、おいち。あの娘《こ》、あたしが死んださっきみたいに大泣きしてくれますかね」

「泣いてほしいんですか、義姉さん」

「そうだねえ。やっぱり、本気で泣いてくれる人がいるっての、死んだ者へのなによりの餞《はなむけ》だと思うからね」

いつになく沈んだ口調《くちょう》で、おうたが言う。確かにと、松庵は答えた。薬草の匂いが一際《ひときわ》、濃《こ》くなる。

泣け、おいち。泣いて、泣いて、それから起き上がってこい。明日も明後日《あさって》も、ここには病《や》み人《びと》が来る。怪我人《けがにん》が運ばれる。おまえの為《な》すべき仕事が待っているんだ。泣いた後に、それを思い出せ。

傍《かたわ》らでおうたが、密《ひそ》やかにため息を吐いた。

おふねが立っている。

桜の樹の下らしい。暗くてよく見えない。

闇《やみ》の中で咲き、散る桜花。その花弁《かべん》がおふねの髪に降りかかる。

「おふねちゃん」

駆け寄ろうとしたけれど身体が上手《うま》く、動かない。手足が重くて、重くて堪《たま》らない。

「おふねちゃん、おふねちゃん」

おふねの唇が動いた。

「おいちちゃん、ごめんね」

「なんで、謝《あやま》るの。おふねちゃんがなんで、謝るの」

「ずっと友だちでいようって、約束したのに……、また、お花見に行こうって約束したのに……、あたし、守れなかった」

「それは、おふねちゃんのせいじゃない。おふねちゃんが悪いんじゃない」

「おいちちゃん、あのね……」

桜が散る。風もないのに散って、散って、散っていく。白い花弁がおふねを包み、おふねを隠してしまう。

「おふねちゃん、待って！」

目が覚《さ》めた。自分の叫びで目が覚めた。

久々に夢を見た。死者の夢を。

おふねちゃん、あたしに何かを告げたかったんだろうか。

おいちはそういう夢を見る者だった。伝えたい思いを残したまま死なねばならなかった死者の夢を見、声を聞くのだ。

部屋も夢と同じ、闇に閉ざされている。

目を開き、闇と対峙《たいじ》する。松庵の寝息が、犬の遠吠《とおぼ》えが、木戸の拍子木《ひょうしぎ》が聞こえる。全《すべ》て生者《せいじゃ》の世界の音だ。おいちは闇と微《かす》かな音に身をゆだね、おふねの名をそっと呼んでみた。

夢を見る。

おいちは歩いていた。

どこを歩いているのか、わからない。

誰かに手を引かれていた。

誰に手を引かれているのかも、わからない。

霧《きり》の中だろうか。周《まわ》りは全《すべ》て白くぼやけ、おいちの手を引いて前を行く人も風景も、見定められないのだ。ただ、
嫌《いや》ではなかった。

むしろ、心が弾《はず》んでいる。

手を引かれ、歩いていることが嬉《うれ》しい。

嬉しくて堪《たま》らない。

握《にぎ》られた指の先が火照《ほて》る。仄《ほの》かな熱を持つ。

とくん、とくん、とくん。

心《しん》の臓《ぞう》が大きく鼓動《こどう》を刻《きざ》む。少し、苦しい。その胸苦しささえも、嬉しい。身も心も浮き立つように感じる。

ふっと、おふねを思い出す。

あたし、どうしちゃったんだろう。おふねちゃんが亡《な》くなって、あんなに悲しかったのに、悲しいはずなのに、なんでこんなに……。

おいちは胸元にそっと手をやった。そして、自分が華《はな》やかな小袖《こそで》を着込んでいることに気がついた。

鮮《あざ》やかな瑠璃《るり》色《いろ》の地《じ》の上に小菊《こぎく》や紅葉《もみじ》、鴛鴦《おしどり》などが、さらに鮮やかな色合いで染《そ》め上げられている。黒地の帯《おび》にも金糸《きんし》銀糸《ぎんし》でさまざまな花や鳥が縫《ぬ》い取られていた。

華やかな、というより、派手《はで》だ。派手過ぎる。

この小袖と帯って……。

去年の暮れ、正月の晴れ着にと、おうたが拵《こしら》えてくれたものだ。目の前に広げられた、華やかを通り過ぎて派手派手しい衣装に、おいちも松庵《しょうあん》もしばらく黙《だま》り込んでしまった。

「どうだい。りっぱなものだろう」

二人の沈黙を取り違えたのか、おうたは得意気《とくいげ》に胸をそらした。

「あたしの見立てなんだから、間違いはないよ。おいちにはよく映《うつ》るはずさ。羽織《はお》ってごらんな」

「羽織るっていっても、伯母《おば》さん、これ……」

「なんだい？　遠慮することなんかないんだよ。そりゃあね、ちょっと値《ね》は張ったさ。けど、かわいい姪《めい》っ娘《こ》のためだもの、惜《お》しかないさ。あたしも『香西屋《こうさいや》』の内儀《おかみ》だ。どんと任《まか》せておきな」

おうたが厚い胸を軽く叩《たた》く。

「ちょっと、派手過ぎやしませんかねえ。いや、義姉《ねえ》さん、心遣いは有り難《がた》いが、いくらなんでも派手ですよ。見てるだけで目がくらくらするじゃないですか」

松庵が口を挟《はさ》む。

「派手だからいいんだよ。こんな柄《がら》は娘盛りにしか着られないんだからね」

「いやあ、それにしても方図《ほうず》ってもんがありますからなあ。こりゃあ、おいちには派手過ぎるでしょう。うーん、むちゃくちゃ派手だ。やっぱり、くらくらする」

松庵は、おどけた仕草《しぐさ》で両目を覆《おお》った。おうたは眉《まゆ》を顰《ひそ》め、鼻から息を吐《は》き出す。

「くらくらするって、松庵さん、身体《からだ》の調子でも崩《くず》しているのかい。医者の不養生《ふようじょう》ってやつだねえ。まぁ、お頭《つむ》の調子はずっと崩れてるんでしょうけどね」

「義姉さん、いつものことながら毒舌《どくぜつ》ですなあ」

「あんたに言われたか、ありませんよ」

おいちは遠慮がちに、おうたの顔を見やった。

「伯母さん、あの……」

「なんだい。ほれほれ、早く羽織ってごらん。おまえは色が白いから、この瑠璃の色が殊《こと》の外《ほか》、似合《にあ》うよ」

「いえ、あの、あたしもやっぱり、これ、あたしには派手過ぎると思うんだけど。それに袖が長過ぎるし」

おうたが顎《あご》を引く。肉が二重《ふたえ》に盛り上がる。

「娘の晴れ着の袖が短いなんて、しゃれにもなりゃあしないよ。それにね、何度でも言うけどね、おいち、おまえは今度の正月で、十七におなりだよ。十七、いいかい、十七だよ。十七」

「自分の歳《とし》ぐらい、ちゃんと数えられます。はい、あたしは今度の正月で十七になります」

「十七って歳がどういう歳なのか、わかってるのかい」

「どうって?」

「娘と呼ばれる最後の歳なんだよ」

今度はおいちが顎を引いた。

十七を境に、くっきりと線引きされるのだと伯母は告げた。いつもより、ずっと重々しい口調《くちょう》だった。

「じゃあ、十八になったら娘じゃないの⁉」

「当たり前だよ。十八の娘なんて、花見時分の鏡餅《かがみもち》と同じだよ。時季はずれも甚《はなは》だしいってもんさ。どこにも飾《かざ》るところなんか、あるもんかね」

「義姉さん、そりゃまた、えらい譬《たと》えですなあ」

「うるさいよ、松庵さん。あんたもちっとは心してお聞き。十七まではなんとか娘で通しても、十八となりゃあ、そうはいかないんだ。十八ってのはもう女なんだよ。一人前の女として男と所帯《しょたい》をもって、子どもを産《う》んで、その子をしっかり育てなきゃいけない歳なんだよ。おいち、娘の時分なんてのはね、ほんとに短いんだ。一夜《いちや》で萎《しぼ》む花みたいなもんさ。あんたもあんたの考えなしのおとっつぁんも、そこんとこの了見《りょうけん》がずれちまってるんじゃないのかねえ。なんだか、あたしゃ、ほんとに情けないよ」

一息にそこまでしゃべって、おうたはため息を吐《つ》いた。少しわざとらしい。

松庵が肩を竦《すく》める。口で、おうたに勝てるわけがない。言い負かされるのは、たいてい松庵の方だった。よくわかっているにも拘《かか》わらず、松庵はしょっちゅう、おうたと言い合う。そして、やり込められるのだ。

おいちは瑠璃色の着物をそっと指で撫《な》でた。指の腹が吸いついていく。上物《じょうもの》の絹《きぬ》だった。相当値が張っただろう。

この心遣い。この愛情。

おうたには感謝している。どんなに感謝してもしたりないと、思っている。大好きな人でもあった。

伯母さん、大好きだよ。

大好きだから、言いたいことを言うね。

「伯母さん、十七でも十八でも、あたしはあたしよ。十八になったとたん、急に変わっちゃうわけじゃないでしょ。あたし、十八になったって、萎んだりしないと思うけど、な」

「おやまっ。えらい自信だね。ふん、歳をとる怖《こわ》さを知らないのも困りもんだ」

おうたが鼻を鳴らす。立ち上がり、着物を手におういちの後ろに回った。

「ともかく、騙《だま》されたと思って着てごらん」

強引《ごういん》においちの帯を解《と》き、絣《かすり》を脱《ぬ》がせ、瑠璃色の小袖を着せていく。柔《やわ》らかく軽い。それに温《あたた》かい。綿《めん》絣のようにごわごわしていないし、重くない。

「着心地《きごこち》がいいだろう」

「うん」

「松庵さん、鏡。お里《さと》の形見の丸鏡があるだろう。あれを持ってきてくださいな」

「はいはい」

松庵が腰を上げる。おうたは結《むす》び終えたばかりの帯を手のひらで叩いた。

「ほうら、できあがり。どうだい、よく似合うじゃないか」

鏡を手に隣室から出てきた松庵が、ほおっと声とも息ともつかない音をたてた。

「うん……これは、なかなか、だな」

「だろ？　おいちは別嬪《べっぴん》なんだよ。華やかな柄に負けないぐらいね。これで化粧して、きちんと髪を結《ゆ》ったら、道行く人が振り返るね。嫁の口なんか、星の数ほど来るんじゃないかい」

おうたが満足そうに笑った。

鏡は小さくて、全身を映すことができなかったけれど、父の眩《まぶ》しげな眼差《まなざ》しが教えてくれた。

美しい娘がここに立っている、と。

頬《ほお》が熱くなる。

おいちだって女だ。自分が綺麗《きれい》だと思えるなら、見えるなら、嬉しい。ちょっぴり得意な気分にもなる。

「いいね、おいち。薬臭《くさ》い場所でくすぶってばかりじゃ、女に生まれた甲斐《かい》がないよ。正月にはこの着物を着て、うちに挨拶《あいさつ》においで。わかったね」

満足した笑顔のまま、おうたは帰っていった。

けれど、元旦《がんたん》も翌日もその翌日も、おいちは晴れ着の袖に手を通せなかった。年の瀬あたりから、一時《いっとき》落ち着いていた性質《たち》の悪い風邪《かぜ》がぶりかえし、再び流行《はや》り始めたのだ。

正月どころではなかった。

この病《やまい》は若い男も老人も童《わらべ》も、年齢や体力に関係なく完治《かんち》するのに時間がかかり、ほぼ治《なお》った後も節々《ふしぶし》の鈍痛《どんつう》や首筋《くびすじ》の腫《は》れが、なかなか消えないという厄介《やっかい》な症状《しょうじょう》があった。ただし、命《いのち》に関《かか》わるほど悪化することは、ほとんどない。気は楽だったが、疲れる。だらだらと続く長雨のように、患者たちは途切《とぎ》れることなくやってくるのだ。昨日《きのう》も、今日も、おそらく明日も。

風邪の流行りが一段落して、おいちと松庵がほっと息を吐いたとき、松の内はとっくに過ぎていた。空には春めいた柔らかな綿雲《わたぐも》が浮かび、光も微《かす》かな温《ぬく》もりを孕《はら》む。そんな季節になっていたのだ。

「おまえたちって、ほんとに尽くし甲斐のない父娘《おやこ》だよ」

おうたがむくれる。松庵は無精髭《ぶしょうひげ》の伸びた顎に指を添え、おいちは茶をいれながら、頭を軽く下げた。

「ごめんね、伯母さん」

伯母には申し訳ないが、おいちはこれでよかったと思った。自分には、あんな華やかな晴れ着より白い上《うわ》っ張《ぱ》りと綿の小袖が似合っている。自分を美しいと感じられる情は、心を浮き立たせるし、おいち自身を支えてもくれる。だけど、邪魔《じゃま》にもなるのだ。

晴れ着は娘を華やかに包みはするけれど、手際《てぎわ》よく迅速《じんそく》な動きを封《ふう》じる。袖をひらひらさせて、患者の間を歩き回るわけにはいかない。裾《すそ》を引き摺《ず》って、煎《せん》じ薬を運ぶわけにはいかない。

人はその生き方に合った衣《ころも》を身につけるしかないのだ。

「まったく、困ったもんだよ。いいさ、おいち、また機会をつくるからちゃんと晴れ着を着ておいで。いいね、売っぱらって薬の仕入れ代なんかにしたら、ただじゃおかないよ」

「伯母さん、それ、あたし気がつかなかったな。そういうこともできるんだ。あの着物なら、相当の薬が買えるよね」

「いい加減《かげん》におし！」

おうたの眦《まなじり》がきりきりと上がる。

「伯母さん、冗談《じょうだん》です。せっかくの伯母さんの心遣いだもの、たいせつにします」

そう言って、もう一度頭を下げる。嘘《うそ》ではなかった。伯母の心遣いを有り難いと思う。あの着物をたいせつにしようと思う。たぶん、身につけることはないだろうが。

簞笥《たんす》に仕舞《しま》ったままの晴れ着。

仕舞ったまま忘れていた華やかな衣。

それを今、着ている。

いったい、いつの間に……。

戸惑《とまど》い、おいちは足を止めた。

瑠璃色の着物は、さらに派手になっている。模様《もよう》の一つ一つがきらきらと輝き、眩《まばゆ》い。目にしたことはないけれど、吉原《よしわら》の花魁《おいらん》の衣装もかくやと思われる派手やかさだ。松庵ではないが、目がくらくらする。

あたし、なんでこんなものを着ているの？

なぜか冷《ひ》や汗《あせ》が流れた。

指先がつっと冷たくなる。前を行く誰かが手を放したのだ。

「いいのかなぁ」

声が聞こえた。湯屋《ゆや》の洗い場で聞くように、わんわん響《ひび》いている。

「そんな華美《かび》な姿でいいのかなぁ」

「え？　いや、でも、あたしはこんな格好《かっこう》をしたいわけじゃなくて、知らないうちに……」

おいちはしどろもどろになって言い訳をした。声の主《ぬし》が、やんわりと自分を詰《なじ》っていると感じたのだ。おいちは、声の主に嫌《きら》われたくなかった。自分のことを知ってほしかった。相手が誰だかわからないのに、強く望んだ。

あたしを嫌わないで。

あたしのことをちゃんと見て。

「おふねさんが亡くなったばかりだというのに、もうそんな格好で浮かれているわけか」

「あ……いえ、だからちがいます。それはちがって……」

ため息の音。

「たいせつな友だちが亡くなったんだ。もう少し、悼《いた》んであげてもよかろうにな。ずいぶんと情の冷たい人だ」

「ちがいます。ちがいます。それはあなたの思い違いです」

必死に叫《さけ》ぶ。

「もういい」

背中を向ける気配《けはい》がする。立ち去る足音が伝《つた》わってくる。

「待って、待って、ちがうんです」

おいちは追いかけようと駆《か》け出した。とたん、長い裾を踏みつけ、たたらを踏む。そのまま前に倒れ込む。しゅるしゅると袖が伸びて、おいちの身体に絡《から》みついてきた。

身体が動かない。

足音が遠ざかる。

追いかけなければ、二度と逢《あ》えなくなる。

なのに、動けない。

涙が溢《あふ》れた。

待って、待って、行かないで。お願い、行かないで。

涙が止めどなく流れる。

待って……。

目が覚《さ》めた。

泣いていた。

夢を見て、泣いていたのだ。

おいちは伏《ふ》したまま、視線を巡《めぐ》らせた。

部屋の中が明るい。

襖《ふすま》一枚を通して、ざわめきが聞こえる。

「だってね、先生、腹が立つときは立ちますよ」

きんきん響くあの声は……おしまさんだ。

菖蒲長屋《しょうぶながや》の住人で巳助《みすけ》という焙烙《ほうろく》売りの女房《にょうぼう》だった。骨組《ほねぐみ》のがっしりした大柄な女で大店《おおだな》の内儀のような貫禄《かんろく》がある。それなのに、声だけは妙に甲高《かんだか》い。

「うちの宿六《やどろく》ときたら、ろくな稼《かせ》ぎもないのに、なんであぁまで見栄《みえ》っ張《ぱ》りなんでしょうね。江戸っ子が宵越《よいご》しの銭《ぜに》を持てるか、だなんて息巻いてんですよ。何が、江戸っ子だよ。父親の実家《さと》は常陸《ひたち》の奥のくせにさ。笑っちまいますよ、ほんとに。笑う前に愛想《あいそ》が尽きるかもしれませんけど」

「ははは。それで巳助は有り金はたいて、一升酒《いっしょうざけ》を買ってきたわけか。下戸《げこ》のくせにな」

松庵が受け答えをしている。その声がいつもより低く思えるのは、おしまのきんきん声と比べるからだろうか。

おいちは起き上がり、素早く身支度《みじたく》をした。頰がごわごわと強張《こわば》っている。口の中が微《かす》かにしょっぱい気がした。

本気で泣いたんだ。

昨日も泣いた。

父の前で伯母の前で、声をあげて泣いた。泣いておふねが生き返るものでも、おふねを失った痛手《いたで》が癒《い》えるものでもない。わかっている。でも、理屈じゃなかった。泣かなければ、どうにかなりそうだった。頭も腕も胸も足も、ばらばらに砕《くだ》け散ってしまいそうだった。泣くことができたとき、身体の力が少しだけ抜けた。それで、おいちは眠ることができたのだ。

たいせつな友だちの一人を失い、泣いた。それが現《うつつ》の涙のわけだ。夢の中の涙のわけは……何だろう。

あたしはなんで泣いたんだろう。

誰かと離れることが辛《つら》くて、わかってもらえないことが苦しくて、泣いた。あたしは誰と離れたくなかったんだろうか。誰にわかってもらいたかったんだろうか。

しばらく考えたけれど、答えは浮かんでこなかった。

襖の向こうでは、おしまと松庵のやりとりが続いている。

「よし、これで診立《みた》ては終わりだ。それで、痛みの方はちっとはマシになったかい」

「ええ、おかげさまでねえ。すっかり楽になりましたよ。宿六がね、おまえ、前より元気になっちまったじゃねえか、なんて言うんですよ。なっちまったはないでし

ぐらいですよ」

ようにね。でも、やっぱり、先生のお薬はすごいですよねえ。こうやって拝《おが》みたい

「おいおい、やめてくれよ。おしまさんに拝まれると、墓石にでもなった気がする

んでね」

「まっ、先生ったら」

おしまの笑い声が耳に突き刺さってくる。陽気な声だ。

おいちは髪《かみ》を手櫛《てぐし》で整えると、襖をそっと開けた。

「あら、おいちちゃん、おはよう」

「おはよう。おしまさん」

「珍《めずら》しく、ゆっくりじゃないか」

「うん。すっかり寝坊しちゃった」

「疲れてるんじゃないのかい。目が赤いよ。疲れってのは、馬鹿《ばか》にできないからね

え。万病の因《もと》になるってさ。あら、いけない。こんなことおいちちゃんに言うなん

て、釈迦《しゃか》に説法だったたね、ははは」

じゃあ、おじゃまさんでした。そう言い残して、おしまが出ていく。入れ替わり

に、冷えた風が吹き込んできた。朝夕がめっきり寒くなった。季節は確かに移ろっ

ている。

「……おしまさん、痩《や》せたね」

「ああ。日に日に窶《やつ》れていくみたいだ。この夏の暑さは、だいぶ堪《こた》えただろうな」

「でも、本人は元気だって……」

「そう思い込もうとしているのさ。病は治った、もうすぐ元気になれるってな。巳助も同じだ。女房の病気が治ったと思いたくて、芝居《しばい》をしている。一日一日、弱っていく女房ではなく、一日一日恢復《かいふく》していく女房だと信じたいんだろう」

松庵は盥《たらい》の水で手を洗い、かぶりを振った。

「おしまさん……やっぱり治らないの」

「うむ。乳房《ちぶさ》の痼《しこり》がな……指で触れてもわかるぐらいだ。ああなると切り取るしかないだろうが、ここでは無理だ。そんな治療はできない。きちんとした治療を受けるためには、法外な金がいる。巳助が、いや、おれだってそうだが、一生働いたって手に入れられないほどの大金がな」

「お金さえあれば、おしまさんは助かるの」

「おいち、さえなんて言うな。貧乏人には一分《いちぶ》の金を稼《かせ》ぐのだってたいへんなんだ。それに……あそこまで進んでしまうと、どんな治療も手遅れだろう。たぶんな」

松庵の口調は淡々《たんたん》としていた。しかし、眼の色が翳《かげ》る。昏《くら》い眼だ。松庵は時々、こんな眼をする。あたしには見えない深淵《しんえん》を覗《のぞ》き込んだ眼だ。おいちはそう思う。

医者とは人の生と死の間《あわい》に立つ者だ。人の死を見届け、生を見詰《みつ》める。だから、昏みを眼の中に宿すのだろう。

「巳助がつい酒を買ってしまった気持ち、わかる気がする」

百味《ひゃくみ》簞笥の中身と帳面を照合しながら、松庵が呟《つぶや》いた。

「酒でも飲んで、ごまかしたかったんだ。女房の前で芝居を続けるのも素面《しらふ》では辛かったんだろうな。宵越しの銭は持たないなんて下手《へた》くそな嘘までついて……、だけど、あいつ、正真正銘《しょうしんしょうめい》の下戸でな。酒を一口でも飲むと、腹を下《くだ》す。今日の昼までには腹下しの薬をくれと、走り込んでくるぞ」

「うん……」

やりきれない。

おしまは骨組ががっしりしているぶん、痩せて衰《おとろ》えていく様子が目立つ。夏の初め、微熱と倦怠《けんたい》を訴《うった》えたおしまを診察したとたん、松庵は顔を歪《ゆが》めた。おしまは気がつかなかったが、おいちには、父が奥歯を合わせ唸《うな》りの一言を嚙《か》み殺したことが見て取れた。

「父さん、おしまさん、悪いの」

おしまが帰ったあと、そっと尋《たず》ねてみた。答えは半《なか》ばわかっていた。でも、尋ねずにはいられなかった。

おしまはおいちの生まれる前から、菖蒲長屋の住人だった。小さいころ、よく遊んでもらった。祭りに連れていってもらったこともある。うっすらとだが覚えている。

「あれは……いかんな」

「いかん、て？　父さん、それ……」

「乳の奥に腫瘍《しゆよう》ができてる」

「お乳の」

思わず胸を押さえていた。乳房の柔らかいけれどしっかりした手応《てごた》えを感じる。

この奥に腫瘍が……。

「先生、お診立てをお願いします」

次の患者がやってきた。松庵は何かを振り払うように、首を振り、「よう、市介《いちすけ》さん。こんな朝っぱらからどうしたんだ。首でも寝違えたかい」と、朗《ほが》らかな声をあげた。

昏い眼差しや顔つきのまま、患者の前に立つな。医者の陰りは、そのまま患者の不安につながる。だから、何があっても、どんなときでも、明朗《めいろう》に堂々と振る舞うんだ。

松庵から教えられた通りに、おいちも微笑《ほほえ》んで患者を迎え入れた。

あの日から、一夏《ひとなつ》が過ぎた。

一時《いっとき》、恢復したかに思えたおしまは、このところ徐々に痩せて窶れが目立ち始めた。病状がまた一歩、進んだのだ。

やりきれない。やりきれないけれど、おいちには何の手だてもなかった。おふねのときと同じだ。

何もできず、見ているしかない……のだろうか。

おいちは襷《たすき》で袖を絞《しぼ》ると、土間《どま》に下りた。流しに豆腐《とうふ》の入った小盥《こだらい》が置いてある。

「父さん、これ？」

「ああ、おしまさんが持ってきてくれた。油揚《あぶらあ》げも一緒にな」

水を張った盥の中に豆腐が据《す》わっている。その白さが女の乳房を思い起こさせた。

「そう……。じゃあ、豆腐のおつけを作るね」

「ああ、頼む」

竈《かまど》に火を熾《おこ》し、鍋《なべ》をかける。頬は乾《かわ》いたけれどがさがさと強張っていた。手拭《てぬぐ》いでそっと拭《ふ》いてみる。

湯屋に行きたい。

石榴口《ざくろぐち》の薄暗さや糠袋《ぬかぶくろ》の匂《にお》いを思う。ふいに、
あたし、生きているんだ。

と呟きそうになった。

湯に浸《つ》かる。糠袋で身体を洗う。豆腐の汁をすする。それを美味《おい》しいと感じる。薬草の匂いを嗅《か》ぐ。夢を見る。泣く。笑う。憤《いきどお》る。心が重く沈《しず》んでいく。あるいは、弾み躍《おど》る。

みんな生きている証《あかし》ではないか。

息を吐き出す。竈の火に指をかざす。

おいちは、自分が今、泣きたいのか笑いたいのか、わからなくなる。あたしは確かに生きているのだという思いと、すぐ傍《かたわ》らにある死との狭間《はざま》で、泣けばいいのか笑えばいいのか、他にすべき何かがあるのか、少しも解《げ》せない。ただ、立ち竦《すく》むことだけはしたくなかった。

「おいち」

松庵が声を掛けてくる。声を掛けながら、しばらく何も言わない。土用の丑《うし》の日あたりに採取したゲンノショウコをいじっている。あまり意味のない仕草に見えた。

「なあに」

「いや、あのな」

「なによ?」

「いや、ちょっと訊《き》きたいことがあってな……。いや、別に言いたくなければ無理に言わんでもいいが」

おいちは前掛けで両手を拭いた。小盥を持ち上げる。

「だから、何を訊きたいの。やだなあ、へんにもごもごして。父さんらしくないけど。どうしたの?」

「いや、じゃあ、ちょっとおいちさまにお尋ねいたします」

「苦しゅうない。聞いてつかわす。言うてみやれ」

「タズミさまってのは、誰だい」

小盥を落としそうになった。手が震えたのだろう、水が零《こぼ》れ、前掛けを濡《ぬ》らした。身体の熱が瞬時に跳《は》ね上がる。

「え? は? 父さん、あの、何を急に……だって、あの……」

おいちの取り乱し様に、松庵も慌《あわ》てる。おいち以上の慌てぶりだ。

「いや、その、別に、その言いたくなけりゃいいんだ。べつに、ほら、聞かなくたって腹が減るわけでも、目眩《めまい》がするわけでもないし……。はははは。いやいや、ほんとにな……あっこれな、ゲンノショウコは腹をこわしたときに効《き》くんだ。胃の腑《ふ》のただれにも薬効がある。別名、医者要《い》らずなどと呼ばれているぐらいだからな。ははは、まったく上手《うま》いこと名付けたもんだ」

「父さん……」

「日の当たる場所に植えておけば、労なく増《ふ》えるしな。巳助が来たら処方《しょほう》してやろうと思ってな。なに、あいつの腹下しなんざ、すぐに治っちまうさ。ははは」

「どうして、田澄《たずみ》さまの名前を知ってるの」

「いや、それは、なんとなく」

「父さん！」

松庵が肩を竦めた。

「寝言《ねごと》だよ」

「寝言？」

「夜中に何度か寝言で呼んでいたからな。タズミさまって。ちょっと気になったわけだ」

おいちは盥の中の豆腐を見詰めた。豆腐が見たかったわけではない。父とまともに目が合わせられなかったのだ。

頰が火照る。赤く染《そ》まっているのだろう。耳朶《みみたぶ》まで熱い。

なぜ、田澄さまのお名前なんて呼んだの。なぜ……。

あっと声をあげそうになった。

あの人、夢の中であたしの手を引いていたあの人は、田澄さま？

でも、そうだとしたら、あたしなぜ、田澄さまの夢を……。

なぜ、なぜ、どうして。

問いかけの言葉だけが頭の中を渦巻《うずま》く。

おいちは目を閉《と》じた。渦巻きに酔《よ》った心地がしたのだ。鈍《にぶ》い頭痛がして、むかつきを覚える。盥を流しに戻し、息を吐き出した。それから瞼《まぶた》を閉じる。

気持ちが悪い。

瞼を閉じると、闇《やみ》があった。

深く暗い闇の世界が広がる。

日当たりの悪い裏店《うらだな》とはいえ、朝だけは光が惜《お》しみなく差し込んでくる。それが菖蒲長屋だった。松庵とおいちの住まいも、光に明々《あかあか》と照らされていたはずだ。なのに、この闇は。

悲鳴をあげそうになる。

「伯母さん」

おうたが倒れていた。うつ伏せになり、顔を横に捩《ねじ》り、喘《あえ》いでいる。額《ひたい》に脂汗《あぶらあせ》が浮かび、半ば開いた口から白く乾いた舌《した》が覗いていた。おいちは駆け寄り抱き起こそうとした。

「伯母さん、伯母さん。どうしたの」

おうたは目を開けない。固く閉じたまま喘ぎ続けている。

「おいち、どうした」

肩を摑《つか》まれた。瞼を上げると、すぐ前に松庵の顔があった。口元も目元も引き締まった真剣な形相《ぎょうそう》だ。

「どうしたんだ、急に。何が見えた」

「伯母さんよ」

「なに？」

「伯母さんが苦しんでる」

「義姉さんが？　しかし、昨夜は元気で」

松庵が口をつぐんだ。引き締まった面持《おもも》ちのまま頷《うなず》く。

「よし、すぐに用意をしよう」

松庵が言い終わらないうちに、慌《あわただ》しい足音が聞こえてきた。腰高障子《こしだかしょうじ》が勢いよく、開けられる。

「先生、おいちさま。内儀さんがたいへんです」

おかつが飛び込んでくる。おうた付きの小女《こおんな》だ。

伯母さん。

おいちは両手の指を固く握り込んだ。

再び走る。

駕籠《かご》が止まった。

八名川町《やながわちょう》『香西屋《こうさいや》』の前だ。

おいちは転《ころ》がるように駕籠から降りた。いや、ほんとうに転んだのだ。足がもつれて前につんのめってしまった。

「おいち、落ち着け」

松庵《しょうあん》が腕を掴《つか》んで引き起こしてくれる。

「どんなときにも、慌《あわ》ててはならん。慌てれば、見えるものも見えなくなる」

松庵の口調《くちょう》は、叱咤《しった》するかのように厳《きび》しいものだった。眼つきも口調以上に険《けわ》しく、尖《とが》っている。

「慌てるな。落ち着くんだ。落ち着くんだ」

おいちにではなく、自分自身に言いきかすように呟《つぶや》き続ける。

「おう、おいち、松庵さん、来てくれたか」

店の奥から、藤兵衛《とうべえ》が走り出てきた。

身体《からだ》つきも顔もころりと丸い。目尻《めじり》が垂《た》れているので、始終《しじゅう》笑っているように見える。このいかにも好々爺然《こうこうやぜん》とした男が紙屑《かみくず》買いから身を興《おこ》し、表店《おもてだな》を持ち、その店を大店《おおだな》と呼ばれるまでに育て上げた辣腕《らつわん》の商人だと見抜ける人は、そういないだろう。

人は誰でも光と影を持つ。一代で人生の坂を駆《か》け上がった者ならなおさら、その陰影は濃《こ》いはずだ。世事に疎《うと》いおいちの耳にさえ、たまにだが、藤兵衛についての噂《うわさ》が届くことがある。

曰《いわ》く、香西屋藤兵衛はご禁制の品を扱って、あそこまでのし上がった。曰く、昔世話になった紙問屋の主人を裏切って身代《しんだい》を乗っ取った。曰く、若いころ、盗賊《とうぞく》の一味に加わっていた。曰く、裏ではずいぶんあこぎな商売をしている。

大半は、根も葉もない噂だ。

「藤兵衛さんのような成功者が、あれこれ言われるのはしょうがないことさ。妬《ねた》みや嫉《そね》みが悪意の噂を生むってのは、神代《かみよ》の昔から人の世の習いだからな」

松庵に言われるまでもなく、よく、わかっている。香西屋藤兵衛は悪人でも人非人《にんぴにん》でもなく、才覚と度胸と幸運に恵まれた商人なのだ。そして、藤兵衛が気の良《い》いだけの善人でもないこともわかっている。香西屋をここまでにするために藤兵衛は、人の世の埒《らち》ぎりぎりを何度も渡ったことだろう。他人には決して言えない秘密を幾《いく》つも抱《かか》えているだろう。そのくらいのことも解《げ》せないほど、ねんねではないつもりだ。

けれど、おいちの知っている藤兵衛はいつも穏《おだ》やかに笑い、温《あたた》かく迎え入れてくれる人だった。女房《にょうぼう》のおうたに心底《しんそこ》、惚《ほ》れきっている男でもあった。

もう五、六年前になるか、藤兵衛の馴染《なじ》みの芸者が藤兵衛の子を孕《はら》んだと『香西屋』に乗り込んでくる事件が起こった。藤兵衛にも心当たりがないわけでもなく、香西屋の奥向きは暫《しばら》くの間、たいそうな騒ぎになった。騒ぎの最中《さなか》、おうたは自分が身を引き、家を出ようと心を決めた。

菖蒲長屋《しょうぶながや》の一間《ま》に、ふらりと入ってきた伯母《おば》の姿をおいちはまだ、忘れていない。着る物はいつもの伯母らしく派手《はで》やかではあったが、顔つきは暗く、頰《ほお》が少し削《そ》げていた。ただし、口はいつもと変わらず達者《たっしゃ》で活《い》きが良い。

「しょうがないよねえ。あっちには子ができたんだ。『香西屋』の跡取りだよ。あたしが身を引くしかないだろう」

「しかし、義姉《ねえ》さん、『香西屋』を出てどうするつもりなんです」

「そうだねえ。そこが考えどころでさ……。いっそ、髪を下ろして仏門にでも入ろうかと思ってるんだけど」

「仏門に入る？　義姉さんがですか？　尼《あま》になる？　義姉さんが？　仏《ほとけ》の道に帰《き》依《え》するってわけですか？　義姉さんが？　出家するつもりなんですか？　ほんとに義姉さんが？」

「ちょっと、松庵さん。しつこいよ。何ですかね。あたしが尼になっちゃあ、何か都合の悪いことでもあるのかい」

「いやぁ、都合の良し悪《あ》しじゃないんですけどねえ。義姉さんの僧形《そうぎょう》っていうのは、どうにも……」

「どうにも、何なんですか」

「いや、あまりに浮世《うきよ》離れしていて、これっぽっちも浮かんできませんな」

「尼になるんですよ。浮世を離れるのは当たり前でしょ。ほんとに、あんたみたいな朴念仁《ぼくねんじん》には、女の気持ちなんか、それこそこれっぽっちもわかんないんでしょうよ。やれやれ、情けないこと」

「はぁ……。けど、義姉さん、本気で頭を丸めるつもりなんですか」

「頭を丸めたりしませんよ。丸めたら入道《にゅうどう》になっちまうでしょう。もっとたおやかな言い方ができないのかね、ほんとに。黒髪《くろかみ》を下ろすんですよ、この髪をばっさりとね」

「はぁ……。けど、あんまり早まらない方がいいんじゃないですか。義兄《にい》さんともう一度、ようく話し合って、その何とか奴《やっこ》という芸者からもちゃんと話を聞いて、丸めるのでも下ろすのでも決めればいいでしょう。破鏡《はきょう》（離縁）なんて、そう簡単にやっちゃいけませんよ。第一、義兄さんは承知してるんですか。夫婦別れをしてもいいって、言ってるんですか。義姉さんが一人で決めて、さっさと家を出てきたんじゃないでしょうね」

「それは……だって、あたしだってお江戸の女だよ。『香西屋』のために、すっぱり諦《あきら》めてやろうじゃないかって決めたんだよ。たいした心意気《こころいき》じゃないか。あんたも少し、見習ったらどうだい」

「いやあ、むちゃくちゃな心意気ですなあ」

松庵とおうたとのそんなやり取りも、おいちは、はっきりと覚えている。そのやり取りの最中に藤兵衛が飛び込んできたのも覚えている。とてもはっきりと、昨日《きのう》見たことのように覚えている。いつもは一分《いちぶ》の隙《すき》もない身拵《みごしら》えをしている伯父が、酔《よ》いどれかと見間違うほど胸元や裾《すそ》を乱していた。

「おうた、やはりここにいたのか」

藤兵衛は安堵《あんど》の息を吐《は》き出し、土間《どま》に座り込んだ。両手をつき、額《ひたい》を擦《こす》りつけんばかりに頭を下げる。

「おうた、すまない。今回の件は全《すべ》て、おれに非がある。申し訳ない。頼むから帰ってきてくれ」

香西屋藤兵衛が女房に土下座《どげざ》したのだ。

大の男が這《は》いつくばるように跪《ひざまず》く様《さま》を、おいちは初めて目にした。驚いて、用意しかけた湯呑《ゆの》みを落としそうになったぐらいだ。おうたは、おいちよりももっと驚いたらしい。腰を浮かせ、口を半開きにしたまままばたばたと手を振る。

「ちょっ、ちょっ、ちょっと、おまえさん。そんな大仰《おおぎょう》な真似《まね》、やめてくださいな。香西屋の主人ともあろう者がみっともないじゃありませんか。誰かに見られたらどうするんです」

「誰に見られたって構《かま》うものか。おまえに去られるぐらいなら、周《まわ》りから、みっともないやつと嘲笑《あざわら》われた方がずっとましだ」

「おまえさん……」

「頼む。この通りだ、おうた。帰ってきてくれ」

藤兵衛はさらに深く低頭《ていとう》する。

「いやあ、たいしたもんだ」

松庵が上《うわ》っ張《ぱ》りの前を軽く叩《たた》いた。感に堪《た》えないというように息を吐く。

「いや、まったくたいしたもんだ。この世には、金儲《かねもう》けに長《た》けた商人も、剣で名が立つお武家も、粋《いき》で気風《きっぷ》の良い男衆《おとこし》も大勢《おおぜい》いるけれど、女房に堂々と頭を下げられる男なんてのは、そうざらにはいませんぞ、義姉さん」

そう言って、おうたをちらりと見やった。

おうたは横を向き、珍《めずら》しく俯《うつむ》いている。

「義姉さん」

「わかってますよ。うるさいねえ。あたしがどれだけ、この男《ひと》の女房をやってると思ってるんです。松庵さんに言われるまでもない、亭主の男気《おとこぎ》ぐらいちゃんと心得《こころえ》てますよ」

「だったら一度、家に帰って、じっくり考えちゃどうです。出家云々《うんぬん》はそれからだって遅かありませんよ。仏さまってのは、果てしなく気が長いんだから、百年でも二百年でも待っててくれます」

「出家！」

藤兵衛が素《す》っ頓狂《とんきょう》な叫《さけ》びをあげた。これも、日ごろの沈着《ちんちゃく》な物言《ものい》いとは懸《か》け離れている。

「おうた、おまえ、頭を丸めるつもりだったのか」

おうたは立ち上がると、鼻の先に皺《しわ》を寄せた。

「頭なんか丸めませんよ。髪を下ろそうかと考えたんです。丸める丸めるって、餡《あん》ころ餅《もち》じゃないんだから、そう簡単に丸められてたまるもんですか。ほんとに男ってのは、どうしようもないんだから。おいち」

「あっ、はい」

「このお茶、濃いばっかりで風味なんてありゃしない。もう少し薄くおいれ。品がないよ。おまえのおとっつぁんみたいなもんさ。ほら、おまえさん、いつまでそんな格好《かっこう》してるつもりですか。こんなに胸元を開《はだ》けちゃって、だらしないにも程があります。香西屋藤兵衛の名前が泣きますよ」

亭主の着物を手早く直すと、おうたはさっさと出ていった。

「おうた、待ってくれ。帰ってくれるんだな、おうた」

藤兵衛が後を追いかける。二人の足音が遠ざかるのを、おいちはぼんやりと聞いていた。

「良い夫婦だな」

松庵がぼそりと呟いた。

「そうなの？」

「おいちは、そう思わなかったか」

「あたしは……わかんない」

「そうか、わからないか。では覚えとけ。ああいうのが、本物の夫婦っていうもんだ」

「伯母さんたち、別れないかなあ」

「別れる？　あの二人が？　まさか、天地がひっくり返ってもそんなことになるもんか」

松庵ははっきりとそう言い切った。

その通りだった。

伯母は香西屋の内儀《おかみ》に戻り、伯父とはいっそう睦《むつ》まじい夫婦になった。

芸者の子胤《こだね》騒動は、結局、空騒《からさわ》ぎに終わった。他の男の胤《たね》を身ごもった女が、藤兵衛からいくばくかでも金子《きんす》をせしめようと目論《もくろ》んだ狂言《きようげん》だったのだ。

藤兵衛は茶屋通いも芸者遊びもすっぱりやめて、仕事の付き合いで飲む以外は酒もめったに口にしなくなった。酔ったあげく、女と懇《ねんご》ろになってしまった失態を自省してのことだった。

「懲《こ》りた、懲りた。女は女房一人で十分だとよぉく、わかった。深酒も女遊びも、金輪際《こんりんざい》やめますよ」

苦笑《にがわら》いを浮かべながら、どこか晴々《はればれ》とした表情で語る藤兵衛を「女房の尻に敷かれて、男を捨てた軟弱者」と揶揄《やゆ》する向きもあったけれど、藤兵衛本人は僅《わず》かも気に掛けなかった。

「あのころは商《あきな》いが上《のぼ》り調子の上にも上り調子のころで、おれの中にどこか隙ができていたんだな。浮かれてもいたんだろう。その隙にするりと入り込まれた。まったく、面目《めんぼく》ない話だ。もうちょっとで何もかも失《な》くすところだったわけだ。いやいや、今さらながら思い出す度《たび》に、肝《きも》が冷える、冷える」

松庵相手にしんみりと語ったりもした。

騒ぎから一年ほども経《た》った仲秋《ちゅうしゅう》の宵《よい》だった。おいちと松庵は月見に呼ばれ、『香西屋』の奥座敷で、夕餉《ゆうげ》をもてなされていた。

「松庵さんのおかげだ。ほんとに、有り難《がた》いと思ってますよ」

「え？　いやいや、義兄さん、わたしは何にもしてませんが」

「おうたを引き止めてくれたじゃないか。松庵さんが止めてくれなかったら、あれのことだ、勢いのままに寺に駆け込む……なんて騒ぎになってたかもしれない」

「そりゃあまあ、義姉さんならやりかねませんなあ。けど、義姉さんも義兄さんが迎えに来てくれるのを心のどこかで待ってたんじゃないですか。義兄さんが飛び込んできたとき、ほんの束《つか》の間《ま》ですがやけに嬉《うれ》しそうな眼つきになりましたからな」

「おや、そうだったのか」

「そうです、そうです。義姉さんは待っていたんですよ。さらに言わせてもらえば……」

「おれが息せき切って飛び込んでくるのを見通していた」

「その通り。うんうん、そう思えばあの嬉しげな眼つきは、事が思い通りに運んでいい、いい、してやったりというやつかもしれませんなあ」

「松庵さん」

「はい」

「げに恐ろしきは、女だねえ」

「まさに、まさに」

男二人は真顔《まがお》で頷《うなず》き合った。

おいちは傍《かたわ》らでその様子を見、話を聞いている。

夫婦になるとはどういうものなのか、男と女はどう関《かか》わり合って生きていくのか、げに恐ろしいのは男なのか女なのか、まるで見当がつかない。

大人たちの交《か》わす言葉は軽《かろ》やかで、浮《うわ》ついていて、饒舌《じようぜつ》でありながら、がらんどうのように聞こえるくせに、その実、何かしら意味深いものを秘めているようでつい耳を傾《かたむ》けてしまう。耳を傾けていれば、少しはあてがつくような気がした。

あれから年月が過ぎ、おいちは十七になった。夫婦についても、男と女についても少しは解せるようになったと思う。ほんの少しだけだけれど。

ただ、藤兵衛にとっておうたが掛け替えのない伴侶《はんりよ》であること。それだけは、ずっと昔からわかっていた。

「伯父さん、伯母さんは」

「奥の間に寝ている。早く診《み》てやってくれ」

藤兵衛が松庵の腕を摑む。ありったけの力で摑んだのだろう、松庵の口元が微《かす》かに歪《ゆが》んだ。

磨《みが》き抜かれ、塵《ちり》一つ落ちていない廊下《ろうか》を走る。

昨日も今日も走ってばかりだ。

ふっと思う。

走るのは嫌《きら》いじゃない。でも、こんな粟立《あわだ》つ走りは嫌《いや》だ。不安に心が、肌《はだ》が、粟立つ。

おふねの血の気《け》を失った白い顔が浮かぶ。

嫌だ、伯母さん、そんなの嫌だからね。

こみ上げる叫びを必死で抑《おさ》え込んだ。喉《のど》を苦い汁《しる》が滑《すべ》り落ちていくようだ。

「義姉さん、どんな様子なんですか」

「それが、急に腹が痛いと言い出して、癪《しゃく》の薬を飲んだんだが、痛みが一向《いっこう》に引かないようで苦しんでいる。松庵さん、頼む。おうたを助けてやってくれ」

「だいじょうぶです。安心してください、義兄さん」

松庵の声は太く低く、聞いているだけで心が凪《な》いでいく。

落ち着くんだ、落ち着くんだ、落ち着くんだ。

おいちは胸の中で幾度も繰り返した。

病人や怪我人《けがにん》の前で決して取り乱してはいけない。眼前の患者が我が子であろうと、我が親であろうと、心を乱してはならない。

医の道を志《こころざ》す者の心得だ。

落ち着くんだ。落ち着くんだ。落ち着くんだ。

こぶしを握《にぎ》り、唾《つば》を呑《の》み下す。

大きく深く、息を吸い吐き出す。

おうたは夜具《やぐ》の上に横たわり、小さく呻《うめ》いていた。

額《ひたい》にびっしりと脂汗《あぶらあせ》が浮いている。

小女《こおんな》がその汗を濡《ぬ》れ手拭《てぬぐ》いで拭《ふ》き取っていた。おかつより若い、小柄《こがら》な少女だった。

「伯母さん！」

乱れてはならない心が乱れ、おいちはおうたの手を握り締《し》めた。

熱い。

「伯母さん、しっかりして」

声が上《うわ》ずる。おうたの瞼《まぶた》がゆっくりと持ち上がった。

「……おいちかい……」

「そうよ。伯母さん。いったいどうしたの。なんで」

「あたしは……もう、だめだ……。とうとう、おまえの花嫁姿を見られないまま
……それだけが心残りでね……」

「伯母さん。何言ってんの。元気になったら、十度でも二十度でも見せてあげるか
ら、しっかりして」

「馬鹿《ばか》……一度でいいんだよ。十度も二十度も見せられて……たまるもんか。たっ
た一度だけ……うっ、痛いっ。また差し込みが……痛い、痛い」

「おいち、どけ」

松庵がおいちを押しのける。

「目の前に患者がいるんだ。やるべきことをやれ」

「あ、はい」

おいちは上っ張りに素早く手を通すと、薬籠《やくろう》を開いた。開いた後、指をそっと握
り込んでみる。

おうたの手は熱かった。汗ばんでいた。生きた者の手だ。生きている者だけが持

てる熱であり、湿《しめ》り気《け》だった。

おふねとはちがう。

しだいに冷えていった友とは、明らかにちがう。

おうたは生きて、病《やまい》と闘《たたか》っている。まだ、敗《やぶ》れてはいない。

「義姉さん、どのへんが痛みますか。声を出してください」

松庵の指がおうたの腹部を柔《やわ》らかく押していく。

「痛っ、そこが、痛いっ」

おうたが悲鳴をあげ、身を捩《よじ》った。

「ここですね。じゃあ、ここは」

「痛い。痛いって。松庵さん……あんた、わざと……やってるんじゃ……ないだろうね」

「ほほぉ、そんな減《へ》らず口がきけるのなら、だいじょうぶだ。うん？　ずいぶんと硬《かた》いが……おいち、温石《おんじゃく》の用意を。それと湯だ」

「はい」

「右季肋下《ゆうきろっか》を温めてくれ」

「はい」

「それがすんだら、通薬粉《つうやくこ》を刀圭《とうけい》で二匙《さじ》と三分の一、湯で溶《と》かすんだ。一時《いちどき》にやるな。少しずつ少しずつ丁寧《ていねい》に溶かせ」

「はい」

松庵の指示に従って、動く。

おふねのときは見ているだけだった。何の手出しも、手立てもできぬまま、ただ見ていなければならなかった。それに比べ、てきぱきと動けることの有り難さを、治療の術《すべ》のある有り難さをおいちは痛感する。

おうたが唸《うな》る。

「義姉さん、腹がずいぶん膨《ふく》れてるじゃないですか。長い間、通じがなかったんですかね」

「それは……まぁ……」

「どのくらい、なかったんです。三日や四日じゃないでしょう」

「あたしは、前から出が悪いんですよ……。なんで、こんなこと松庵さんに言わなきゃ……ならないんです」

「わたしが医者だからですよ。どうです。温めたら、少しは楽になったでしょう」

「少しはね……」

「かなり楽になったはずですよ。舌《した》が回り出したから」

「何言って……んだか。あ、おいち、起こしておくれ。だいじょうぶ……自分で飲むから……」

背中を支えると、おうたは自分で薬湯《やくとう》を口に運んだ。

「あぁ……苦い。舌が痺《しび》れるよ……。松庵さん、これ……何の薬なんです？」

「通じ薬に決まってるじゃないですか。わたしが調合した薬ですからな。よく効《き》きますよ。すぐに出ちまいます」

目の下に隈《くま》ができ、頬が弛《たる》み、おうたは一晩でげっそりと窶《やつ》れていた。その窶れた面《おもて》に紅《べに》が散る。

「で、出るって……まぁ、それって……」

「そう。義姉さん、糞詰《ふんづ》まりってやつですよ。下腹が硬く張ってたじゃないですか。これじゃあ、痛いのは当たり前だ。なんで、こうなるまで放っておいたんです」

「糞詰まりって……そんな下品な……」

「病に下品も上品もあるもんですか。病は治るか治らないか、いや、治せるか治せないか、この二つしかありゃあしません。義姉さんの糞詰まりは、なんとか治せる類《たぐい》のもので、やれやれですよ」

「やめてくださいな。ほんとに……そんな、糞詰まりなんて……」

「じゃあ、大便の秘結《ひけつ》ってやつですな。どっちにしても詰まってることに変わりはない。さて、ちょっと失礼」

松庵はおうたの瞼を裏返し、眉《まゆ》を寄せた。

「義姉さん、この前、うちに来たとき、頭がくらくらするとか言ってませんでしたっけ」

「頭？　ええ、確かに……松庵さんと話してるとうんざりしちゃってねぇ……。頭はくらくらするし、目は回るし……」

「うちでだけくらくらするんじゃないでしょ。始終、目眩《めまい》がしてるんじゃないですか」

「そんなことは……ありませんよ。朝、起きしなにちょっとぐらいで……」

「月のものはどうです？　きちんとありますか？」

「ま……どうして、そんなことまで、松庵さんに言わなきゃならないんです」

「わたしが医者で、義姉さんが患者だからです。じゃあ、月のものは、止まってるんですか」

「……あたしは、若いころからずっと、あれが不順で……。だから、止まってるかどうかなんて、はっきりとわかりませんよ。まったく……面と向かって、女に何てことを訊《き》くんだろうね。あっ、痛っ。また、お腹が、痛ったたた」

「薬が効いてきたんですよ。厠《かわや》に行って出すものを全部、出してきたらすっきりするはずです」

「また、そんな下作《げさく》なことを……痛ったたた」

下腹を押さえ、おうたが立ち上がる。小女がその腰をしっかりと抱えた。おうたを引き摺《ず》るようにして、廊下に出ていく。

藤兵衛が、松庵ににじり寄った。

「松庵さん、おうたはほんとうに、その……秘結なのか」

「そうです」

「なんだ、そうかぁ」

藤兵衛の全身から力が抜けた。

「真《ま》っ青《さお》になって痛い痛いって苦しみ出したものだから、すっかり慌ててしまって……。そうかぁ、ただの糞詰まりかあ。ははは、まったく人騒がせなやつだ。松庵さんにもおいちにも、手間をとらせちまったな。申し訳ない」

「何度も言いますが、わたしは医者ですよ。患者のいるところには、どこだって出向きますよ。それが仕事ですからね。ただ、義兄さん。便が詰まるってこと、あまり甘く考えない方がいい」

藤兵衛の表情が引き締まる。何事かを量《はか》るような商人の眼つきになる。相手が思わず身を縮《ちぢ》めるような鋭《するど》い眼差《まなざ》しだ。

「どういうことだね」

「人の身体の内ってのは、みんな繋《つな》がっているんです。便の出が悪いということは何か原因があるはずです。たとえば肝《かん》の臓《ぞう》が弱っていても、腹の中に腫《は》れ物《もの》ができていても、心配事が重なっても便通は悪くなる。また、慢性の秘結となると、さまざまな病の因《もと》になりやすい。うん、あまり軽く考えないで、養生《ようじょう》が大事ですよ。義姉さんもそう若くはないんだから、いろいろ気をつけねばならん歳《とし》になったと自覚しないとね」

藤兵衛は腕組みし、松庵の一言一言に深く頷く。

「なるほど。それで、何をどう気をつければいいんだ」

「まずは冷やさないこと。腹に靠《もた》れるような食事は避《さ》けてください。薬はとりあえず三日分だけ処方《しょほう》しておきます。この薬は溶かし方がちょっと難しいので、おいちを毎日よこしますから」

「そうか。おいちが来てくれるなら、心強い。頼むよ」

「ええ、しっかり看病に通います。任《まか》せてください」

おいちは伯父に向かって、微笑《ほほえ》んで見せた。藤兵衛がほんの少しだけ笑《え》みを返した。

帰り道、駕籠を呼ぶと言う藤兵衛の申し出を断って、父娘《おやこ》は菖蒲長屋まで歩くことにした。八名川町から六間堀町《ろっけんぼりちょう》までは目と鼻の先だ。秋が日に日に深くなる季節の昼下がり、父と並んで歩くのも悪くはない。

松庵は薬籠を、おいちは風呂敷包《ふろしきづつ》みを抱えていた。風呂敷包みの中身は朱塗《しゅぬ》りの重箱で、小鯛《こだい》の煮付《につ》けが入っている。

「昼餉《ひるげ》をご馳走《ちそう》になって、こんなお土産《みやげ》まで貰《もら》っちゃって。夕餉《ゆうげ》が楽しみね」

「あぁ、そうだな」

「一本、つけちゃう?」

「そいつは豪儀《ごうぎ》だ。大盤振舞《おおばんぶるま》いじゃないか、おいち」

「一本だけよ。大盤振舞いなんかしません」

松庵が天を仰《あお》ぎ微かに笑った。

明日あたりから天気が崩《くず》れるのだろうか、空には雲が群れ始めている。雁《かり》の一群《ひとむれ》が、その空を渡っていく。傾いた日差《ひざ》しは紅《あか》く、地に伸びる影は驚くほど黒い。

秋は何もかもが急ぎ足になる。

時の移《うつ》ろいも、日輪《にちりん》の動きも、人々の足取りも、何かに急《せ》かされるように過ぎていく。

やがて、江戸に木枯《こが》らしが吹く。雪が積もる。その雪はおふねの真新しい墓標《ぼひょう》を、静かに覆《おお》い隠すだろう。

おふねちゃん、淋《さび》しくない？　寒くはない？　独《ひと》りぼっちで泣いてはいない？

あたしは、まだ、おふねちゃんのところには行けないよ。もう少し生きて、やりたいことがあるの。

あたしたちのこと、見ててね、おふねちゃん。見守っていてね。

気息《きそく》を整える。
二、三歩前を行く松庵の背中に声を掛ける。
「父さん」

「うん？　どうした？」

「伯母さんの病は、何なの」

松庵の足が止まる。その顔を夕陽《ゆうひ》が紅く染める。そのせいなのか、どんな感情も読み取れなかった。

「ただの秘結じゃないんでしょ」

「そう思うか」

かぶりを振る。

「あたしには診立《みた》ては、できなかった。でも、お薬がお通じの薬だけじゃなかったし、父さんの様子がいつもと少し、ちがってたから」

「そうか。おれはいつも通りに振る舞ったつもりだが、おいちに見破られるようじや、まだまだだな」

「父さん、伯母さん、そんなに悪いの」

一歩、前に出る。父の眼を覗《のぞ》き込む。

「わからん」

今度は松庵が頭を横に振った。

「腹を触《さわ》ったとき、微かだが痼《しこり》のようなものに触れた。それが何なのか、おれには判断できないんだ。便が詰まっているために単に瘤《こぶ》状に膨《ふく》れていたのか、何か別のものなのか……」

「伯母さんが厠から帰ってきたとき、また触れてみたでしょ。あのときは、どうだった?」

「ほとんど何も触れなかったな。だからといって、その痼がなくなったとは断言できん。それに、義姉さんはかなり貧血がひどい。身体が慣れてしまって、本人は感じていないが、月のものがないにしてはちょっとな……」

「その痼と貧血と関わりがあるの」

「それも、わからん」

「じゃあ、これから、どうしたらいいわけ」

「様子を見るしかないだろう。薬を処方しながら様子を見る」

松庵が横を向く。おいちから目を逸《そ》らす。

「じゃあ、もし……もし、その痼が悪い腫れ物だとしたら、伯母さん、どうなるの」

語尾が震《ふる》える。

血の臭《にお》いを嗅《か》いだ。

おふねから漂《ただよ》った臭いだ。死の臭いだ。その臭いに包まれて、おふねは黄泉《よみ》へと旅立っていった。

「腫れ物を切って取り除く。それしかないだろう。そのためには然《しか》るべき場所に、ちゃんと外科術ができる養生所《ようじょうしょ》に入らねばならん」

おいちと松庵の間を風にさらされた楓《かえで》の一葉《ひとは》が過《よぎ》っていく。

「外科術……」

呟いてみる。

それは希望の言葉のようにも、おぞましい呪詛《じゅそ》のようにも響《ひび》いた。

驚く。

お江戸の秋は駆足《かけあし》で過ぎてしまう。

この前まで、月見だ紅葉狩《もみじが》りだと人は浮かれ、空は碧《あお》く、風は心地《ここち》よく、まさに涼秋《りょうしゅう》そのものだった。それなのに、今朝《けさ》は冷気が身体《からだ》の芯《しん》に染《し》みてくる。晩秋ではなく初冬に近いとさえ感じる。

おいちは朝の空気を吸いながら、『香西屋《こうさいや》』の裏木戸を押す。庭を横切り、縁側《えんがわ》から廊下《ろうか》に上がる。

「おう、おいち、今日も来てくれたか」

藤兵衛《とうべえ》が目敏《めざと》くおいちを見つけ、走り寄ってきた。文字通り、ばたばたと忙しい足音をさせて走ってきたのだ。

「毎日、ご苦労なことだ。ありがとうよ」

「伯父《おじ》さん、お礼なんてやめてくださいな。患者さんの様子を見て回るのは、あたしの仕事なんだから」

「見て回るって言ったたって、毎日欠かさず通ってくれて、四半日《しはんにち》近くおうたの傍《そば》にいてくれるじゃないか。ほんとうに助かってるんだ。おまえの顔を見る度《たび》になにやらほっとするというか、心強いというか……。まさに、おいち大明神《だいみょうじん》さまさまだ」

藤兵衛が真顔《まがお》で手を合わせる。口調《くちょう》や仕草《しぐさ》とは裏腹な、硬《かた》い顔つきだった。それが気になる。

「伯父さん。伯母《おば》さんの調子……」

「うむ。昨日とそう変わらんのだ。床《とこ》に臥《ふ》したままぼんやりしていて、時折、こう」

藤兵衛は口を半開きにして、深く息を吐《は》いた。

「ため息を吐《つ》いては、またぼんやりとあらぬ方角を眺《なが》めている。食欲もあまり湧《わ》かないようでな。今朝も粥《かゆ》を、椀《わん》に……半分ほど食べただけだ」

「そう……」

「おうたが物を食べないなど、信じられん。あれから、食い気《け》をとったら何が残るんだ。きちんと食べないから、見る度に痩《や》せていくようでもあるし……」

藤兵衛の目の色が翳《かげ》る。

おいちの目の前にいるのは、辣腕《らつわん》の商人香西屋藤兵衛ではなく、恋女房《にょうぼう》の病《やまい》にうろたえる一人の男だった。そういう男をおいちは何人も見てきた。女房に先立たれ生きる気力さえ失った男も、女房の亡骸《なきがら》にすがり号泣《ごうきゅう》しながら、その中陰《ちゅういん》（四十九日）もすまぬうち女遊びにうつつを抜かす男も見てきた。万が一、おうたの身に何かあれば、藤兵衛はどうなるだろう。蝉《せみ》の脱《ぬ》け殻《がら》のように脆《もろ》く、砕《くだ》けてしまうのではないか。

そこまで考えて、おいちはかぶりを振った。自分を叱《しか》る。

馬鹿《ばか》、なんてこと、考えてんの。医の道に関《かか》わる者が万が一を考えるなんて、も

っての外《ほか》じゃないの。

「なあ、おいち、おうたはいつになったら床払《とこばら》いができるのかねえ」

藤兵衛が目を伏せる。

おいちはわざと、朗《ほが》らかな笑い声をあげてみた。そして、わざと蓮《はす》っ葉《ぱ》な物言《ものい》い

をする。

「もう、伯父さんたら、しっかりしてよ。そんなに心配ばかりしていたら、伯父さ

んの方が気の病になっちゃうよ」

「しかし……」

「伯父さんがそんな暗い顔してたら、だめ、だめ。病に一番効《き》くのは笑い声と笑い

顔。みんなが楽しげに笑っていると、病の鬼《おに》も退散するって言うでしょ」

「そっそうか……。そうだな。おいちの言う通りだ。おれまで気を滅入《めい》らせていて

は、どうしようもない。しっかりせねばいかんな」

「そうよ、伯父さん。その意気よ」

笑える者は強い。

中身のない軽やかな笑いではなく、苦悩も悲哀《ひあい》も味わった上で、腹の底から絞《しぼ》り出す笑いは、ほんとうに病を払う力がある。おいちは心のどこかで、そう信じていた。むろん、笑い声で病の全《すべ》てが癒《い》えるわけがない。人の身体に巣くった病とは、そんな甘く柔《やわ》なものではないのだ。

一昨年《おととし》だったか、江戸の町に怪《あや》しげな加持祈禱《かじきとう》が流行《はや》ったことがある。祈禱師が念仏を唱《とな》えた後、家人《かじん》が大声で笑いながら病人の周《まわ》りを歩くのだ。三晩それを続けると、瀕死《ひんし》の病人でさえ恢復《かいふく》すると噂《うわさ》になっていた。

とんでもない、いかさまだ。

そんないかさま療治《りょうじ》が流行れば、治《なお》る病人も治らないのではと、おいちは気を揉《も》んだが、松庵《しょうあん》は平然としていた。

「気にするな。人ってものは、そこまで馬鹿じゃない。いかさまなんぞ、すぐに見破られて廃《すた》れてしまうさ。ただな……治り辛《づら》い、あるいは不治《ふじ》の病人を抱《かか》えると周りの者は、どうしても弱くなる。その病人がたいせつであればあるほど、藁《わら》に縋《すが》っても、いかさまに頼っても、救いたいと思ってしまう。それが人の情だ。情が弱さになり隙を作る。いつの世にも、その情に、その弱さにつけ込み一儲けを企む輩がいるんだ。いつの世にもな。現れては消え、消えたと思えば形を変えて、また、現れる。そして、そういういかさまに、心が安らぐ病人も稀にだがいる。ほんとうに、稀だがな。そこが人って生き物の摩訶不思議《まかふしぎ》なところさ」

それにな、と松庵は言葉を継《つ》いだ。

「笑うってのは確かに病に効く。もちろん、笑って治る病なんぞないさ。けれど、どんな病に罹《かか》っていても笑いに包まれて生きられたのなら、笑って生きられたのなら、その人は病に負けなかったって、言えるんじゃないか」

おいちは、深く頷《うなず》いた。

その通りだと思う。

笑える者は強い。

笑えるとは、病に、病に罹った自分に、病のため明日にも終えるかもしれない生涯に、正面から向かい合っていることだ。その強さは生きる根になる。病と闘《たたか》って倒れないための根となるのだ。

笑える者は強い。

だから、藤兵衛にも笑っていてほしい。おうたに屈託《くったく》のない笑顔で、接してほしい。

「よし、わかった。笑うが一番だな」

藤兵衛は胸を張り、顎《あご》を上げ、わはわはと笑い声をあげた。

「どうだ？」

「うーん、ちょっとわざとらしいかな。なんだか大仰《おおぎょう》過ぎて、下手《へた》なお芝居《しばい》みたい」

「そうか。では、声をたてずに、こう……」

「伯父さん。それじゃ商売用の愛想《あいそ》笑いでしょ。目尻《めじり》が下がり過ぎ」

「むむうっ。なかなかに難しいな。おいち、一度手本を見せてくれ」

「え？　あたしが？　そんな、手本だなんて言われるとなんだか急に気が張っちゃって……。こう、楽しげに……あはははって」

「どこが楽しげなんだ。声が上《うわ》ずってるじゃないか。目も吊《つ》り上がって、まるで化《ば》け損《そこ》なった狐《きつね》だぞ」

「化け損なった狐って、伯父さん、それはあんまりでしょ」

「いやいや若い娘に、ちと口が過ぎたかな。おいち狐なら化け損なってもかわいいと思うがな。うん、おいち稲荷《いなり》大明神だ。こりゃあ、ご利益《りやく》があるぞ」

「もう、伯父さんたら」

おいちと藤兵衛は顔を見合わせて、同時に吹き出した。

「やけに楽しそうじゃないか」

背後で声がした。

振り向く。

寝巻《ねまき》の上に羽織《はおり》を着込んだおうたが、立っていた。

「おうた、起き上がったりしていいのか」

「ええ。いつまでも横になっていると足萎《あしな》えになっちまいますからね。庭でも歩こうって思ったんですよ。そしたら、二人して、狐に化かされたみたいにけらけら笑ってるから、ちょっとおっかなくなってさ。まさか、ほんとに狐なんて憑《つ》いてないんでしょうね」

「狐憑きじゃなくて、稲荷大明神よ、伯母さん」

「は？　何を言ってんだい。それより、おまえさん、あたし少し、お腹《なか》が空《す》いてるんですが。おかつにでも言い付けて、甘酒《あまざけ》でも持ってこさせてくれませんか」

とたん、藤兵衛の顔が喜色《きしょく》に染《そ》まる。

「おお、そうか。甘酒か。それはいいな。そうか、そうか、甘酒を飲む気になったのか。早速、おかつに作らせよう。おいちも欲しいだろう。二人分、運ばせるからな。よしよし、甘酒、甘酒と」

藤兵衛がいそいそと、軽い足取りで遠ざかる。

「良《い》い人だね、伯父さんって」

しみじみ言ってしまった。

「ほんとだね。あたしには過ぎた亭主だよ」

　おうたがほっと息を吐《は》く。

「だけどさ、あんまり気遣《きづか》われると、却《かえ》って心配になっちまうよ」

「心配って？」

「あたしが先に死んで独《ひと》りになったら……あの人、ちゃんとやっていけるのかしらってさ」

「伯母さん、また、そんな縁起《えんぎ》でもないこと考えてたの」

「縁起もなにも、寿命ってのは人それぞれに定められてるんだ。あたしの方が藤兵衛より短くても、どうしようもないじゃないか」

　おうたはもう一度、ため息を吐《つ》くと、

「診立《みた》てに来てくれたんだろう。寝所《しんじょ》に戻ろうかね」

と、おいちに背を向けた。

「あら、庭を歩くんじゃなかったの」

「こんなに寒いんじゃ、うろうろしてたら風邪《かぜ》ひいちまうよ。これ以上、病を背負《しょ》い込みたくないからね。それに、おいち先生に診立ててもらわなきゃいけないだろ」

　振り返りもせずそう言うと、おうたはさっさと自分の部屋に入ってしまった。ぴしゃりと障子《しょうじ》が閉まる。おいちが開けようとすると、内から険《けわ》しい声が飛んできた。

「そこに膝《ひざ》をついて、ちゃんとお座り。いきなり開けたりするんじゃないよ」

「あ、はい」

慌《あわ》てて、腰を落とす。

「ぺたりと座り込んじゃいまいね。障子の陰で手をついて、礼をして、『いちでございます』と挨拶《あいさつ》するんだよ」

「はぁ？」

「はぁ？　じゃありません。いいかい、礼というのは頭を下げるんじゃなくて、上体をゆっくり屈《かが》めるものなんだ。頭をぺこぺこ下げるのは卑屈《ひくつ》に見えるし、下品だからね。お武家の礼法には九品礼《くほんれい》ってのがあるそうだけど、あたしたち町かたでもせめて、指建《しけん》、拓手《たくしゅ》、双手《そうしゅ》の三礼ぐらいは知っておかないとね。知ってるだろう？」

「うん、まあ、それぐらいは……」

「『はい。存じ上げております』だよ」

「はい。存じ上げております」

「声が大き過ぎる。もっと楚々《そそ》とした物言いを心がけなさいな。まあいい。拓手でやってごらん」

おいちは、床《ゆか》から八寸（約二十五センチ）ほどのところまで身を屈めた。

「……いちでございます」

「よろしい、お入り。このとき、ばたばた動くんじゃないよ。手の先、足の先まで気を遣ってゆっくりと……。おいち、音をたてて障子を閉めたりするんじゃないって」

「伯母さん」

「なんだよ」

「あたしを躾《しつ》けてくれてるの？」

寝床に座っていたおうたがおいちを見上げ、ふんふんと二度、鼻を鳴らした。

「そうですよ。今まで野放《のばな》しにし過ぎたからね。これからは、礼儀作法を厳しく躾けるつもりだからね、覚悟おし。おまえを一人前にして、どこに嫁に出しても恥ずかしくないようにだけはしとかないと。あたしは死んでも死にきれないからね」

「じゃ、あたしが礼儀知らずの間は、伯母さん、死なないんだ」

「つまらない屁理屈《へりくつ》、言うんじゃありません」

おいちは風呂敷包《ふろしきづつ》みと薬籠《やくろう》を置くと、上《うわ》っ張《ぱ》りを手早く羽織《はお》った。おうたを強引に仰向《あおむ》けにする。

「あっちょっと、おいち、お待ち。まだ言うことがあるんだから」

「お生憎《あいにく》さま。あたしはここに行儀見習いに来たんじゃなくて、伯母さんのお世話をしに来たのよ。楚々とお上品に動いてたら、何にもできません。はい、前を開けて。お腹、押さえるよ」

「おいち、おまえって娘《こ》は、ほんとにもう」

「どう、ここ痛い？」

「いや、別に……」

「ここは？」

「あぁ……なんともないよ」

おいちはおうたの瞼《まぶた》を裏返し、血の色を確かめてみた。脈を計《はか》り、心《しん》の臓《ぞう》の鼓動《こどう》を数える。

「お通じは？」

「毎日、ちゃんとありますよ。ね、おいち」

「なあに」

「おまえ、あたしでなくてもこうして身体に触《さわ》って、診てるんだろ」

「当たり前でしょ。患者さんに触らなきゃ、診立てできないもの」

「男でもかい」

「そうよ。この前なんかひどい疝気《せんき》で運び込まれてきた男の人がいたんだけど、陰嚢《ふぐり》に水が溜《た》まっててね、膨《ふく》れ上がってるの。疝気の人には、たまにそういうことあるんだって」

おうたがぽかりと口を開けた。何か言いかけて呑《の》み込み、両手でこめかみを押さえる。

「伯母さん、ずいぶん、よくなったじゃない。お通じがあるからお腹もへこんで柔《やわ》らかいし。父さんの薬が効いてきたみたいよ。この調子なら、全快も近いよね」

「痼《しこり》があるじゃないか」

おうたは手のひらで腹部を軽く撫《な》でた。確かに、おいちもそこに、微《かす》かだが痼を感じている。

「腹の中に出来物《できもの》があるんだろう。性質《たち》の悪いやつがさ。そいつは、じわじわ大きくなって……あたしの命取りになる」

「伯母さん」

「わかってんだよ。あたしのおっかさんもそうだったからね。腹が苦《にが》る、腹が苦るって苦しんでさ。触ると、それこそ岩みたいに硬くて……。だからね、おいち」

おうたの手が伸び、おいちの腕を摑《つか》む。

「あたしはもう覚悟を決めたのさ。いいんだよ。そりゃあ早くに二親《ふたおや》に死に別れて、お里《さと》と二人で親戚をたらい回しにされて……人並み以上の苦労はしたよ。けどさ、十五で藤兵衛と知り合って、十六で所帯《しょたい》をもって、夫婦で『香西屋』をここまでに育てて」

「伯母さん、あのね」

「黙《だま》ってお聞きったら。ほんとに、おまえもおまえのおとっつぁんもせっかちなんだから。似た者父娘《おやこ》だよ。なんでそんな厄介《やっかい》なところだけ似ちまうのかねえ。もっとも松庵さんに似て良かったなんてところ、あんまりないけどねえ。強《し》いて言えば、くよくよ物事を思い悩まないってところぐらいだけど、それだってただの能天気《のうてんき》だってことだしさ。そう褒《ほ》められたもんじゃないよね。それで、えっと……どこまで話したか忘れちまったじゃないか」

「『香西屋』をここまでに育てたってとこまで。けどね、伯母さん」

「そう、こんなりっぱな大店《おおだな》にまで育ててさ。子どもには恵まれなかったけど、お里が娘を一人、遺《のこ》してくれた。おいち、おまえのおかげで、あたしも少しは母親の情を味わえたんだよ。だからまあ、なかなかに良い一世《ひとよ》だったんだ。あたしは、満足してる。ただ、藤兵衛のことが気に掛かってさ。いっそ、後添《のちぞ》えの世話をしてから逝《い》こうかねえ。それとさ、おっかさんみたいに苦しむのは嫌《いや》なんだよ。ぞっとするる。松庵さんに頼んで、眠ったまま末期《まつご》を迎えられるような薬を調合してもらわなきゃあね。そういう薬、あるかねえ。ちっとは値《ね》が張ってもかまわないけど」

「伯母さん！」

おいちはおうたの手を払い、その下腹部をぴしゃりと叩《たた》いた。

「いい加減《かげん》にしなさい。何を好き勝手なこと言ってるの。こんな痼なんかじゃ、人は死にゃあしません。人間ってのは、すごくしぶといもんなんだからね」

「気休めはおやめ。あたしはおっかさんの病をこの目で見たんだよ」

「そうです。痼ってのは怖《こわ》いです。命取りになります」

「それごらん。だから、あたしは覚悟を決めて」

「けど、放っておいてだいじょうぶなものもたんとあるの。伯母さん、月のものが不順だって言ったでしょ。いずれそれが、完全になくなったら、この痼も消えちゃう、そういうこともあるわけ」

松庵から教えられた。おうたのものよりずっと大きな痼でも、女の老いと歩みを合わせるかのように、徐々に萎《しぼ》んでいくこともあるのだと。むろん、そうでない痼も多くある。おうたの母、おいちにとって祖母にあたる人は、岩《がん》とも呼ばれる悪性の腫《は》れ物《もの》に蝕《むしば》まれて果てたのだろう。

おうたの腹に居据《いす》わるものが、大人《おとな》しい痼に過ぎないのか、凶暴な腫れ物なのか。今は判断ができない。松庵でさえ、できないのだ。

「だからね、伯母さん、覚悟を決めるのは早過ぎるの。早合点《はやがてん》なんてみっともないよ。たかだかこんな痼に振り回されてどうするの。『香西屋』の内儀《おかみ》は音に聞こえた女丈夫《じょじょうふ》じゃなかったの」

おうたが起き上がる。鬢《びん》の毛を撫でつけ、にやりと笑った。

「他人を焚《た》きつけるのが、やけに上手《うま》くおなりだね、おいち」

「まあね。伯母さんの姪《めい》っ子だもの」

おいちも笑って見せる。

不安はある。心配でもある。おうたは伯母でありながら母でもあった。おまえのおかげで母親の情を味わえたとおうたは言ったが、おいちにすれば、おうたのおかげで母の情を知ったのだ。おうたは、松庵とは異なる慈《いつく》しみをずっと与えてくれた人だ。

万が一、失うようなことになったら……。

ちらりと考えただけで怖《お》じてしまう。膝が震《ふる》えてしまう。

その度においちは、先刻のように自分を叱るのだ。

しっかりしなさい、と叱咤《しった》する。そして、顔を上げる。威勢のいい言葉を口にし、朗らかに笑う。決して沈み込まない。暗く翳らない。まして、涙を零《こぼ》したりしない。

患者が病と闘っている限り、おいちも共に闘う。

「あたしね、伯母さん。もっともっと学びたいの」

「礼儀作法じゃなくて、医術の方をかい」

「そうよ。漢方も蘭学《らんがく》も学びたい。新しい技術も道具も使いこなせるようになりたい。そのためには、蘭語をしゃべれるように、聞き取れるように、読み書きできるようになりたいの」

　おうたが目を瞠《みは》る。

「おまえ、一生、嫁にいかないつもりなのかい」

「わからない。そんなの縁だもの。結《むす》ばれたらお嫁にいくかも」

「馬鹿言うんじゃないよ。医術だの蘭語だのなんて騒いでて、どこでどうやって縁を結ぶおつもりだい。陰嚢《ふぐり》だなんて、平気で口にする娘と誰が縁を結びたいって思うんだよ」

「だって患者さんだもの。陰嚢だってお尻《しり》だって、病《や》んでるなら診るわよ」

「お黙り。もう二度と陰嚢だなんて口にするんじゃありません」

「伯母さんだって、さっきから何度も口にしてるじゃない」

「おいち」

　おうたが再び、おいちの腕を摑んだ。

「おまえ、好きな男はいないのかい」

「え……」

「片恋《かたこい》でもいいよ。男に心を動かされたことはないのかい。この人の女房になりたいって、ちらっとでも思った男はいないのかい」

「そんなの……あるわけないでしょ」

ふっと薄荷《はっか》の香りがした。

幻覚だ。薬籠の中に薄荷は入っていない。その香りに誘われて、総髪《そうはつ》の若者の顔が浮かぶ。

田澄十斗《たずみじっと》。

若者はそう名乗った。

もう二度と逢《あ》えない男性《ひと》だろうか。もう一度、出逢える縁《えにし》があたしとあの方の間にあるだろうか。

田澄さま。

「おいち？」

おうたが覗《のぞ》き込んでくる。

「どうしたんだい？　急に黙り込んじまって。あ……おまえ、もしや」

「は？　え？　なっ、何よ」

「もしや、好《す》いた男がいるんじゃないかい」

「まっ、まさか。伯母さん、何言ってんのよ。馬鹿じゃないの」

「おや、あたしを馬鹿呼ばわりしたね。ふふん、ますます怪しいねえ。おいち、白状おし。おまえ、心に掛かるお人がいるんだね」

「ちがうったら。そんな人いるわけないでしょ」

「顔が赤くおなりだよ。どこかのお山のお猿みたいにさ」

慌てて頰《ほお》を押さえる。火照《ほて》りが伝《つた》わってきた。

あたふたと取り乱している自分にさらに狼狽《ろうばい》する。

十斗のことをずっと想《おも》い続けていたわけではない。げんに、さっきまでおうたのことで、頭も心もいっぱいだったではないか。それなのに、こんなに唐突《とうとつ》に面影《おもかげ》が浮かぶなんて……。

まるで、騙《だま》し討《う》ちだ。

甘美《かんび》な騙し討ち。風と共に束《つか》の間匂《まにお》った花の香《か》のようだ。不意の芳香《ほうこう》が胸を疼《うず》かせる。

夢を見た。不意の面影に心が疼いた。

あたし、どうしちゃったのだろう。あたしは……。

「おいち、ちょっと、もう少し話を聞かせてもらおうじゃないか」

「あっ、もう、お午《ひる》じゃないかしら。あたし、お薬の用意をしたら帰らなきゃならないの。患者さんが他にも待ってるんだから」

「まだまだお午には間があるねえ。ふふん、分《ぶ》が悪くなって逃げようって肚積《はらづ》もりかい。ちょいと待ちな。そうは問屋《とんや》が卸《おろ》さないよ」

「伯母さん。『香西屋』の内儀がそんな乱暴な口をきいていいの。問屋が卸さなきゃ、商売、あがったりでしょ」

「つまんない揚げ足取りするんじゃないよ」

「内儀さん」

障子の向こうで、おかつが呼ぶ。おかつは、おうた付きの小女《こおんな》だ。しゃきしゃきと気働きができる……とはお世辞《せじ》にも言えない。「一を聞いて十を知れなんて言わないけどね、十聞いたらせめて一ぐらいは覚えるもんだよ」と、しょっちゅうおうたに叱られている。しかし、おかつは辛抱《しんぼう》強く粘《ねば》り強く、時に涙ぐみながら気儘《きまま》な女主人に仕《つか》えていた。おうたも手厳《てきび》しく叱りはするが、おかつの美点をちゃんと認め、なにくれとなく目を掛けてもいたのだ。

「なんだい。甘酒ができたのなら塩昆布《しおこんぶ》を付けて持ってくるんだよ」

「いえ、そうじゃなくて、お客さまです」

「お客?　あたしに?」

「内儀さんじゃなくて、おいちさんにです。えっと、あの、それで、ここにいらっしゃるんですけど……あの」

おうたの眉間《みけん》に二本、皺《しわ》が寄った。

「おまえはほんとうにまどろっこしいねえ。おいちの客ならかまわない。こっちに入ってもらいな」

「それじゃあ、お言葉に甘えやすぜ」

野太《のぶと》い男の声がして、障子が開いた。

「まっ、親分さん」

おいちは思わず腰を上げた。

「おいちさん、内儀さん、ごぶさたしておりやす」

仙五朗《せんごろう》が僅《わず》かに笑《え》みながら、立っていた。

相生町《あいおいちょう》の仙五朗。〝剃刀《かみそり》の仙〟という通り名をもつ、凄腕《すごうで》の岡《おか》っ引《ぴき》だ。本来は相生町のはずれにある髪結床《かみゆいどこ》の主《あるじ》なのだが、この男が他人の鬢《びん》や月代《さかやき》を剃《そ》ったり、髷《まげ》を結《ゆ》ったりしている姿など、おいちには、どうにも思い描けない。本所深川界隈《ほんじよふかがわかいわい》を〝剃刀の仙〟として飛び回っているところなら、いくらでも想像できるのだけれど。

一年前、ある事件で一方《ひとかた》ならず世話になった。仙五朗がどれほど切れ者か、あのとき、身に染《し》みて知ったものだ。

その仙五朗がわざわざ『香西屋』まで、おいちを訪《たず》ねてきた。

「押しかけて来ちまって、申し訳ありやせん。松庵先生をお訪ねしたら、こっちだって伺《うかが》いやして」

「それはかまいませんけど。何かあったんですか」

何もないのに、仙五朗がやってくるわけがない。

仙五朗は後ろ頭を軽く掻《か》いて、膝を曲げた。

「ちょっと、おいちさんにお尋ねしたいことができやして。実は……新吉《しんきち》のことなんですがね」

「新吉さん？」

おいちは仙五朗の精悍《せいかん》な顔を見上げ、軽く息を詰めた。

「新吉さんが喧嘩《けんか》を？」

「へえ。まったく血の気《け》の多い野郎で」

おいちと仙五朗は並んで大通りを歩いていた。話を聞きたがるおうたや甘酒を勧《すす》める藤兵衛を、半《なか》ば振り切るようにして『香西屋』を出てきた。明日、おうたから説教されるかもしれないが、それはそれで後のことだ。

今は仙五朗の話が気になった。

「けど、去年、喧嘩の怪我《けが》で松庵先生やおいちさんに世話になってから、喧嘩からも賭《か》け事《ごと》からも足を洗って、真面目《まじめ》に仕事に精を出してたんですがね」

新吉は腕の良い飾《かざ》り職人だ。年季《ねんき》が明けたばかりで、まだお礼奉公《ほうこう》の身だが、いずれ一人立ちして店が持てるだけの技量は既《すで》に十分だと聞いた覚えがある。聞かなくても、確かにそうだろうと納得《なっとく》できた。あの簪《かんざし》を見れば。

おいちは新吉から一本の簪を貰《もら》っていた。

喧嘩で大怪我を負った新吉を治療した。そのお礼だと手渡された簪は、新吉の手による見事な一品だった。銀の梅枝《ばいし》の下に珊瑚玉《さんごだま》が揺《ゆ》れる花簪、俗にぴらぴらと呼ばれるものだ。華《はな》やかだけれど派手《はで》でなく、可憐《かれん》だけれど色香《いろか》が漂《ただよ》った。店に卸せば、相当な値が付くのではないだろうか。そんな物を受け取っていいのか、返すべきか、おいちは迷った。迷ったあげく、受け取ることにした。治療の礼を自分の仕事で返そうとする新吉の心意気が嬉《うれ》しかったし、それを無にしたくなかった。ただ、普段《ふだん》、木綿《もめん》の着物と白い上っ張りしか身につけないおいちには、ぴらぴらはどうにも不釣り合いで挿《さ》しようがない。だから、簞笥《たんす》の引出しに仕舞《しま》い込んだままだ。

そういえば夢の中で、あたし……。

あの簪を挿していたような気がする。瑠璃色《るりいろ》の晴れ着にぴらぴら簪。あまりに華やかで、たとえ夢の中でも恥ずかしい。

「がっくりきやすね」

仙五朗が珍《めずら》しく、沈んだ声音《こわね》を出す。

「え？」

「新吉のやつでさあ。頭も切れる、度胸もいい。職人としての腕も上々、気性《きしよう》だって真《ま》っ直《す》ぐで……。いえね、新吉は生まれながらに親の顔を知らねえやつでしてね。生まれてすぐに、遠縁の家に養子に出されちまったんですよ。口減《くちべ》らしにね」

「まぁ……」

「その遠縁の家が、同じ町内にあるもんで、あっしはあいつのちっちぇえときから、ずっと知ってるんでやすよ。多少、向こう気は強《つえ》ぇが、育ちのわりに真っ直ぐに大人になったもんだと、内心喜んでたんでさ。さっきも言いやしたが、昨年からは喧嘩のけの字にも近づかねえ堅気《かたぎ》ぶりでしたしね。まさか、ここにきて、あんなごろつきと一悶着《ひともんちやく》起こすとは、思ってもみやせんでした」

「新吉さんの喧嘩の相手、ごろつきなんですか」

「極《きわ》めつきの悪《わる》でさあ。女はたぶらかす、強請《ゆす》りはやる、酒を飲んで暴《あば》れる、博打《ばくち》は打つって野郎どもです。まだ人だけは殺《や》っちゃいねえようだが、いずれ、とんでもねえ悪さをしでかすんじゃねえかとあっしは睨《にら》んでるんで」

「まぁ、そんな人と新吉さん、なんで喧嘩なんかしたんです」

仙五朗の足が止まる。

「そこが、あっしがおいちさんを訪ねたわけになるんで」

おいちも足を止め、仙五朗を見やる。仙五朗は懐手《ふところで》においちの視線を受け止めた。

「吉助《よしすけ》、与造《よぞう》。この名前に聞き覚えありやせんか」

「よしすけ、よぞう……ですか」

あっ、と叫んでいた。

あの男たちだ。おふねの許《もと》に駆けつけた往《い》き帰り、二度までも、絡《から》んできた男たちだ。獣《けもの》のように血走った目をして酒臭《くさ》い息を振りまいていた男たちだ。十斗に関節を外《はず》され悲鳴をあげていた男、地面に叩きつけられた男。あの男たちと新吉は諍《いさか》ったのか。

でも、なぜ？

「覚えがありやすか」

「はい。二度、六間堀《ろっけんぼり》の近くで絡まれました」

「やはり、そういうことがあったんでやすね」

仙五朗が顎《あご》を上げ、一息、長く吐き出した。

「親分さん、新吉さんの喧嘩、あたしが関わっているんですね」

仙五朗とおいちは、同時にゆっくりと歩き出す。

「あいつ、本気なんだなぁ」

呟《つぶや》きが聞こえた。〝剃刀の仙〟にしては、微かな、今にも消え入りそうな呟きだった。

戸惑《とまど》う。

「おいちさん、申し訳ねえが、ちっとここで待っていてもらえやせんか。そんなにお待たせはしやせんから」

仙五朗《せんごろう》はそう言い置くと、自身番《じしんばん》の中に入っていった。六間堀町《ろっけんぼりちょう》の名が書き付けてある腰高障子《こしだかしょうじ》は黄ばんで色褪《いろあ》せ、あちこちに小さな穴が開いている。小さな飛蝗《ばった》が二匹、重なるように止まっていた。

その飛蝗の一匹がふいに飛んだ。

何に怯《おび》えたのか驚いたのか、キチキチと声をあげて飛び去っていく。残った一匹は動かない。障子に残る僅《わず》かな温《ぬく》みから離れられないかのように、じっとしている。

こんなに寒くなったのに、まだ生きているんだわ。

信じられない思いがした。小さな奇跡を見たような気になる。

おいちはこめかみを押さえた。頭の隅《すみ》が鈍《にぶ》く疼《うず》き始めたのだ。

腰高障子、墨文字《すみもじ》、壁《かべ》に立て掛けられた纏《まとい》、鳶口《とびぐち》、提灯《ちょうちん》、行き過ぎる付け木売りの老人、犬を追って走る男の子たち、手習い帳を提《さ》げた商家の娘、そして、小さな飛蝗。

そんな風景が揺《ゆ》らぐ。

薄闇《うすやみ》に呑《の》み込まれていく。

「あっ」と叫《さけ》んだつもりだったけれど、それは喉《のど》の奥に絡《から》まって声にはならなかった。

闇が濃《こ》くなる。

おいちは胸に手を当て、気息《きそく》を整えた。

だあれ？

尋《たず》ねてみる。

あたしを呼んでいるのは、だあれ？

この闇、この疼き、また『あれ』だ。『あれ』が始まる。

おいちは、時折、人でないものに呼ばれ、声を掛けられる。

人でないもの。それを妖《あやか》しと呼ぶのか霊魂《れいこん》というのか、あるいはまったく別のものなのか、おいちにはわからない。そういう呼び名は、生きている者が勝手に付けたものに過ぎないのだ。この世の命《いのち》を失った者を自分たちとは別の者として扱う。葬儀をし、棺《ひつぎ》に納め、墓に葬《ほうむ》る。

死者を弔い、成仏を祈る。愛《いと》しい相手を失った痛手《いたで》を長い時をかけて受け入れていく。やがて、自分にも訪《おとず》れる生《せい》の終《しま》いを覚悟する。

それが人の世だ。人はそうやって生きて死ぬ。公方《くぼう》さまも、天子《てんし》さまも、おいちも、長屋《ながや》のおかみさんたちも、職人も、お百姓《ひゃくしょう》も、さっき通り過ぎた付け木売りの老人も、みんな一緒だ。どんな高貴な血筋の人にも、栄耀栄華《えいようえいが》を極めた者にも死は平等にやってくる。

生きている者と生を終えた者と、二つの世は交錯《こうさく》することなくあり、生者《せいじゃ》はいつか死者の世に移《うつ》ろっていく。

それは、確かにそうなのだ。

けれど、なかには移ろえぬまま彷徨《さまよ》わねばならない者たちがいる。想《おも》いを抱《かか》え、想いに囚《とら》われている者たちだ。誰かにこの想いを伝えねば移ろうことさえできない人たちだ。

おいちは、稀《まれ》にそういう人たちの姿を見る。声を聞く。それは異能なのだろうか。妖しの力なのだろうか。たまに考える。すぐに、どうでもいいと思い直す。

どうでもいい。

他人に聞こえない声が聞こえ、見えない姿が見えるなら、そのことに何かたいせつな意味があるのだと、おいちは思うのだ。だとしたら、耳を澄まして声を聞き、目を凝《こ》らして姿を見定めたい。生者にも死者にもなれない人たちが抱えた想いを代わりに伝えたい。

心底《しんそこ》からそう望んでいた。

おいちは医者の卵だ。まだまだ未熟で一人前とは口が裂《さ》けても言えないけれど、医者として生き抜くと心に定めている。

患者を救うのが医者の役目だ。救える命を全《すべ》て救う。それが叶《かな》わないのなら、せめて、少しでも苦痛や不安を和《やわ》らげるよう力の限りを尽くす。医者として為《な》すべきことを全力で為せる者でありたい。その思いは、彷徨う人々に対しても同じだ。おいちに向かって助けてと差し伸べられた手なら、それが生者であろうとなかろうと握《にぎ》り締《し》める。決して、振り払ったりしない。

だあれ？

あたしを呼んでいるのは、だあれ？

あたしはここにいます。あなたの声を聞く耳とあなたを見る目を持っています。

だから……。

闇の中に白い影が浮いた。

揺れる。

ゆらり、ゆらり、揺れ続ける。

「あ……」

おいちは大きく目を瞠《みは》る。

白い影は、揺れながら人の姿に変わろうとしていた。見覚えのある、懐《なつ》かしい……。

「おふねちゃん！」

おふねだった。

生きていたときのおふねそのままに、ふっくらした顔立ちをして綺麗《きれい》に髪《かみ》を結《ゆ》い上げている。

「おふねちゃん、おふねちゃん」

「おいちちゃん……」

おふねが微笑《ほほえ》む。しかし、その笑《え》みはすぐに掻《か》き消えた。

「おいちちゃん……お願い……」

「おふねちゃん、何？　もう少し大きな声を出して。あたし、聞こえないよ。おふねちゃん」

「……聞こえない……」

おふねの顔がくしゃりと歪《ゆが》んだ。目尻《めじり》から涙が落ちる。

「聞いて……おいちちゃん、お願い、助けて……あたし……」

「え？　何？　おふねちゃん。待って、待ってよ」

「あの人に……伝《つた》えて……やめてって……怖《こわ》い……。おいちちゃん、とても怖いことが……怖いことが……」

「怖いこと？　何なの、それ？　おふねちゃん、何を怖がってるの」

「怖い……怖い……」

おふねの姿が薄れていく。おいちは走り寄ろうとした。走り寄って、おふねを抱き締めたかった。けれど、身体《からだ》が動かない。足が動かない。いつもそうだった。重石《おもし》を括《くく》りつけられたように全身が重くなる。決して近づけない。指一本、触れることができなかった。おいちとおふねの間には、深い奈落《ならく》が横たわる。どう足掻《あが》いても越えることのできない裂け目があるのだ。

おふねが闇に消えていく。

「おふねちゃん……」

おふねちゃん、どうしたの。あたしに何が言いたかったの。あたし、聞き取れなかったよ。あたし……。

「おいちさん」

現《うつつ》の声が耳に突き刺さってきた。目を開ける。光が染《し》みてきた。淡《あわ》い光がおいちの内に染みて、広がる。

「どうしなすった。気分でも悪いんですかい」

「え？　あ……親分さん」

仙五朗が覗《のぞ》き込んでいる。眼差《まなざ》しの中においちを気遣《きづか》う色が浮かび上がる。慌《あわ》てて、かぶりを振った。

「いえ……だいじょうぶです」

「おいちさん、『香西屋《こうさいや》』の内儀《おかみ》さんの看病で疲れていなさるんでしょう。引っ張り回しちまって、申し訳ねえ」

仙五朗はほんとうに申し訳なさそうに、頭《こうべ》を垂《た》れた。〝剃刀《かみそり》の仙〟の異名をとるこの凄腕《すごうで》の岡《おか》っ引《ぴき》が、実は細《こま》やかで柔《やわ》らかな心遣いができる男なのだと、おいちは知っている。もっとも、それは仙五朗の一部分に過ぎないのかもしれない。ごろつきやならず者に対して、仙五朗は冷酷《れいこく》なほど厳しく当たる。そんな噂《うわさ》を幾度となく耳にしていた。

「あたし疲れてなんかいません。ちょっと考え事をしていただけで」

口をつぐむ。

仙五朗の後ろに男が立っていたからだ。その男は、仙五朗の背中に隠れるように長身を曲げていた。

「新吉《しんきち》さん……ですよね」

「新吉ですよ。間違いござんせん」

仙五朗が答える。新吉らしき男は無言のまま俯《うつむ》いていた。

新吉のあまりの面変《おもが》わりに、言葉が続かない。ただ一言、

「どうして」

と呟《つぶや》いたきり、おいちもまた、黙《だま》り込んでしまった。

新吉の顔は腫《は》れ上がり、右眼は完全にふさがっている。口の端《はし》と額《ひたい》には血が滲《にじ》んでいるし、頬《ほお》にも赤紫の痣《あざ》がべとりと貼り付いていた。異様なのは顔だけではない。袖《そで》は半《なか》ば千切《ちぎ》れ、肩が露《あら》わになっている。その肩にも頬のものより黒味を帯びた斑紋《はんもん》が、広がっていた。赤黒い大蜘蛛《おおぐも》がへばりついているみたいだ。

傍《かたわ》らを通った女童《めわらべ》が、小さな悲鳴をあげて逃げていった。

一息吐《は》き出し、おいちは新吉に近づいていく。新吉が後《あと》ずさりするより早く、頬に触れる。

「痛っ」

「痛いでしょうね。こんなに腫れて熱を持ってるもの。骨はだいじょうぶだと思うけど、これじゃ口の中まで腫れて、何にも食べられないでしょ。歯は……うん、そ

れはだいじょうぶみたいね。奥歯がぐらぐらしたりしてないですよね。他のところはどうなんです？　胸やお腹《なか》が痛むことはないんですか？　それに、頭はどう？　痛まないですか？　水は飲めますか？　喉をちゃんと通りますね」

新吉が何か呟く。くぐもった声で、何を言っているのかはっきりと耳に届かない。ただ、生きた者の声だった。さっきのおふねのように、淡々《あわあわ》と消えはしない。何度でも、問いかけることができる。

「痛いところがありますか？　尿《ゆばり》はどうです？　血が混ざったりしてないですか」

新吉が低く唸《うな》る。

「……ひでえ」

「え？」

新吉は左眼だけで、仙五朗を睨《にら》みつけた。

「親分、ひでえじゃねえですか……なんで、おいちさんがここにいるんで……。おいちさんには、知らせてくれるなって……あれほど、頼んだのに……」

「馬鹿野郎《ばかやろう》！」

仙五朗の一喝《いっかつ》が響《ひび》く。

おいちまで身が竦《すく》んだ。それほど、激しい叱咤《しった》だった。

「甘えたことを吐《ぬ》かすんじゃねえ。おいちさんが吉助《よしすけ》たちの悪さを明かしてくれなかったら、てめえは大番屋に回されてたんだ。つまんねえ喧嘩《けんか》なんかしやがって。一人前の口をきける立場かよ」

「……けど、何もここで……」

「おいちさんにその面《つら》を見られるのが恥ずかしいのか。だったら、何があったって、ごろつき相手に喧嘩なんぞ売るんじゃねえよ。その面ぁ、お天道《てんと》さまの下に晒《さら》して、よーく見てもらえ。恥ずかしくて堪《たま》らねえなら、これに懲《こ》りて二度と」

仙五朗が言い終わらないうちに、新吉が駆《か》け出した。ものすごい勢いで木戸を飛び出していく。

「新吉、おまえは堅気《かたぎ》なんだ。それを忘れるな」

遠ざかる背中に、仙五朗が声を掛ける。むろん、新吉は止まりも振り返りもしなかった。勢いを緩《ゆる》めぬまま、角を曲がって見えなくなる。まさに脱兎《だっと》の走りだ。狐《きつね》に追われる兎《うさぎ》みたいだ。

「心配ないかも」

ぽろりと呟いていた。

「へ？　心配ないって、何がです？」

「新吉さん。あんなに走れるんだったら、身体の内に傷がついてるってことは、ないでしょう。骨もきっとだいじょうぶですね」

「へえ。そりゃあよかった。けど、おいちさん」

「はい？」

「あんたって人は、根っからのお医者なんですねえ。つくづく感心しちまいます」

「あら……」

頰が赤らんだのがわかる。

普通の娘なら、新吉のあの顔を見れば悲鳴をあげるか、逃げ出すかだろう。新吉の肉親だったり、心を寄せる娘であるなら、頰に触《さわ》って痛いかと尋ねるのだって、もっと優《やさ》しく、心配げな口調《くちょう》になるはずだ。

女として、どこか外《はず》れている。

認めざるをえない。

なぜだか、おうたの姿が浮かんできた。「あんたって娘《こ》は、ほんとにもう」、そう嘆きながら顔を顰《しか》めている。

おかしいような、情けないような、でもこれがあたしだからと胸を張りたいような心持ちになる。

「とんだお手間をかけちまいました。菖蒲《しょうぶ》長屋までお送りしやす。また、吉助みてえな輩《やから》に絡まれると、てえへんでやすからね」

「あたし、お役に立てたんでしょうか」

「ええ、そりゃあもう、いろんな意味でね」

「いろんな意味？」

おいちと仙五朗は並んで歩き出す。ついさっき、新吉が駆け抜けた道を一歩一歩、足を進める。

「まずは、新吉のやつで。あいつ、あの面をおいちさんに見られるのが、死ぬほど恥ずかしかったはずでやす。実はあっしも、少しは迷ったんで。新吉の胸の裡《うち》を慮《おもんぱか》ると、おいちさんに会わせるのは、ちっと酷《こく》かなと思いやしてね……。けど、ここで、あいつに灸《きゅう》をすえておかねえと、後々、あいつのためにならねえって考えたんで」

「あたしに会わせたのは、お仕置きのためだったんですか」

「まぁ……、そう言われちまうと身も蓋《ふた》もねえが、そうでやすね。おいちさん、有体《ありてい》に言わせてもらいやすが」

「はい」

「新吉はおいちさんに惚《ほ》れてます。こんなこと口にするのは野暮《やぼ》ってもんでしょうが、気がついてはいたんでしょう」

気がついていた。

あのぴらぴら簪《かんざし》を手渡されたときから、新吉の想いに気がついていた。そして、新吉を好ましいと思う。やや粗忽《そこつ》で短慮《たんりょ》ではあるが、気風《きっぷ》も威勢も文句ない。仙五朗に言われるまでもなく、真《ま》っ直《す》ぐな気性《きしょう》を清々《すがすが》しいと感じる。生《お》い立《た》ちを聞けばなおさら、その人柄、その生き方を賞したくなる。新吉だけでなく、凜《りん》として生きる人はみな好ましい。

　病《やまい》のもたらす疼きに苦しんでなお、笑みを絶やさぬ老女が、死期《しき》を悟《さと》りながら周《まわ》りへの心遣いを忘れぬ商人《あきんど》が、なけなしの金を病《や》んだ隣人のために差し出す職人が、おいちは好きだ。敬《うやま》いもする。そんな人たちが好きなように、新吉が好き……なのだろうか。おいちは我知らず胸を押さえていた。

「親分さん、あたしは……」

「わかってやす。おいちさんが、新吉のことをどう思ってるかぐれえ、あっしにだって見当がつきやすよ。それはそれでいいんでやす。人の心ってのは、他人がどうのこうのできるもんじゃねえですからね。新吉がおいちさんに惚れるのは新吉の勝手。おいちさんに関《かか》わりはござんせんよ。あっしは、新吉に、喧嘩なんてものは惚れた相手に無様《ぶざま》な格好《かっこう》を晒すだけだって告げたかったんですよ。あの野郎、まだどこかで、喧嘩は男の華《はな》だなんて考えている節《ふし》がありやすからね。仲間内でやり合っているうちは、よござんすよ。けど、今度みてえに、ごろつき、やくざ相手に立ち回るとなると、ちょっと、ほっとけねえでしょう。下手《へた》すりゃあ命を落とすことになりかねねえんだ。喧嘩で死んじまう。これほど、馬鹿げた死に方はありやせんからね」

仙五朗の言葉に、おいちは首を傾《かし》げそうになる。新吉の想いを関わりないと切り捨てる気にはなれなかった。さりとて、受け止められるとも思えない。わからないのだ。自分の心なのに、わからない。

「……親分さん、新吉さんの喧嘩にあたし、どんな風に関わっていたんですか」

心の裡ではなく現《うつつ》の事件について尋ねてみる。

仙五朗が目を細める。鬢《びん》の白髪《しらが》が淡い陽《ひ》の光にきらりと輝いた。

「吉助たちが、女の話をしてたんでさぁ。昼間っから場末の飲み屋でね。そこに、たまたま新吉がいた。いや別に飲んでたわけじゃねえんで。その飲み屋の板前が新吉の幼馴染《おさななじ》みで、そいつに会いに来てたんですよ。佐吉《さきち》ってやつで、あっしもガキのころからよく知っている男です。一度、手慰《てなぐさ》みの方でお縄《なわ》をかけたことがありやして、今でも、吉助みてえな連中と切れてねえみたいで、あんまり深入りするなって、何度か新吉を窘《たしな》めたんですが……。さっきも言いやしたが、新吉は家族ってものを知らずに育ったやつです。だからなのか、自分にちょっとでも縁のある相手をえらくだいじにしやしてね……。そこに付け入る輩もいるわけでねえ」

仙五朗が珍《めずら》しくため息を吐《つ》く。そうすると、急に五つも六つも老《ふ》けたようで、激しい気性と鋭利な頭を恐れられた〝剃刀の仙〟でなく、息子を案じる慈父《じふ》の顔つきになる。その顔のまま、仙五朗は話を続けた。

「今日もたぶん、頼まれて金でも貸してやりに足を運んだんじゃねえかと、あっしはふんでんですがね。そういうこたぁ、あいつ、一言も言わねえんで。いや、まあこれは、話の本筋ともおいちさんとも、それこそ関わりねえこってすが……」

おいちは黙って頷《うなず》いた。仙五朗の話を聞いていると、おいちの知らなかった新吉が次々立ち現れるようで、戸惑《とまど》ってしまう。性根《しょうね》の正しい、活《い》きの良い若者の一面ではなく、人の温《ぬく》みを求めずにはいられない、深い洞《うろ》を抱えた男の姿が、淋《さび》しい心の様が見えるのだ。

戸惑う。そして、哀《かな》しくなる。胸底にひたひたと冷たい水が溜《た》まっていく。そんな感覚がする。

「あの男たちは、あたしのことを話してたんですね」

冷えていく胸を手のひらで押さえ、努めて平静な物言《ものい》いを心がける。

「そうでやす。佐吉によると、あいつら……」

「何て言ってたんです」

「医者の娘を食い損《そこ》なったのがつくづく惜《お》しいと」

「まぁ」

恥ずかしさに、身が縮《ちぢ》む。

着物の上からとはいえ、身体の上を這《は》った指の感触がよみがえってきて、思わず身震《みぶる》いしてしまった。

酒臭い息、血走った目、卑猥《ひわい》な笑い。次々、よみがえってくる。その度《たび》に身体が震えた。

仙五朗は多くを口にしなかったが、あの男たちは、おいちとお松のことを肴《さかな》に笑い、下劣《げれつ》な言葉で語り、さらに笑ったにちがいない。

「まったくよ、惜しいとこで医者の娘を食い損ねたぜ」

「おいおい、医者の娘ってのはそんなに美味《うま》いもんかよ」

「へへ、どうだかな。けどよ、薬気《やくけ》が染《し》み込んでんだ。夜鷹《よたか》みてえに、胸やけはしねえさ。一晩中、たっぷり楽しんだってな」

「ちげえねぇ。へへ、薬気の染み込んだ娘か。まったく、惜しいことをしたぜ」

そんな声が聞こえてくるようだ。

耳を塞《ふさ》ぎたい。

「吉助の野郎、おいちさんの名前を覚えていたようで、一緒にいた娘さんが何度も呼んだとかで」

おいちちゃん、おいちちゃん。

お松は確かに、懸命においちを呼んだ。

「あの娘、おいちって名ぁだったよな。吉助がそう言ったとたん、新吉が板場から飛び出していったんだそうです。おまえら、おいちさんにどこで何をやったんだって、そりゃあもうえらい剣幕《けんまく》で……。後は、もうたいへんな騒動になっちまって、店はめちゃくちゃになったみてえでやす。いくら新吉が腕っぷしが強くたって多勢《たぜい》に無勢《ぶぜい》だ、店同様にぼろぼろにやられて……さっきの有様でさ。まぁ、ごろつき相手に立ち回りを演じて、あのぐれぇですんだから御《おん》の字っちゃあ御の字だ。運の強《つえ》ぇやつですぜ」

「そうですか」

ほっと息を吐いていた。

「それで、親分さん。新吉さんはどうなるんですか。まさか、お咎《とが》めを受けたりしないですよね」

「へぇ。そのために、おいちさんに裏打ちしてもらいたかったんで。吉助や与造《よぞう》は、何度も言いやすが名うての悪《わる》でやしてね。強請《ゆす》り、たかりを生業《なりわい》にしてるような輩でさ。女に悪さをしかけたり、まっとうな者を泣かせたり、気にくわねえやつを痛めつけたり、そんなこたぁ朝飯前のやつらでやす。いつか、しょっぴいて伝馬《てんま》町《ちょう》に送ってやるつもりでおりやした。しかし、あいつらもなかなか尻尾《しっぽ》を出さなくて、上手《うま》く逃げ回りやがってね。けどまぁ、堅気の娘に狼藉《ろうぜき》を働いたんだ。十分、しょっぴく種《たね》にはなりやす。見ててくだせえ。一泡《ひとあわ》ふかせてやりやすよ」

「もう捕《つか》まえたんですか」

「いや、それが……悪だけに鼻が利《き》く連中で、雲隠れしやがったんです。もしかしたら、上方辺《かみがたあた》りに高飛《たかと》びする気かもしれねえって、あっしは睨んでるんで」

「上方へ！」

「へえ。ずるずると悪行を引《ひ》き摺《ず》り出されたら、とうてい叱りや過料《かりょう》で収まるわけがねえ。軽くて遠島《えんとう》、もしかしたら死罪の沙汰《さた》が出ることだってありやすから」

「死罪、まぁ……」

「あいつらが強請り取ったり、ちょろまかした金子《きんす》は十両なんてもんじゃねえはずです」

　死罪とは斬首《ざんしゅ》に処せられることだ。伝馬町牢屋敷《ろうやしき》にある土壇場《どたんば》で、首を斬《き》り落とされる。十両以上の盗《ぬす》みは死罪と定められていた。一時に十両以上盗んでも、盗んだ金の合計が十両以上になっても、死罪だ。首が胴《どう》から離れ、穴の底に転《ころ》がることになる。

「自分たちが何をやってきたか、あいつらが一番よくわかってやすからね。そろそろ潮時《しおどき》だと考えたにちがいねえんです。実際に、上方へ逃げる算段をしているのを聞いたって者もいやすからね」

「でも、上方まで逃げるとなると、それなりの準備がいりますよね」

「へえ。何よりまとまった金がいりやす。けど、逃がしやしませんよ。必ずひっ捕まえてやる」

仙五朗がこぶしを握った。慈父の顔などどこにもない。精悍《せいかん》な猟犬《りょうけん》のようだ。どこまでもしぶとく、粘《ねば》り強く獲物《えもの》を追い詰める。

こんな人に狙《ねら》われたら、逃げようがない。

ふと思ってしまう。さっきとはちがう震えが身体を走った。

おいちちゃん。

耳底《じてい》を小さな声が掠《かす》めた。

おいちちゃん、お願い。

おふねの声だ。微《かす》かだけれど、聞き間違いではない。おふねやお松の声を聞き間違うはずがないのだ。

声は哀願の調子を帯びていた。

おふねちゃん、なぜ……。

おふねは死してなお、何かを訴《うった》えようとしている。おいちに、何かを為《な》してくれと乞《こ》うている。それはわかる。耳をそばだて、おふねの思いを必ず聞き取るつもり

なぜおふねの声を聞いた？

だった。必ず、必ず、だ。

しかし、なぜ今なのだ。ならず者の話をしていたこの時に、なぜおふねの声を聞いた？

足が止まっていた。

「おいちさん？　どうしやした」

「え？　あ、はい。いえ、何でもありません。ちょっと、考え事があって……」

仙五朗に見詰《みつ》められると、嘘《うそ》がつけない。適当に言い逃《のが》れすることさえ難しい。それほど鋭《するど》い眼をしている。

仙五朗はしかし、その視線を自《みずか》ら逸《そ》らした。

「新吉のこと、あまり気になさらねえでくだせえ」

ぼそりと言う。

「気にするなって言ったって、気にはなるでしょうがね。けど、おいちさんに懸想《けそう》したのは新吉の勝手です。勝手な想いに一々《いちいち》付き合うことなんて、できねえし、する必要もねえ。今回は、吉助たちを縄付きにするためにおいちさんに手間をかけさせちまったし、気持ちを乱しもしやした。また、お礼なりお詫《わ》びなりをさせていただきやすよ」

「ちがいます」

と叫びそうになった。（あたし、新吉さんの想いを勝手だなんて思っていません）そう告げたい。しかし、おいちは息とともにその一言を呑み下し、まるで別のことを口にしていた。

「そんなやめてくださいな。あたしだって、親分さんにいっぱいお世話になってるんですから。お礼だの、お詫びだの結構です。ただ、あの、あのね親分さん。一つ、お願いがあります」

「へい。何でやしょう」

「あの男たちを捕まえたら、あたしに教えてほしいんです」

仙五朗の双眸《そうぼう》が瞬《またた》いた。

「へえ、そりゃあお安いご用でやすよ。教えるだけでいいんですね」

「いいえ。できるなら一度、会わせてくださいませんか」

「会わせる？　あのごろつきたちに、ですかい」

「はい。お願いします。ほんのちょっとでいいですから」

「会ってどうなさるんで」

「それは、その……」

返答に窮《きゅう》した。どうするつもりなのか、おいち自身にも皆目《かいもく》、見当がつかない。喜んで会いたいような相手ではない。むしろ、二度と顔も見たくない男たちだ。それなのに、僅かな時間でいいから会わせてくれと頼んでいる自分がいる。

なんで？　あたし、何を言っているの？

おいちは戸惑う。戸惑いながら、間違っていないと思う。確信だった。間違っていない。

あたしは、あの男たちに会わなければならないんだ。

会ってどうするか。それは、男たちの前に立ったときに、考えればいい。いや、考えるのではなくて、開けてくるだろう。言うべき言葉、為すべき行い、見るべき何か、そこに繋《つな》がる道が開けてくるはずだ。

「わかりやした」

仙五朗が静かに頷く。

「お約束しやしょう。あいつたちをしょっぴいたら、必ずおいちさんにお報《しら》せしやす」

「親分さん、ありがとうございます」

「ただし、手負いの獣《けもの》みてえな連中だってことだけは、胆《きも》に銘《めい》じていてくだせえよ。だから、おいちさん、一人で会わせるわけにはいきやせんぜ」

「ええ、もちろん。無理を言ってすみません」

「いや別に……けど、おいちさんてお人は、ほんとに摑《つか》みどころがねえもんだな」

仙五朗が笑う。苦笑《げ》のように見えた。

「突然、どうにも解せねえことを言い出して……けど、それが最後にはちゃんと辻《つじ》褄《つま》が合うというか、合点《がてん》がいくことになる。ほんとに、不思議なお人だ」

おいちは答えない。どう答えればいいかわからない。

仙五朗の言う通りだ。掴みどころがない。おいち自身だって、何一つ掴んでいないのだ。掴んでいないまま、内からの声に押されるように動いている。

そうするしか術《すべ》がない。そうやって動いているうちに、おふねの声音《こわね》がしだいに耳に届いてくる……はずなのだ。

仙五朗の口調に揶揄《やゆ》も非難も含まれていないことが、有り難《がた》かった。

菖蒲長屋の木戸前で仙五朗は軽く一礼した。

「じゃあ、あっしはこれで。これから、手下《てか》たちと一緒に心当たりを捜《さが》しやす」

「どのくらいで、捕まえられそうですか」

「まあ三日とはかからねえでしょう。そう簡単に江戸から高飛びできるたぁ思えねえ。それだけの路銀《ろぎん》が手元にあるとは考えられねえんで。あいつらの逃げ込む穴は全部、押さえてやすからね」

「三日……ですか」

「長過ぎますかい」

いいえと答えようとしたけれど、それより先に目を伏せてしまった。仙五朗がふむと短く唸る。

「おいちさんは、焦《あせ》っているわけだ」

焦っている？　そうだろうか？　そうだとしたら、そのわけは何？

「なんで焦ってるか、尋ねても答えちゃくれやせんね」

「……すみません」

親分、あたし、自分でもわからないんです。この焦りを言葉にできないんです。だけど、胸騒ぎがするんです。早くしないと取り返しのつかないことになるって。ざわざわ胸が騒ぐんです。どうしてなんでしょうか。

「三日、待ってくだせえ。長くて三日です」

仙五朗が背を向ける。その背中を見送り、おいちは空を見上げた。

暮れかけた空を一羽の鳥が渡っていった。ただ一羽、翼《つばさ》を広げ、風に挑《いど》むように過ぎていく。

おふねちゃん、あたし、どうすればいい。

ふいに、淋しくて堪《たま》らなくなる。身体が空洞になり、そこを冷たい風が通り過ぎていくようだ。一人で立っていられないような、寂寥感《せきりょうかん》においちは、立ち竦んだ。

「おいち、どうした」

柔らかな声がする。振り向くと、薄闇の溜まり始めた路地に松庵《しょうあん》が立っていた。十徳《じっとく》を着ている。

「どうだ、これ。おやえさんが治療の礼に縫《ぬ》ってくれたんだ。似合《にあ》うだろう」

「父さん」

父の胸に飛び込んでいく。

松庵は、おっ、と小さな声をあげた。

「どうしたんだ、おいち。何かあったのか」

「ううん、何にもない。何にもないよ」

父の鼓動《こどう》と体温を感じる、温かいものに包まれていると感じる。それで、少し落ち着いた。

松庵の大きな手が背中を撫《な》でてくれる。幼いころ、こうやって寝かしつけてもらった。

遠くから、子守唄《こもりうた》が聞こえてくる。そんな気がする。

おいちはそっと、目を閉《と》じた。

三日と仙五朗は言ったけれど、吉助と与造は二日後の早朝、見つかった。

川辺の葦原《あしはら》の中だった。

二人の男は、二間《けん》（四メートル弱）ばかり離れて転がり、空に顔を向けていた。

けれど、ぽかりと開いた目には空の青も雲も映《うつ》ってはいない。

野良犬《のらいぬ》が数匹、おそるおそる近寄ると臭《にお》いを嗅《か》いだ。一匹が前肢《あし》で、吉助の顔に触れる。それから、耳朶《みみたぶ》にかじりついた。牙《きば》が耳の肉を引きちぎる。

吉助は一声もあげない。

胸に刺さった小刀が鈍く光を弾《はじ》き、犬は怯《ひる》んだように後ずさりした。

風が吹いて、葦が揺れた。

思いを巡《めぐ》らせる。

大川《おおかわ》の川辺の葦原《あしはら》で二人の男が死んでいた。ごろつき、ならず者、人の生き血を吸って肥《こ》える壁蝨《だに》に等しいと言われていた男たちだ。

吉助《よしすけ》と与造《よぞう》の横死《おうし》をおいちが知ったのは、患者が途切れ、ほっと一息ついた刻《とき》だった。

松庵《しょうあん》はおうたのために薬を調合していた。おいちは上《うわ》っ張《ぱ》りを脱《ぬ》いで、前掛けを締《し》める。そろそろ夕餉《ゆうげ》の支度《したく》にかからねばならない。

「ねえ、父さん」

薬研《やげん》を使う父の背中に声を掛ける。ううむと生返事をしただけで、松庵は振り返りもしなかった。

「伯母《おば》さんね、このごろすごく元気なの。よく食べるし、よくしゃべるし、よく笑うし、前より元気になったみたい」

ないね」

「うん。だからさ、もしかしたら伯母さんの病《やまい》、たいしたことなかったのかもしれ
松庵の手が止まった。今度は首だけを回し、おいちを見る。

「おいち」

「はい」

「自分の思いに合わせて患者の容態《ようだい》を判断する。医者が一番やっちゃいかんことだ」

「あたしは……」

冷静に判断した。そう言い返そうとして唇《くちびる》を噛《か》む。おうたは確かに元気だ。今朝《けさ》、見舞ったときも大きめの椀《わん》に一杯、ぜんざいを平《たい》らげていた。「美味《おい》しい？」と尋《たず》ねると「あぁ美味しいねえ。こんな美味しいものを口にできて、あたしゃ果報者《かほうもの》だよ」と笑いながら答えた。潑剌《はつらつ》とした笑顔に思えた。でも……。

「義姉《ねえ》さん、無理してんじゃないのか」

松庵がぼそりと呟《つぶや》いた。ほとんど独《ひと》り言《ごと》のようなくぐもった言い方だった。

「周《まわ》りを心配させたくなくて無理をする。昔からそういうところがある人だからな」

「父さん、伯母さん……相当、悪いの」

「良くも悪くもなっていない。痼《しこり》はあのままだ。これから大きくなるのか、萎《しぼ》んで

いくのか、おれにはまだ、なんとも言えない。ただな」

松庵が身体《からだ》を回す。薬草の青い香りがふわりと匂《にお》いたった。

「病ってやつは、そんなに甘いもんじゃない。おまえが考えているより、ずっとずっと厄介《やっかい》でしぶといものなんだ。一度、とりついたらそうそう簡単に放してはくれんのだ」

「父さん、でも……」

「病はしぶとい。けど、義姉さんもかなりしぶとい」

「え？」

松庵がにやりと笑った。口の端《はし》に薬草の欠片《かけら》がくっついている。

「義姉さんは、みんなに心配かけまいと気丈《きじょう》に振る舞っている。それは確かだろう。けど、あの人のことだ。それだけじゃないはずだ。絶対にそれだけじゃないはずだ」

「こんちくしょうって」

「おや、おいち、わかってるじゃないか。そうさ、義姉さんのことだ。そろそろ、こんちくしょうって闘志を燃やし始めたころなんじゃないか」

おいちは父と目を合わせ、深く点頭《てんとう》した。

己《おのれ》の内に巣食った病を知ったとき、人はさまざまな表情を見せる。たいていは驚《おどろ》き、うろたえ、動揺する。そののち、病の重さに潰《つぶ》されてしまう者、全《すべ》てを受け入れようとする者、受け入れられずに苦悶《くもん》する者、諦《あきら》め淡々と死出《しで》の用意を始める者、そして、何があっても闘《たたか》うとこぶしを握《にぎ》る者、さまざまなのだ。

おうたが、そのこぶしを握る者であるのは確かだ。最初は心を萎《な》えさせたかもしれない。しかし、従容《しょうよう》と死に臨《のぞ》もうと覚悟した（やや、早とちりではあったが）かもしれない。しかし、葛藤《かっとう》の日々が過ぎたあと、おうたはこぶしを握り、頭を上げ、病と闘う決意をしたのだ。泣いて諦めるのでも、静かな諦念《ていねん》に辿《たど》り着くのでもなく、敢《かん》然《ぜん》と対峙《たいじ》することを選んだ。

だから食べる。しゃべる。笑う。

そうだ、伯母さんはそういう人だ。

陽気で、おせっかいで、おしゃべりで、強い。

「患者が病と闘おうと決意したのなら、医者は全力でそれを支える。自分の思いに引き摺《ず》られず、自分のできることを全てやり尽くす」

「うん……」

あたしのやれること、あたしのできること、今は僅《わず》かでしかない。でも、いつか、太い柱として患者さんを支えたい。一人前の医者になりたい。

支えたい、助けたい、力になりたい。患者さんの、特に女の患者さんの。

おふねのことを思う。

身ごもったことを告げられず、身体の不調を訴《うった》えられず、胎児《こ》と共に死なねばならなかったおふねを哀《あわ》れだと思うのだ。女の医者がいれば、おふねは自分の身体のことを打ち明けられたのではないだろうか。打ち明け、心を軽くし、前を向くことができたのではないだろうか。適切な忠告を受けることができたんじゃないだろうか。あんな無残《むざん》な死に方をしなくてもすんだんじゃないだろうか。

息が詰まりそうになる。

おふねは、おいちを訪ねてきたのだ。

あれは……亡くなる一月《ひと》も前のことだったろうか。菖蒲長屋《しょうぶながや》のこの家をおとない、洗濯を手伝ってくれた。晒《さら》しを綺麗《きれい》に洗ってくれたのだ。

あのとき、おふねは助けを求めにやってきたのではなかったのか。友だちとしてではなく、医者の卵であるおいちに縋《すが》りに来たのではなかったのか。

それなのに、あたしは気づきもしなかった。仕事が一段落したら『小峯屋《こみねや》』を覗《のぞ》いてみようなんて呑気《のんき》なことを考えていた。

悔《く》やんでも悔やみきれない。どれだけ悔やんでもおふねちゃんは、帰ってこない。それならせめて……。せめて、次はおふねちゃんのような女《ひと》を救いたい。救えるだけの力を付けたい。

それがあたしにできる唯一《ゆいいつ》の償《つぐな》いだ。

「さて、こんちくしょうのおうたさんに、この薬を届けるかな」

松庵が薬の包みを一つ、目の前にかざす。

「父さん、今、笑わなかった？」

「は？　おれが？　まさか。なんで、おれが笑ったりしなきゃならないんだ。別に、楽しいこともおもしろいこともないだろうに」

「笑ったよ。にんまりって感じで。その薬」

松庵が指に挟《はさ》んだ薬包《やくほう》をちらりと見やる。

「そうとう苦《にが》いの？」

「これか？　そうだな。まあ良薬は口に苦しの譬《たと》え通り、かなりのもんかもしれんな。そのかわり、効能は確かさ。義姉さんがしきりに訴えていた胸やけはすっきり治《おさ》まるってわけだ」

「伯母さんの胸やけは食べ過ぎなんでしょ。あの痼とは関係ないんでしょ」

「ああ、関係ないな」

「だったら、いつもの薬で十分じゃない。わざわざ苦い薬に替えなくても」

「いやいや苦い薬がいいんだ。ふふっ、これを飲むとき義姉さんがどんな顔するか。むふふ」

「もう、父さんたら。それって子どもの悪戯《いたずら》と同じでしょ」

おいちも釣《つ》られて笑いそうになったとき、

「おじゃましやすぜ」

掠《かす》れ声がして、障子戸《しょうじど》が横に滑《すべ》った。

「あら、親分さん」

仙五朗《せんごろう》が軽く腰を屈《かが》める。その顔つきを一見して、おいちは笑いかけた口元を引き締める。

「親分さん、何かあったんですか」

「へえ、ありやした。そのお報《しら》せに来たんで。おいちさんとの約束でやしたから」

「あの二人が見つかったんですか」

仙五朗は僅かに目を細めただけだった。

「親分さん？　ちがうんですか？」

「いや、見つかりました。こっちが思ってたのとは、ちっとちげえ姿になってはいやしたが」

仙五朗が障子戸をぴったり閉める。

「おいちさん、松庵先生、実はちょっとややこしいことになりやしてね」

すっと潜《ひそ》められた声に引かれるように、おいちは立ち上がり、仙五朗に一歩、近づいた。松庵は座したまま動かない。

風に障子戸が音をたてる。乾《かわ》いた風が路地を吹き過ぎていく。いつもは遠く近く聞こえてくる子どもの歓声もおかみさんたちの怒鳴《どな》り声も物売りの声も、ぴたりと静まっている。風の音と仙五朗の言葉だけが薬草の匂いに満ちた部屋に響《ひび》く。

「殺された……」

おいちは深い皺《しわ》の刻《きざ》まれた岡《おか》っ引《ぴき》をまじまじと見続けた。その一言、一言が礫《つぶて》のようにぶつかってくる。

「あの二人が殺されたんですか」

「へい。今申し上げた通りです。胸に匕首《あいくち》を突き立てられて、冷たくなってました」

「誰がそんなことを」

「下手人《げしゅにん》はまだわかりやせん。ただ、吉助も与造もかなりの金子《きんす》の入った巾着《きんちゃく》を懐《ふところ》に仕舞《しま》い込んだままでした。それに手をつけてねえってことは、物盗《ものと》りの仕業《しわざ》じゃねえってこってす」

「物盗りじゃなければ、行きずりの殺しか、恨《うら》みによる殺しか、どちらかってところかい、親分」

松庵が身を乗り出す。

「へえ。まあいろいろと危《あぶ》ねえ稼業《かぎょう》に足を突っ込んでた野郎《やろう》たちだから、自分たちより危ねえ連中に目を付けられてぶすりってことも考えられなくはねえですが、それにしちゃあ殺し方が綺麗なんで。なにしろ、心《しん》の臓《ぞう》を見事に一突きでやすからね。ああいうやつらは、見せしめのために、嬲《なぶ》り殺しにするんですよ。ああも綺麗に、あっさり殺しちゃくれねえもんだ」

「殺しに綺麗なやり方ってのが、あるんだ」

「ありやすよ、先生。吉助も与造も他には傷らしい傷はほとんどついてやせんでした。あんなに綺麗に人を殺《や》れるやつなんて、そうざらにゃいませんぜ」

「ふーん、行きずりの殺しって線も、あまり考えられないな」

「でやすね。一人だけならまだしも二人を行きずりに殺すとはちょっと考え難《にく》いでやすねえ」

「となると、残るのは恨みか」

「へえ。あいつらのやってきたことからすれば、恨みを持つ相手から殺される、それが一番腑《ふ》に落ちやすね。しかし、それだと心当たりが多過ぎてどうにもならねえんで」

おいちは二人の話を聞きながら、悪心《おしん》を覚えていた。男というのはどうしてこうも、人の死を玩《もてあそ》ぶように話せるのだろう。患者の命《いのち》を守ろうと必死に闘っている松庵でさえ、どこか楽しげに見える。

下手人だの、殺しだの、恨みだの、滑々《すべすべ》と口にしている。

おいちはそうはいかない。

どんな人間であろうと、死は悲しい。唐突《とうとつ》に無理やりに奪われた命ならなおさら悲しく、惨《むご》いではないか。

悪心が募《つの》る。

動悸《どうき》がして、脂汗《あぶらあせ》が背中に滲《にじ》む。

けれどこれは二人のやり取りのせいだけではない。

もしかして……。

「おいちさん、顔が真《ま》っ青《さお》でやすよ。だいじょうぶかい」

「親分さん」

仙五朗を見据《みす》える。見据えられた男は、瞬《まばた》きもせずおいちの目を見返してきた。

「もしかして、もしかして、新吉《しんきち》さんが疑われているんじゃないですよね」

答えが返ってこない。それが何よりの返事だと思われた。

「親分さん」

「今、手下《てか》に新吉の行方《ゆくえ》を当たらせてやす」

「そんな。まさか、新吉さんが、まさか」

舌《した》が上手《うま》く動かない。頭の中が空回《からまわ》りするだけで、確かな言葉は一つも出てこないのだ。

新吉さんが下手人になる？　まさか、そんなことあるわけない。

「いや、あっしは新吉があいつらを殺ったと言い切ってるわけじゃねえんで。ただ、男の胸に匕首を突き通すなんて芸当は男しかできねえとは思ってやす。それも力のある男、ある程度若ぇ男じゃねえと無理でしょう。ええ、女やよぼよぼの爺《じい》さんじゃ、どうにも無理《わけ》ってもんですよ」

「だけど、だからって新吉さんが下手人って話にはならないでしょ。江戸には若い男なんてごまんといるんですよ」

「おいち、落ち着け」

松庵がおいちの袖《そで》を引っ張った。

「親分は、あの威勢のいい男が下手人だなんて一言も言ってないだろうが。おまえが、そんなに慌《あわ》ててどうする」

「そうだけど、でも、でも……」

下手人とは斬首罪《ざんしゅざい》でもある。土壇場《どたんば》で首を斬《き》り落とされる刑だ。

「親分さんにお茶を差し上げろ」

松庵がおいちの背中を軽く叩《たた》いた。仙五朗が手を振る。それから、上《あ》がり框《かまち》に腰を下ろした。

「いえ、せっかくですが茶はけっこうです。仕事が立て込んでやすから長くはおりやせん、おいちさん」

「はい」

「正直に申し上げやす。あっしだって新吉があいつらを殺ったなんて小指の先ほども思っちゃいません。けど、真実はわからねえ。人ってのもわからねえ。あっしゃおいちさんが思っているよりずっとややこしいのが人ってもんでやすからね。あっしの仕事は、下手人を挙《あ》げること。それが誰であろうと、とっ捕《つか》まえて裁《さば》きを受けさせることでやす」

「はい」

仙五朗の視線がおいちから松庵へと流れる。

「先生、実は今日はおいちさんとの約束を果たすためだけじゃなくて、先生に用があったんでやすよ」

「おれに？　その殺しのことでかい？」

「へえ。一つ、お願いしたいことがありやして」

仙五朗の眼差《まなざ》しが、口調《くちょう》がさらに険《けわ》しく、重くなる。松庵もその空気を察し、表情を引き締めた。

「なんだね、親分さん」

「へい。実は先生に二人の死体を御検分《ごけんぶん》願いたいんで」

「おれに？　それは死因を確かめろって言ってるのかい」

「有体《ありてい》に言っちまいますとそうなりやす」

「ふむ。それは、親分が匕首でぶっすりっていう死因を疑ってるってことか」

「これも有体に言っちまいますと、疑ってやす」

「どういうことだ？　詳《くわ》しく聞かせてもらおうか」

松庵が眉間《みけん》に皺を寄せる。けれど目元口元には微《かす》かに興味ありげな色が浮かんでいる。

「血でやすよ」

「血？」

「へえ。血が足りねえって気がしてならねえんで」

「おいおい、親分、そりゃあえらく物騒《ぶっそう》な物言《ものい》いじゃないか」

「すいやせん。もうちっとわかりやすく話しやす。あっしも長《なげ》えこと、こういう道に足を突っ込んでるもんで、数え切れねえぐれえの死人を見てきやした。むろん、刺し殺された仏《ほとけ》もたくさんいやしたよ。そういう仏は、当たり前ですが血だらけになりやす。特に胸を刺された仏ってのは相当な血を流すもんなんですよ」

「ふむ。ところが今回はそうじゃなかった……わけか」

「へい。もちろん、血は出てやした。しかし、それが、あっしにはどうも少な過ぎる気がしてならねえんで」

思いを巡らせる。

「なるほど。心の臓の辺《あた》りを刺されたのなら、着てるものが絞《しぼ》れるほど血が流れても不思議じゃないが」

「それがさほどでもなかった。先生、どういうことでござんすかね」

松庵は顔の前に手を広げ、親指を折り曲げた。

「他の場所で刺されて、大川に運ばれた。まず考えられるのはそれだな」

「あっしもそう思いやす。草や砂地の上にはほとんど血の痕《あと》が残ってなかったんで。殺られたのは他所《よそ》かもしれやせん。けど、どこで殺られたって血は出やす。なのに、吉助も与造も胸の辺りは赤黒く汚《よご》れていたぐれえでした」

うっと唸《うな》った後、松庵が黙《だま》り込む。

「……もうそのときは死んでいたのかしら」

おいちはふっと呟いてしまった。松庵と仙五朗がほぼ同時に顔を向けてくる。

「おまえもそう思うか」

そう問いかけてきた松庵の声は、少し掠れていた。

「ええ。それしか、あたしには思いつかない」

松庵は腕を組み、もう一度低くうむと唸った。仙五朗が身を乗り出してくる。

「先生、おいちさん、生きている者に刃物を突き立てたときと、死体を刺したときじゃ、やはり血の出方がちがうもんなんですね」

「ちがうな。人の血ってのは生きているから流れてるんだ。死んだら、固まってしまうはずだ。刀の試《ため》し斬りに死体を使っても、それほど血は飛び散らないって聞いたことがある」

「なるほど、既《すで》に殺されていたか……」

仙五朗も小さな唸り声をあげる。

「理屈はそうです。けど、そんなこと馬鹿《ばか》げてますよね。馬鹿げてるでしょう。既に死んでいる者をもう一度、刺すなんて」

おいちは、我知らず声を大きくしていた。

あまりに馬鹿げている。

「そうとう恨んでたってわけか？　いや……ちがうな」

松庵は腕組みを解《と》くと、かぶりを振った。

「恨みがあるなら、めった刺しにするだろうよ。けど、仏さんは二体とも刺し傷は一カ所しかなかったんだろ、親分」

「へえ、確かに一カ所、胸のところだけでやした。先生のおっしゃる通りで、恨みを募《つの》らせたやつってのは憎い相手に対し、これでもかってぐらい突き刺すもんです。そういう死体を幾《いく》つも見てきやしたが……あんな綺麗なもんじゃなかったですね。なかには顔の見分けもつかねえぐれえ、めった刺しにされた男もいやしたよ。

刺したのは女でしたが」

「恨みじゃねえとすると、何のために死体に匕首を突き立てたりするんだ？　おれには、とんと見当がつかんな」

「あっしにもつきやせん。ですから一度、先生に検分してもらえたらと思いやしてね。お医者の目で見ていただけると、あっしたちが見落とした何かが出てくるやもしれねえんで」

「いや。それはどうかな。あんまり買い被《かぶ》らんでもらいたいが。まぁ、どういう結果になるかは別にして、検分ぐらいはさせてもらおうか」

「来てくれやすか、先生」

「そりゃあ行くさ。他ならぬ剃刀《かみそり》の仙五朗親分の頼みを無下《むげ》にもできねえだろう」

「有り難《がて》え。じゃあ、ご足労《そくろう》願います」

「おう、わかった。おいち、すまんが留守《るす》を頼むぞ。おとい婆《ばあ》さんと、丸八《まるはち》の徳兵衛《とくべ え》旦那《だんな》が薬を取りに来ることになってる。百味簞笥《ひやくみだんす》のいつもの引き出しに入れてあるから、渡してくれ。おとい婆さんには膏薬《こうやく》も忘れずにな。それと、義姉さんの薬三包《ぼう》は、一番下の引き出しにしまっておいてくれ。明日にでもおれが届ける」

「はい、わかりました。ちゃんとやっときます。けど、父さん、父さんは岡っ引でも同心《どうしん》でも与力《よりき》のお侍《さむらい》でもない、医者なんですからね。そこのところ、忘れちゃだめよ」

松庵が肩を竦《すく》める。

「わかってる、わかってる。おれがやるのは検分だけ。その後の謎解《なぞと》きや下手人の探索は親分の仕事だ」

「うん。そこまでわかってるなら、いいわ。くれぐれも自分の本分を忘れないでよ。じゃあ、行ってらっしゃい」

仙五朗が口元を緩《ゆる》めた。

「おいちさんは、ほんとうにしっかり者でやすね。頼《たの》もしい限りじゃねえですかい、先生」

「しっかりし過ぎだ。これじゃどっちが親か子か、わからんじゃないか」

松庵と仙五朗が出ていく。

おいちは一人、残され、竈《へっつい》の前に座り込んだ。

どういうことなのかな。

火を熾《おこ》しながら考える。

恨みでなければ、なんだろう。

人は恨み以外のどんな理由《わけ》で、死体に刃《やいば》を突き立てるのだろう。

パチリパチリと火の粉《こ》が弾《はじ》ける。

自分の本分を忘れているのは、あたしの方だわ。

考えても解き明かせっこない謎に引っ掛かっているあたしの方が、よほど本分から外《はず》れている。

竈の中で燃え上がり始めた炎《ほのお》に手をかざす。暑くて台所仕事が苦痛だったのがついこの前のように思えるのに、今は炎の暖かさが心地《ここち》よい。人の世に何があろうと、季節は移《うつ》ろっていく。

人の心も移ろう。

おいちの思いは、仙五朗が運んできた謎から若い職人へと流れていった。

新吉さん、どうしているだろう。

今、どこで、何をしているんだろう。

ふと髷《まげ》の辺りに手をやっていた。そこに、新吉から貰《もら》ったぴらぴら簪《かんざし》を挿《さ》しているような気がしたのだ。むろん、挿してなどいない。ぴらぴらと揺《ゆ》れる飾《かざ》りを付けた簪は、おいちには華《はな》やか過ぎる。実用的ではない簪は、しかし、実用的でないからこそ美しかった。幾度眺《なが》めても飽《あ》きないし、眺める度《たび》に美しいと感じる。そういう簪を拵《こしら》えた新吉をおいちは、すごいと思うのだ。飾り職人としての新吉をすごいと思う。

あの人は本物の職人だ。そんな人が下手人になるわけがない。どんなことがあっても、人を殺《あや》めたりするわけがない。

おいちは唇を噛んだ。

おいちがどれほど信じたところで、何の力にもならない。仙五朗のことだ、遠からず本物の下手人に縄《なわ》をうつだろう。新吉に累《るい》が及ぶことはないはずだ。いや、でも、わからない。人の世には落とし穴がそこここに開いているというではないか。

橙《だいだい》の色に燃える炎を見ながら、おいちの心は千々《ちぢ》に乱れてしまう。

また、ため息が出た。

カタッ。

障子戸の開く音。

あれ、おとい婆ちゃん、もう薬を取りにきたのかしら？　あのお婆ちゃん、せっかちだからな。

「はい、ちょっと待ってくださいよ」

振り向いたおいちは、目を瞠《みは》ったまま動けなくなった。

思いもしなかった人物が、土間《どま》に立っている。

その人物は、おいちに向かって軽く頭を下げた。

おいちはまだ、動けない。

胸の上で手を重ね、立ち竦んでいる。

恥じらう。

「ご無礼《ぶれい》いたします」

田澄十斗《たずみじっと》が頭を下げる。

小袖《こそで》に袴《はかま》、総髪《そうはつ》の姿だ。

六間堀《ろっけんぼり》に架《か》かる北の橋で、ごろつきに絡《から》まれていたおいちとお松《まつ》を救ってくれた。あのときの格好《かっこう》だった。

「田澄さま……」

思わず呟《つぶや》いていた。呟いてから、ふいに恥ずかしくなる。どうしてだか、自分でもわからないけれど、身体《からだ》が火照《ほて》るほど恥ずかしくなる。

十斗が瞬《まばた》きした。

「わたしの名前を覚えていてくれたんだ」

「それは、むろん……危《あぶ》ないところをお助けいただいたのですから……あの、それに草鞋《わらじ》まで買っていただいて……あの、草鞋だけじゃなくて、ほんとに、あのとき田澄さまが助けてくださらなかったらどうなっていたか……あの、ほんとに申し訳ございません」

腰を折り、深々とお辞儀《じぎ》をする。

「は？　申し訳ないって？」

頭の上で十斗の戸惑《とまど》う声がした。

「何が申し訳ないんです、おいちさん」

おいちさん。

さらりと名を呼ばれた。それだけのことなのに、頰《ほお》がさらに火照り、鼓動《こどう》が速くなる。

どうしちゃったんだろう、あたし。

火照る頰に、速まる鼓動に、空回《からまわ》りする言葉に、誰よりおいち自身が慌《あわ》てていた。

「あの、えっと、ちゃんとお礼もしないで、それで、あのお助けいただいたままで……ほんとうに、申し訳ございませんでした」

しどろもどろになりながら、もう一度、頭を下げる。

「いやいやいや、そのように言われると却《かえ》って、恐縮《きょうしゅく》してしまいます。お礼はあのとき、丁寧《ていねい》にいただきました。十分です」

「でも……」

「藍野《あいの》先生にお目通《めどお》り願いたいのだが」

　十斗の物言《ものい》いが、俄《にわか》にかしこまる。

「非礼は重々《じゅうじゅう》承知の上で、約定《やくじょう》もなくおじゃまいたしました。出直せと仰《おお》せならそのようにいたします。ただ、お目通りが叶《かな》う日時をお教えいただきたい。この通り、お願い申す」

　今度は、十斗が低頭《ていとう》する。

「まあそんな。田澄さま、おやめください。父に会うのに約定など要《い》りません。誰だって勝手に入ってきて、勝手にしゃべって、勝手に帰っていくんですから」

　嘘《うそ》でも冗談《じょうだん》でもない。

　松庵《しょうあん》の許《もと》には患者以外の人たちも集《つど》ってくるのだ。元患者であったり、患者の家族であったり、長屋のおかみさんたちであったり、病《やまい》とも怪我《けが》とも無縁の人たちが、しょっちゅう出入りしている。患者が途切《とぎ》れ、診療が一段落したときを見計《みはか》らったように、ひょいと顔を覗《のぞ》かせる。

「先生、この前は嬶《かかあ》がお世話になりやして。おかげさんで、ぼちぼち歩き回れるようになりやした」

「先生、ちょっと聞いてくださいよ。うちの宿六《やどろく》ったらね、昨夜も酔《よ》い潰《つぶ》れて、お稲荷《いなり》さんの祠《ほこら》の軒下《のきした》で寝ちまってねえ。ほんとに、いつか狐《きつね》に祟《たた》られるんじゃないですかね」

「先生、活《い》きのいい鰯《いわし》をたんと貰《もら》ったんで、おすそわけしますよ。脂《あぶら》がのって美味《おい》しいですよ」

「先生、実はご相談が……」

「先生、あのね……」

人々が松庵に語ることは、どうでもいい世間話であったり、とりとめのない愚痴《ぐち》であったり、自慢話であったり、深い悩みや苦悶《くもん》であったりする。

松庵はほとんど何もしない。ただ、人々の話に耳を傾《かたむ》けるだけだ。

薬を調合しながら、茶をすすりながら、診立《みた》て帳を綴《と》じながら、聞き入る。たまに相槌《あいづち》を打ち、首を傾《かし》げ、笑い、眉間《みけん》に皺《しわ》を寄せる。

それだけだ。

人々は好き勝手にしゃべり、思いを吐露《とろ》し、ため息や涙や笑いをたっぷりと零《こぼ》していく。

誰も約定などしない。気儘《きまま》に、勝手に、心のままに訪《おとず》れて、去る。

「勝手、ですか」

十斗がふっと息を吐《は》いた。

「はい。勝手です。ですから、いつでも好きなときにお出《い》でください。何の気兼《きが》ねも要りませんので」

「そうか……、うちの先生とはえらいちがいだな」

「先生って、あのお医者さまのことですか」

おふねの病間《びょうま》で会った、堂々たる体軀《たいく》の医者だ。隙《すき》のない身なりをした美丈夫《びじょうふ》だった。

「そうです。山賀貝弦《やまがかいげん》先生。おいちさんも名前ぐらいは聞いたことがあるんじゃないですか」

「山賀貝弦……」

聞いたことがある。

高名《こうめい》な町医者だった。町医者とはいえ、患者には豪商や武家が多く、一度の診療代が五両を下ることはないとの噂《うわさ》を耳にしていた。おいちからすれば、五両という金額はあまりに法外で、信じ難《がた》いものだった。

「それだけ出しても惜《お》しくないだけの腕があるんだろう」

松庵は、あっさりと言った。

「そうでなければ、いかにお大尽《だいじん》とはいえ、大金を払わんさ。いや、お大尽ほど金には吝《しわ》いもんだ。腕のない医者に金をかけたりするわけがない」

「じゃあ、うちはどうなの。今日の診立て代は魚の干物《ひもの》と大根二本、味噌《みそ》とお米。金子《きんす》を払ってくれたのは、徳兵衛旦那《とくべえだんな》と市松《いちまつ》のご隠居さんだけ。しめて二朱《しゅ》と十文《もん》」

「ふむ。てことは、夕餉《ゆうげ》は大根の味噌煮と炙《あぶ》った干《ほ》し魚《うお》だな。こりゃあ楽しみだ。おいちの味噌煮は天下一品だからな」

「父さんたら。夕餉の話なんかしてないでしょ」

松庵の膝《ひざ》をぴしゃりと叩《たた》く。叩かれた松庵が声をあげて笑った。おいちも笑った。

父娘《おやこ》の間で、山賀貝弦が話題にのぼったのは後にも先にも、そのときだけだったと思う。

そうか、あの人が山賀先生なのか。

居丈高《いたけだか》で、傲慢《ごうまん》そうで、決して好きになれそうにない気はするが、山賀貝弦が重厚で押し出しがりっぱだったのは確かだった。それは、菖蒲長屋《しょうぶながや》で干物や大根を診立て代のかわりに受け取っている松庵からは僅《わず》かも漂《ただよ》ってこないものだ。

「なにしろ、うちの先生に診《み》てもらうには、吉原《よしわら》の太夫《たゆう》並みの面倒臭《めんどうくさ》い手順が要ると言われているのだから」

「まあ、太夫ですか」

と答えはしたものの、おいちは太夫に会うためにどのような手順が必要なのか、まるで見当がつかない。

「そう。太夫並みなのだ。金も要るし、手間も要る。約定があっても、半日以上待たされるのは当たり前になってる。待つと松をかけて、松の位《くらい》の医者と呼ばれてるぐらいだ」

松の位が太夫の異称だというぐらいは、おいちでも知っていた。

「山賀先生の患者さんはやはり、お大尽の方々が多いのですか」

尋《たず》ねてみる。

どうしても知りたいわけではない。十斗との話を途切れさせたくなかっただけだ。十斗はいつの間にか、ずいぶん砕《くだ》けた口調《くちょう》になっていた。そうすると言葉の端々《はしばし》に闊達《かったつ》な気性《きしょう》が滲《にじ》み、心地《ここち》よい。

いつまでも語り合っていたかった。

「お大尽……そうだなあ」

十斗が指を折り、幾《いく》つかの商家の屋号を口にした。いずれも、名の通った大店《おおだな》だった。

「まあ、すごい」

本気で感嘆《かんたん》の声をあげていた。そんな店なら、五両が十両になっても、痛くも痒《かゆ》くもないだろう。けれど……。

ふっと過《よぎ》る思いがある。

おふねの家『小峯屋《こみねや》』は手堅《てがた》い商売をしてはいるが、中堅《ちゆうけん》どころの店に過ぎない。今、十斗があげた店に比べれば、一回りも二回りも縮《ちぢ》んだ小商《こあきな》いだ。

そんな店とも山賀貝弦は繋《つな》がっていたのだろうか。古くからの知り合いと聞いたが、旧知の間柄をたいせつに付き合っていたのなら、なかなかの人物ではないか。

「あの、もしかして藍野先生はお留守《るす》なのかな」

十斗の視線がちらりと動く。

「あ、はい。そうなんです。つい先ほど、出かけました」

「そうか、お留守か……」

十斗はそれとわかるほど気落ちした様子で、肩を落とした。

おいちの鼓動はさらに激しく、さらに乱れる。貝弦のことなど、瞬《また》く間に掻《か》き消えてしまった。

どうしよう、どうしよう。

土間《どま》に立たせたままなんて、とっても失礼だったんだ。せめてお茶ぐらい差し上げないと。「父は間もなく帰ると思います。どうぞ、お上がりになってお待ちください」って、お茶の一杯もお出しして、あぁでも、父さん、さっき出かけたばっかりじゃないの。間もなくなんて帰ってくるわけがない。どうしよう。あたしとおしゃべりをしていても、田澄さまは窮屈《きゅうくつ》なだけだろうし……。でも、やはりお茶ぐらいは出さないと……、けど、お茶請《う》けなんて何にもないわ。こんなことなら、伯《お》母《ば》さんから貰った団子《だんご》を残しとけばよかった。父さんと二人できれいに食べちゃって……どうしよう。どうしよう。どうしよう。どうしよう。

頭の中がぐるぐると回る。懸命に考えているようで、何一つ、まとまらない。

「そうか、では出直してくるか」

十斗が独り言《ひとりごと》のように呟く。

おいちは半《なか》ば安堵《あんど》し、半ば失望した。

もう少し、この方と話をしていたい。もう少し、一緒にいたい。けれど、これ以上取り乱したくない。緊張したくない。

相反《あいはん》する胸の裡《うち》に軽い目眩《めまい》さえ覚えてしまう。その目眩の中で、おいちは気がついた。

十斗の来訪のわけをまだ、尋ねていないと。

「あの……田澄さま」

我ながら情けないほど、か細い声だった。

「父にどのようなご用だったのでしょうか」

十斗の面《おもて》が引き締《し》まる。

「実は……藍野先生に弟子《でし》入りをお願いしたく、参りました」

「は？」

「いや、だから、弟子にしていただけないかと」

「父の、ですか」

「藍野先生の、です」

「どうして？」

「どうして、とは？」

「だって田澄さま、山賀先生のお弟子でいらっしゃるのでしょう」

「今はそうです」

「だったら、父の弟子になんかならなくてもいいではありませんか。山賀先生のお側《そば》なら、薬にしろ道具にしろ、うちより余程《よほど》揃《そろ》っているのでしょう」

「はぁ……まあそれは、確かにそうだが」

「うちはこの通りの貧乏所帯《じょたい》です。患者さんは、ほとんどがその日暮らしの人たちです。山賀先生のところとは、あまりにちがい過ぎるでしょう」

十斗がかぶりを振った。仄《ほの》かに薄荷《はっか》の匂《にお》いがした。

「だからです。無礼を承知で言わせてもらえば、こんな……道具も薬もろくに揃わない中で、藍野先生がどのように診立てをしていらっしゃるのか、それが知りたい……、知りたいんだ」

おいちは顎《あご》を引いた。

からかっているわけではあるまい。

この若者は、貧しい町医者を嘲笑《あざわら》うために来たわけではないはずだ。では、本気で、松庵から学びたいと望んでいるのだろうか。真剣なのだろうか。

「実は、わたしは来年春に、長崎遊学《ながさきゆうがく》が決まっているのです」

十斗の一言が耳を打った。

長崎遊学。

「では……、蘭学《らんがく》を学ばれるのですか」

「ええ。これからの医の道は蘭方《らんぽう》が主流になるでしょう。今までの旧弊《きゅうへい》なやり方を打ち砕《くだ》き、新しい道を作り上げる。それが、わたしに課せられた使命だと思っています」

おいちはさらに顎を引く。

十斗の言うことは半分は正しいかもしれない。けれど、旧《ふる》いものを全《すべ》て否定したところから出発する考えを肯《うべな》う気はしない。旧い新しいではない。必要なのは、患者にとって最も有効な手立てを講じられる見識と医者としての技量ではないのか。蘭方も和方《わほう》もそれぞれに欠点と長所を持つ。医者は双方を熟知したうえで、その融《ゆう》和《わ》を図《はか》るべきなのではないか。

ことごとく否《いな》、ことごとく是《ぜ》、それはおかしい。

ぼんやりとだが、そんなことを思う。

口を固く結《むす》んでいた。

羨《うらや》ましい。

目の前に立つ男は蘭方を学ぶ機会を得た。

長崎遊学。おいちには、夢のまた夢だ。どんなに望んでも、どんなに努めても、どんなに祈っても、おいちには手の届かない夢を十斗は摑《つか》んでいる。

羨ましい、羨ましくて堪《たま》らない。

知りたい。学びたい。あたしも蘭方に触れてみたい。

思いがうねる。十斗に抱《いだ》いていた切なく甘い、それでいて仄かに苦《にが》い想《おも》いは、焦《こ》がれるような羨望《せんぼう》に呑《の》み込まれ、泡沫《うたかた》の如《ごと》く消えてしまう。羨望には僅かな嫉《しっ》妬《と》も交《ま》じっていた。

おいちはため息を辛《かろ》うじて、押し止《とど》めた。自分の内に蠢《うごめ》く情が空恐《そらおそ》ろしいようにも、あさましいようにも感じられる。

「おめでとうございます。それならなおのこと、父の許《もと》に弟子入りする必要はありませんでしょう。父は一介《いっかい》の町医者に過ぎませんもの」

「だからです」

「え？」

「長崎に発《た》つ前に、一介の町医者である藍野先生に、ご教授願いたいのです。ぜひ」

「ま……それは」

十斗は生真面目《きまじめ》に面を引き締めたままだ。その心中を計りかねて、おいちは少なからず戸惑う。

このお方は何を考えておいでなのだろう。

「山賀先生ではだめなのだ」

十斗が総髪を揺《ゆ》らし、かぶりを振る。

「湯水《ゆみず》のように金を使い、高直《こうじき》な薬をふんだんに用いて患者を治《なお》す。そんなやり方なら学ぶ必要はない。学ばなくても、できる。箱根の山の熊にだってできる」

「箱根の山に、熊がいるのですか」

「いるでしょう。なんと言っても箱根の山なんだから」

「それはそうですね。でも、熊と一緒にするのは山賀先生にちょっと失礼かと思いますよ。父が申しておりましたが、医者を選べる立場にある大店、分限者《ぶげんしゃ》の方々が競《きそ》って山賀先生の診立てを望むのは、それだけの腕があるからではないのですか」

「腕ではなく、ここだと思うがな」

十斗は自分の口の端《はし》を軽く押さえた。

「山賀先生は能弁家《のうべんか》なのです。実に弁《べん》が立つ。それに聞き上手《じょうず》だ。どんなつまらない話にも、本気で聞き惚《ほ》れているような芝居《しばい》ができる。実に見事なものだ。いつも感心してしまうけれど、肝心要《かんじんかなめ》の治療の方は、ほとんどが弟子に任《まか》せて平気な顔をしている。あれでは医者ではなく、ただの商売人だ。わたしはどうにも、納得《なっとく》がいかなくて、長崎遊学を潮《しお》に山賀先生とは縁を切りたいと思っているのです。お側にいても何ら得《う》るところはないのだから……。おいちさん、わたしは医の道を究《きわ》めたいのだ。薬や道具はむろん大事だが、要となるのはそれを使いこなす医者の腕だ。その腕を磨《みが》きたい。藍野先生は一介の町医者とはいえ、かつては江戸でも屈指《くっし》の蘭方医として活躍されたと聞き及んでおります。その先生がろくな薬も道具も揃わぬ場でどのような治療を為《な》していくのか、ぜひ、この目で確かめたいのです。それは、必ずわたしの糧《かて》とも力ともなるはずだ」

うちにだって、それなりの薬や道具は揃っています。

胸の裡《うち》で十斗に言い返す。

山賀貝弦の治療院に比べれば、お粗末極《そまつきわ》まりない場所かもしれない。それでも、付き合いのある生薬屋《きぐすりや》、薬種問屋《やくしゅどんや》から薬を手に入れ、松庵自身、長屋の裏手に僅かばかりだが土地を借りて、薬草を栽培している。

ろくな薬も道具もないと決めつけるのは、いささか無礼ではないか。

そう思う。しかし、十斗はおいちの胸中などまるで感付く風もなく、一人、首肯《しゅこう》などしている。

「父は、かつて、そのように高名な医者だったのですか」

もう一つ、心に引っ掛かったことを問うてみる。おうたもそんなことをちらりと口にしていたが、どうにも信じ難い。おいちにとって父は、その日暮らしの人々と共に生きている貧乏医者でしかなかった。貝弦のような華《はな》やかさとも高額な報酬《ほうしゅう》とも無縁の人のはずなのだ。

「ええ。そのように聞いておりますが」

「どなたからですか」

「うむ？」

「田澄さまはどなたから、父のことをお聞きになったのですか」

その人物は、松庵の来《こ》し方《かた》を知っているのだ。娘のおいちさえ知らない父の姿を知っている。

　誰だろう。

「それは……」

　十斗が言い淀《よど》む。束《つか》の間《ま》、唇が一文字《いちもんじ》に結ばれた。黒眸《くろめ》が動き、光が閃《ひらめ》いた。仙《せん》五朗《ごろう》ならば身構《みがま》えただろうほどの鋭《するど》い光だった。饒舌《じようぜつ》に語っていた明朗《めいろう》な若者が消え、殺気に近い気配《けはい》を放つ男が現れる。しかし、その気配もまた、束の間で消え去った。

「父です」

　前と変わらぬ口吻《こうふん》だった。

「お父さま？　お父さまもお医者でいらしたのですか」

「いいえ。商人《あきんど》でした。とっくに亡《な》くなりましたけれど、藍野先生には何かとお世話になっていたようです。さて、長居《ながい》をしてしまった。先生がお留守だということなら、出直すしかないな」

　十斗がわざとらしく、ため息を吐《つ》く。これ以上、この話題に深入りするのを避けているようだった。

　どういうお方なのだろう。

　松庵の昔を知り、憧《あこが》れ、弟子になりたい。そんな単純な熱情に動かされ菖蒲長屋まで足を運んだ……のだろうか。

そうではあるまい。

おいちは前掛けを軽く握《にぎ》り締める。

捜《さが》していたのでは？

ふっと思ったのだ。

このお方は、ずっと父さんを捜していたのではないかしら。

「藍野松庵が娘、いちと申します」

おふねの病間でおいちは、貝弦に名乗った。当然、傍《かたわ》らにいた十斗も聞いたはずだ。だとしたら……。

「この刻限《こくげん》、先生はいつも往診をなさるのですか」

「あ、いえ。今日は特別です。ちょっと事件があって」

「事件？」

「そうです。あっ」

あの事件、十斗もまんざら無関係とはいえない。

「どうしました？」

十斗が覗き込んでくる。切れ長の美しい目をしていた。

「実は……あの男たち、北の橋であたしたちに絡んできた男たちが殺されたんです」

殺された。

口にすると、その禍々《まがまが》しさに舌が痺《しび》れるようだ。

「あいつらが殺された？　ふーむ、喧嘩《けんか》か何かに巻き込まれたわけですか」

十斗はさして興味も引かれない風だった。

「ごろつき、博徒《ばくと》、ならず者、まあ生きていてもしょうがない壁蝨《だに》より劣《おと》るやつらだ。いなくなった方が世のため人のためかもしれない。死んでよかったんじゃないのかな」

そう言い切る。

「それは、ちがいます」

自分でも驚《おどろ》くほどの大声をあげていた。

確かに、あの男たちはどうしようもない輩《やから》だった。大勢《おおぜい》の人たちを泣かせ、苦しめてきただろう。殺されても仕方のない悪事を繰り返していたにちがいない。けれど、けれど、だからといって殺されていいわけがない。

死んでよかった命《いのち》など、この世には一つもない。

松庵から教えられていた。

ごろつきだから死んでもいい。貧乏人だから死んでもしょうがない。一度、そんな風に人の命を線引きしてしまうと、次々に線を引くようになる。

強くて金のある者たちだけしか、天寿を全《まっと》うする価値はない。

線引きを続けた心が、結局そこに行き着いてしまう危惧《きぐ》だってあるのだ。

まして、十斗は医の道を志《こころざ》す者ではないか。目の前に病《や》んだ、傷ついた命があるのなら、誰であろうと何者であろうと救わねばならない立場の人間ではないか。他人の命を生かすために生きている者ではないか。

このお方は間違っている。

長崎遊学ができるほどの人だ。優秀なのだろう。その優秀さにさらに磨《みが》きをかけ、江戸に帰った後は、ひとかどの医者となることを約束された人なのだろう。いずれは、おいちなど仰《あお》ぎ見るしかないほどの高位に昇り詰めるのかもしれない。

でも、間違っている。

「おいちさん。どうしました？　何がちがうんですか？」

「おわかりになりませんか」

「え？」

「おわかりにならないのなら、それでいいのです」

十斗の眉間に微《かす》かな皺が寄った。

「父は間もなく帰ってくると思います。夕刻から、患者さんが来ますので。明日は、お昼までは往診に出かけますが、昼過ぎからは宅診《たくしん》しております。明後日《あさって》も同じです。どうぞ、いつでもお出でください。ただ、治療中はお相手は難しいかもしれませんが」

「……わかっております。お邪魔《じやま》になるようなことは、決していたしません。では、よろしく藍野先生にお伝えください」

どことなく強張《こわば》ったおいちの物言いと同じく、十斗の口振り、仕草《しぐさ》も硬《かた》くなる。

「田澄さま」

去ろうとする背中に声を掛ける。

「何か？」

「父に会う本当のわけは何なのですか」

十斗の双眸《そうぼう》が見開かれた。

「弟子入りしたいというのは、口実《こうじつ》でしょう。父に会わねばならない他のわけを田澄さまはお持ちですよね」

十斗が瞬きした。喉仏《のどぼとけ》が上下する。

「ずいぶんと鋭《するど》いお人だな」

しゃがれた声だった。さっきまでの明朗な調子とは、まるでちがう。おいちは一瞬、十斗が大狐《おおぎつね》に変じて、空に駆《か》け上がる気がした。

その若い武者《むしや》はな、正体《しょうたい》がばれたと知ると……、何と何と、一匹の大きな大きな白狐に変じてしもうたのです。
そして、一陣の風に乗り、空に駆け上がり、
　雲の彼方《かなた》に消えてしまいましたとさ。

昔話を誰かが語ってくれた。たぶん、寝入る前の寸刻《すんこく》だったのだろう。寄せてくる眠りの波に揺られ、昔語りをゆらゆらと聞いていた。

ゆらゆらと、ゆらゆらと。

あれは誰の声、誰の語りだったのだろうか。

「田澄さま、ほんとうのことをお教えください」

あなたと父とはどういう関《かか》わりがあるのですか。

おいちが一歩、詰め寄ろうとしたとき、障子戸《しょうじど》が開いた。

「ごめんよ。先生、いらっしゃるかな」

丸眼鏡《まるめがね》を鼻にかけた徳兵衛老人が入ってきた。松庵の患者には珍《めずら》しく裕福な搗《つ》き米屋《ごめや》の隠居だった。

「薬をいただきに来たんだがね」

「あ、はい」

「いや、松庵先生の薬は持っているだけで薬効《やっこう》がある気がしてね」

「それは、どうもありがとうございます。父は留守にしてますけど、お薬は用意し

てありますからね」

「そうかい、そうかい。有り難いね」

十斗が軽く目礼《もくれい》し、出ていく。今度は止める暇《ひま》がなかった。

素早い動きだった。

「おや？　おいちちゃん、あの若い衆は誰だね」

徳兵衛老人が眼鏡を押し上げる。

「あ、えっと、父の知り合いの方ですよ」

「そうかね。なかなかにりっぱな御仁《ごじん》じゃないか。あれ？　もしかしたら、おいちちゃん」

「は？」

「わしはとんだところに顔を出しちゃったのかねえ」

「は？」

「とんだとんだ邪魔者で、若い二人の恋路《こいじ》を塞《ふさ》いじゃったんじゃないだろうねえ」

「まっ、何言ってんですか。ご隠居さん」

「だって、いかにもお似合いな二人じゃないか。いやあ、美男美女、雛《ひな》さまみたいな取り合わせに見えたけど」

「あの方は、ただのお客さま。もう、変なこと言わないでください」

「おやおや、そんなに怒るのはおいちちゃんらしくないねえ。うーん、ますます怪《あや》しい」

徳兵衛老人は、眼鏡に劣らず丸い顔いっぱいに笑《え》みを浮かべ、楽しそうな笑声《しょうせい》を漏《も》らした。一月《ひと》前まで腰の痛みで唸《うな》り、こんなに苦しいのならいっそ死んで楽になりたいと、泣き事を並べていた人とは思えない、快活な笑いだ。

おいちは徳兵衛に背を向け、百味簞笥《ひゃくみだんす》から薬包《やくほう》を取り出した。

徳兵衛のからかいにも、心は重く沈んだままだ。

嬉《うれ》しいも恥ずかしいも、ない。

十斗のことを考える。

何者なのか。

父はあの若者のことを知っているのか。

いつか、また、ここに現れるのだろうか。

そのとき、どんな話をするのか。

答えの摑めない問いだけが、巡《めぐ》り、ぶつかり、また巡る。

新吉《しんきち》のことも気になっている。

今、何をしているのか。

新吉が下手人《げしゅにん》だとは、僅かも思わないけれど、元気な姿を見せてほしい。見たい。新吉のはにかんだ笑顔を無性《むしょう》に見たいのだ。

なぜだろう。

ここにもまた、答えの出ない問いかけが一つ、ある。

おいちは薬包を手のひらに載《の》せ、ため息を吐《つ》いた。

風が出てきたのか、障子戸がかたかたと鳴っている。

「いよいよ、寒くなるなあ」

徳兵衛老人が、背後で呟いた。

考える。

「それで、おいちちゃん、どうするんだい」

おとい婆《ばあ》さんは、そう言うと湯呑《ゆの》みに息を吹きかけた。

湯呑みの中身は、薬湯《やくとう》だ。

おとい婆さんは、寒い季節になると節々《ふしぶし》が疼《うず》き出し、ひどいときは歩けないほど腫《は》れ上がってしまう。若いころから無理に無理を重ねてきた身体《からだ》があちこちに不具合を生じ、錆《さび》ついた蝶番《ちょうつがい》のように軋《きし》むのだと、松庵《しょうあん》は言った。

今、おとい婆さんが飲もうとしている薬湯は松庵が調合したものだが、疼きを緩和する効《き》き目《め》しかない。一時《いっとき》、忘れさせることしかできないのだ。

「それが、おれの力の限界だ」

松庵は言った。淡々とした抑揚《よくよう》のない口調《くちょう》だった。父がこういう物言《ものい》いをするとき、口惜《くや》しさや情けなさが胸の奥で音を立てるほどに渦巻《うずま》いている。おいちは、知っていた。

「蘭方《らんぽう》なら治《なお》せるの」

問うていた。

おとい婆さんを救えないのは父の医術の限界なのか、和方《わほう》、漢方《かんぽう》の限界なのか尋《たず》ねたかったのだ。

「……どうかな」

診《み》立《た》て帳に走らせていた筆を止め、松庵が顔を上げる。視線がふわふわと宙《ちゅう》を漂《ただよ》う。

「どうかなぁ。それは、わからんなぁ」

物言いもどこかぼやけて、力弱い。

「蘭方でもだめなの」

思わず問いを重ねていた。

「おいち、蘭方だからといって全《すべ》ての病《やまい》を治せるわけじゃない。むしろ、治せないものの方がずっと多いんだ」

松庵の目がおいちに向けられる。

「おいち、あまり過信するな」

「過信?」

「そうだ。慢心《まんしん》するなと言う方がいいかもしれんな」

「どういうこと？」

うむと唸《うな》り、松庵は暫《しばら》く黙《だま》り込んだ。

「そうだな……。なあ、おいち、人の病のことごとくが人の力で治せる。そんなことはあり得んのだ。どんなに医術が進んでも、あり得んはずだ。治したいと念ずるのはいい。医者なら当たり前のことだ。病を恐《おそ》れながら、病と闘《たたか》う。おれたちには、それしかないんだ。それはきっと、蘭方だとか和方だとか漢方だとか、そんな枠《わく》とは無縁に、な」

「恐れながら闘うの？」

「うむ。恐れを忘れてはだめだ。いつだって敵の方が剛力《ごうりき》だし、狡猾《こうかつ》だ。たいへんな相手なんだ。恐れる、恐れる。でも向かっていく。慎重《しんちょう》に、丁寧《ていねい》にな。おれたちには、そういう闘い方しかないのさ。力ずくで相手を抑《おさ》え込もうなんて考えたら、きっと、ひどいしっぺ返しが来るぞ」

松庵がため息を吐《つ》く。

「しかし、まあ、おといさんの痛みは、なんとかしてやりたいがなあ。あの人は、若いころから働いて働いて働き詰めできたんだ。ご亭主に死なれて、女手《おんなで》一つで子どもを三人も育ててきた。身体が悲鳴をあげてるんだ。それこそ、もう限界だってな。完治《かんち》は無理でも、痛みを少しでも和《やわ》らげてやりたいものだ」

「うん」

父に向かって頷《うなず》く。病との闘い方について、おいちは、それほど多くを知らない。松庵の言葉の半分も理解できない。けれど、おとい婆さんを気遣《きづか》う父の心根《こころね》はよくわかる。おとい婆さんは、吝嗇《けち》だしおしゃべりで、あることないこと言いふらす悪癖《あくへき》を持っている。でも、他人を欺《あざむ》くことはしなかった。自分の欲のために他人を踏みつけることはしなかった。むしろ、踏みつけられ地べたに這《は》いつくばって生きてきた。それでも、生きてきたのだ。

そういう人を父は尊《たっと》ぶ。

よくわかっていた。

今日、おとい婆さんに渡した薬も、松庵があれこれ思案を重ね、調合したものだ。今までの薬より効き目はあるはずだった。それなのに、一口するなり、おとい婆さんは、「不味《まず》い！」と顔を顰《しか》め、

「おいちちゃん、これ、ちょっとひどくないかい。あたしが薬礼《やくれい》を欠かすもんだから、松庵先生、意地悪してんじゃないだろうねえ」

なんて、憎《にく》まれ口をきくのだ。

さすがに、ちょっと腹が立った。

「良薬は口に苦《にが》し、でしょ。ちゃんと飲まないと効き目が薄くなるから、最後まで飲み干してね」

僅《わず》かに口調が尖《とが》ったかもしれない。おとい婆さんに苛立《いらだ》ったのは、たぶん、さまざまな思いが、先刻からずっとおいちを突き、刺し、揺《ゆ》すっていたからだ。田澄十《たずみじっ》斗《と》のこと、新吉《しんきち》のこと、おふねのこと。ぽこりぽこりと湧《わ》いてきては消え、消えては湧いてくる。

どうにも心が落ち着かない。

つい、口調が尖ってしまう。

いけない。自分の心に振り回されて、患者さんに当たるなんて何よりも慎《つつし》まなければならないことだ。

「おといさん、あの」

ごめんなさいと、謝《あやま》ろうとするより先に、おとい婆さんに問われた。

「それで、おいちちゃん、どうするんだい」

「え？　どうするって？」

「嫁入りのことだよ。おいちちゃんに良《い》い人ができて、年が明けたら早々に嫁入りするって、もっぱらの噂《うわさ》じゃないか」

「そんな噂、誰がしゃべってんの」

ている。
薬湯を飲み干して、おとい婆さんは、ああ苦いと口元を歪《ゆが》めた。
おとい婆さんの「みんな」というのが、まったくでたらめなことは、よくわかっ
「みんなだよ」

「あたし、お嫁になんかいかないわ。年が明けても、暮れてもね」

「おいちちゃん、だめだよ。そんなこと言ってちゃ。娘の時、花の盛りってのはほんと短いんだからさ。ぐずぐずしてたら行《い》かず後家《ごけ》になっちまうよ。そうなったら、たいへんさ。おいちちゃんは知らないかもしれないけどさ、表通りの今は油屋になってるところ、あそこには昔『常陸屋《ひたちや》』って損料屋《そんりようや》があったんだよ。そうさね、かれこれ十五、六年も前になるかねえ」

おとい婆さんは空《から》になった湯呑《こ》みを手の中でくるりと回した。

「その『常陸屋』にね、お菊《きく》って娘がいたんだよ。名前の通り、菊の花みたいに、綺麗《きれい》な娘でさ。その娘見たさに、要《い》りもしない夜具《やぐ》だの着物だのを借りに来る若い男がいっぱいいたもんさ」

「おといさん、今度はこちらの丸薬《がんやく》を飲んでください。煎《せん》じ薬の後が丸薬。順番を間違えないでね。はい、お水」

「おや、こりゃあまた苦そうな薬だねえ。良薬は口に苦し、苦し。はいはい、いた

だきますよ」

　おとい婆さんは黒い丸薬を二粒《つぶ》飲み下すと、息を一つ吐《つ》き、またしゃべり始めた。

「そのお菊って娘はたいした別嬪《べつぴん》なんだけど、どうしてだか縁遠くてねえ。あたしたちの見立てじゃ、選《え》り好みが過ぎたんだね。自分が器量好《よ》しだとわかってるもんだから、ちょっとでもいい縁談を結《むす》ぼうなんて、欲張り過ぎたんだよ。そういうの、男にはわかっちまうからさ。底が知れたってやつさ。それで、お菊は十九になっても二十歳《はたち》になっても娘のままで縁がなくてさ。いくら器量が好《よ》くたって二十歳過ぎた女に縁談もないだろう。とうとう、お菊はさ、行かず後家のまま二十歳の秋に亡《な》くなったよ。可哀《かわい》そうにねえ」

　おとい婆さんはせつなげな顔つきになり、口を閉《と》じた。

「その『常陸屋』のお菊さんとあたしが、どう繋《つな》がるの？」

「だからさ、娘盛りのうちに嫁にいかないと哀《あわ》れな末路になるって、そういうこと」

「あぁ、そういうこと」

「そういうことさ。松庵先生にもおいちちゃんにも、ほんとに世話になってるからね。おせっかいかもしれないけど、言わせてもらったんだよ。娘盛りのうちに早く、良い人見つけなよ。女にとっちゃあ、良い亭主見つけて、所帯《しょたい》をもって、子どもを産《う》んで、それが一番、幸せなんだからさ。もっとも、あたしみたいに、とんでもない飲んだくれで、しかも、自分だけさっさと先に逝《い》っちまうような亭主とひっつくと、苦労だけどさ。おいちちゃんは、甲斐性《かいしょう》のある亭主を見つけてさ、幸せにおなりよ」

「おといさん」

おいちは、おとい婆さんの前に座った。皺《しわ》に埋もれた小さな目を覗《のぞ》き込む。

「お、おいちちゃん、なんだよ、そんなに怖《こわ》い顔して。何か気に障《さわ》ること言ったかい。あたしとしちゃあ、おいちちゃんのために」

「あたしが、いなくなっても困らない?」

「え?」

「あたしがどこかにお嫁にいって、菖蒲長屋《しょうぶながや》からいなくなっても、おといさんは困らない? こんなふうに、お薬の飲み方を伝《つた》えたり、痛いところをさすったり、温石《おんじゃく》で温《あたた》めたり、傷の手当てをしたり……あたしのやってること、たいしたことじゃないってわかってるけど、でも、でも、あたし……」

おとい婆さんの黒眸《くろめ》が左右に動く。

あたしったら何を言ってるんだろう。

おいちは顔を伏せ、膝《ひざ》の上に手を重ねた。ずいぶんと押しつけがましい言い方をしてしまった。恥ずかしい。

背中に汗が滲《にじ》む。

でも、問うてみたかったのだ。つい、問うてしまったのだ。

あたしにはお嫁にいくしか途《みち》がないの？　他の途を選んじゃだめなの？　あたしが、今、やっていることより、誰かのお嫁さんになる方がだいじ？

おとい婆さんも伯母《おば》のおうたも、女は嫁《とつ》いでこそ幸せになれるという。早く嫁にいけ、所帯をもてという。

二人がそれぞれに、娘盛りを迎えたおいちの身を案じてくれている。よく、わかっている。有り難《がた》いと思う気持ちだって、少しはある。だけど、だけど……。

「おといさん、あたし、誰かの役に立ちたいの。たった一人の旦那《だんな》さまに尽くすより、一人でも多くの患者さんの役に立ちたいの。そう思うことって、へん？」

「おいちちゃん……」

おとい婆さんは、もぞもぞと唇《くちびる》を動かした。言葉は出てこない。

「ごめんなさい」

おいちは頭を下げた。

「ごめんなさい、おといさん。あたし、何を言ってるのか自分でもわからなくなっちゃって……」

「およしよ、おいちちゃん」

「え？」

顔を上げる。おとい婆さんは瞬《まばた》きもせず、おいちを見詰めていた。見詰めたまま、白髪頭《しらがあたま》を横に振る。

「そんなこと考えちゃいけないよ」

「いけないって？」

「おいちちゃん、これはお上手《じょうず》じゃないよ。あたしはほんとうに先生とおいちちゃんのこと、有り難いって思ってる。ろくに薬礼も払わないあたしみたいな貧乏人もちゃんと診《み》てくれてさ。有り難い、ほんとに有り難くってね」

「おといさん、あの、あたしそんなつもりで……」

「おいちちゃんがいなくなったら、困るよ」

おとい婆さんがきっぱりと言い切った。

「ああ、困るよ。おいちちゃんがいなくなったら、誰があたしたちの面倒《めんどう》、見てくれるんだよ。金もないおいぼれに誰が優《やさ》しくしてくれるんだよ。困る、ほんとうに困るよ。だけど、おいちちゃん、やっぱり、あんたは嫁にいかなきゃだめだよ。世間並みの幸せを探さなきゃだめだよ。そうじゃないと、とんでもない重荷を背負うことになるんだからさ」

「重荷？」

「そうさ、おいちちゃん、世間をなめちゃいけないよ。世間なんてものはね、そりゃあ意地悪で剣呑《けんのん》なものさ。女が嫁にいくより他の途を選ぶなんてこと、そう簡単に許しゃしないよ。一人だけ、ちがう途を選ぶなんて許しゃしないんだ。もし、無理やり選んだとしたら……しなくていい苦労をたっぷりしなくちゃいけなくなる。背骨が軋《きし》むほどの荷を自分にくくりつけることになるんだよ。道のない藪《やぶ》の中をどこまでも一人で歩いていくのと同じ苦労さ。おいちちゃん、あたしはね、あんたにそんな目に遭《あ》ってほしくないんだよ。あんたには、ほんとうにお世話になっている。だからこそ、当たり前の幸せな女になってもらいたいんだよ」

あぁ、そうかと、おいちは息を呑《の》み込んだ。

おうたの恐れていたものが、やっとわかった。

おうたも知っていたのだ。世間の非情さや頑《かたく》なさを知っていたのだ。女が自分の想《おも》いで自分の途を選ぶ。その困難さを知りぬいていたのだ。

おいちをそんな辛《つら》い目に遭わせるもんか。あの娘は、あたしのたった一人の姪《めい》なんだよ。

おうたの決意の声が聞こえたように思う。

「ね、おいちちゃん、悪いことは言わない。年寄りの言うこと、お聞きよ。早く、考える。

良い人を見つけて落ち着くんだよ。おいちちゃんなら、三国一《さんごくいち》の花嫁にも内儀《おかみ》さんにもおっかさんにも、なれるんだからさ。けど……どうも、つまらないことをしゃべり過ぎたようだね。ごめんよ、おいちちゃん」

そう言い残して、おとい婆さんは帰っていった。

おいちは一人、考える。

十斗のことを考える。

胸が騒ぐとか、愛《いと》しいとか、逢《あ》いたいとかそんな甘やかな想いではない。

十斗は、長崎に行く。そこで、蘭方を学び、医者としての力をつけ、また江戸に帰ってくるだろう。そこで、十斗がどんな医者になるのか見当もつかない。わかっているのは、十斗は確かに医者になれるということだ。きちんと学問を修《おさ》め、高度な技《わざ》を習得し、自分の定めた途を堂々と歩んでいける。

どうして、あたしはできないんだろう。

ほんとうに、あたしには無理なんだろうか。

考える。考えても詮無《せんな》いとは思わない。考えなければ、押し流されてしまう。おとい婆さんが言う世間に、おうたの恐れる世間に、流されて途が見えなくなってしまう。だから考える。

ほんとうに、あたしには無理なんだろうか。

「おいち、おいち」

松庵の声がする。身体がくらくらと揺れる。

「おいち、こんなところで転寝《うたたね》してたら風邪《かぜ》をひくぞ」

「へ？　あ、きゃっ」

「おいおい。親の顔を見て悲鳴をあげる娘がどこにいるんだ」

「だって、目の前にどんと顔があるんだもの」

松庵が苦笑《にがわら》いをする。

いつの間にか寝入っていたらしい。

「おまえも疲れが溜《た》まってるんだろう。おれも、いささか疲れたし、今日は早めに仕舞《しま》いにしような」

松庵の顔色が心なしか冴《さ》えない。

「父さん、どうだったの」

「仙五朗《せんごろう》親分の件か」

「うん。死体から流れた血が少な過ぎるって、親分が言ってたでしょ。あの謎《なぞ》、わかったの」

「ああ。おいち、木札《きふだ》を返してきてくれ」

おいちは戸口に掛けてある木札を表に返した。表は木肌そのまま、裏は墨で黒く塗《ぬ》ってある。松庵が留守《るす》のとき、宅診《たくしん》ができないときは黒の裏面を見せておくのだ。こうすれば、文字の読めない患者でも松庵が留守か在宅かを知ることができる。

「父さん、患者さんが来る前に教えて。死体の様子、どうだったの」

「こらこら、若い娘が死体なんてさらっと口にするんじゃない。おうた伯母さんに聞かれたら、大目玉だぞ。『これ、おいち。もう少し娘らしくおなり。おまえって娘はほんとうに、困ったもんだよ』ってな。どうだ、そっくりだろう」

「全然似てないわよ。伯母さん、そんなキンキン声じゃないもの。それこそ、伯母さんに怒られるわよ。『松庵さん、あんまりふざけた物真似《ものまね》なんかしないでもらいたいね。まったく、いい迷惑ですよ。ほんとあんたって人は』って」

「ほうっ、上手《うま》いじゃないか。おまえ、そんな特技があったのか。いやお見事、お見事」

「父さん」

おいちは上《うわ》っ張《ぱ》りに手を通している父親を見上げた。

「言いたくないの。死体を検分《けんぶん》したんでしょ。何か口にしたくないようなことが、あったの」

うっ、と松庵が唸《うな》った。

「相変わらず鋭《するど》いな、おいち」

「父さん、わかり易《やす》いもの。言いたくないことがあると、ごまかそうごまかそうって、話を逸《そ》らすでしょ」

「うへっ、敵《かな》わんな」

松庵が肩を竦《すく》める。子どものような仕草《しぐさ》だ。

竈《へっつい》にかけた大鍋《おおなべ》から湯気《ゆげ》が上がり始める。晒《さら》しの消毒をするための湯だ。おいちは、洗っておいた晒しを抱《かか》えて立ち上がった。

「毒殺だ」

松庵が呟《つぶや》いた。辛《かろ》うじて聞き取れるほどの声だ。

「え、毒殺？」

晒しが一巻《まき》、滑《すべ》り落ちる。

「ああ、あの二人は毒を盛られたんだ。間違いない。素人《しろうと》にはわからんかもしれんが、医者の目には瞭然《りょうぜん》だ」

「じゃあ、胸に突き刺さっていたという匕首《あいくち》は……」

「うむ。毒を盛ったと気づかれないための小細工《こざいく》だろうな。おまえや親分の読んだ通り、死体になってから匕首を突き刺したわけだ」

「毒を盛ったと気づかれないため……。じゃあ、下手人《げしゅにん》は新吉さんじゃないわね。


考える。

新吉さんなら、そんなややこしい真似、するわけないもの」

「ああ、親分もそう言ってた。これは、単なる喧嘩《けんか》がらみの殺しじゃないってな」

胸が晴れる。圧《の》し掛かっていた重石《おもし》の一つが消え去った気がする。

「殺された男たちは、たいそう用心深いやつらだったようだ。だからこそ、さんざん悪さをはたらきながら、大手《おおで》を振って娑婆《しゃば》を歩いていられたんだとよ。そんな男たちに毒を盛るなんて芸当、誰にでもできるもんじゃない。できるとしたら……」

「医者」

おいちは晒しを抱えたまま、その場に座り込んだ。

松庵がもう一度、唸った。

「そう思うか？」

「ええ……あたし、さっき、おといさんに薬の飲み方を伝えたの。父さんに言われた通り、最初は煎じ薬で次が丸薬。どちらも、けっこう苦いよね」

「そうだな。特に煎じ薬は舌《した》の先が曲がるほど、苦いかもしれんな。けど、なんでここでおといさんが出てくるんだ」

「おといさん、全部飲み干したんだもの。丸薬だって、一息に飲み下《くだ》したし……。薬だって信じ込んでた。信じ込まなきゃ、あんなに苦いものを飲んだりしないよね。まるで疑いもせずに飲んで……」

「いや、あれはほんとうに薬だからな。信じてくれなきゃ困るんだが」

「父さん、医者だったら信じ込ませられるでしょ。毒を薬と偽《いつわ》って飲ませるの、そんなに難しくないいんじゃない。他の人には無理でも、医者ならできる……」

松庵がすっと目を細めた。

「おまえ、ほんとうに親分と同じことを言うな。〝剃刀《かみそり》の仙〟と同じお頭《つむ》だなんて、なかなかだぞ」

「じゃあ、親分も医者を」

「怪《あや》しいと睨《にら》んでいる。殺された男たちと繋がりがありそうな医者を、とことん探ってみるそうだ」

おいちは首を傾《かし》げる。

殺された男、吉助《よしすけ》や与造《よぞう》はごろつきだ。仙五朗に言わせれば〝名うての悪《わる》〟ということになる。おいち自身、絡《から》まれて怖い思いをした。十斗が助けてくれなかったら、怖いぐらいではすまなかったろう。そんな〝名うての悪〟と医者がどこでどう繋がるのか。

強請《ゆす》りたかりを生業《なりわい》にしていたという男たちは、殺意や危険を嗅《か》ぎ取る嗅覚《きゅうかく》も鋭かったろう。そんな男たちに首尾よく毒を盛るなどという芸当、誰にできるだろうか。

医者は死体には慣れているかもしれない。だからといって、人を殺すことに慣れているわけではない。当たり前だ。医者は命《いのち》を救うためにいる。奪うためにいるのではない。さっき、松庵が言い淀《よど》み口に出すのを躊躇《ためら》ったのは、命を救うべき医者が、凶状《きょうじょう》持ちであろうとごろつきであろうと命を奪うなどと、しかも刃物や飛び道具ではなく、毒、使い方しだいで薬にもかわる毒物を使うなどと、信じ難かったからだろう。口にしたくなかったからだろう。

当たり前だ。当たり前だ。当たり前だけれど……。

いなくなった方が世のため人のためかもしれない。死んでよかったんじゃないのかな。

十斗はそう言った。

冷ややかな声、冷ややかな横顔だった。

あの方なら、できるかしら。顔色を変えず、ほんのりと笑《え》みさえ浮かべながら毒入りの茶を差し出す。

「少し苦いですが、身体にはいいですよ。一息に、飲みなさい」

吉助と与造は、身体の調子が悪かったのかもしれない。風邪でもひいたのか、逃げ回る生活に疲れきっていたのか、酒に蝕《むしば》まれていたのか。二人は言われるままに薬湯と信じて飲み干して……。

「おいち」

松庵がぱちりと手を打った。

「下手人をお縄《なわ》にするのは、親分の仕事。おれたちの仕事は病人でも怪我人《けがにん》でもできる限りの治療を施《ほどこ》すことだ。それぞれの仕事があるんだ。自分の仕事を忘れるな」

「あ、はい」

確かに、そうだ。仙五朗に任《まか》せておけば、いずれ下手人を捕《つか》まえるはずだ。納得《なっとく》する。けれど、いつものように、納得したからといって前に踏み出せない。「よし」と自分に気合が入らない。

なんだか、気持ちは暗く沈んだままだ。

「先生、うちの坊が引きつけ起こして。助けてください」

子どもを抱えた母親が飛び込んでくる。

おいちの脳裡《のうり》から十斗も新吉も吉助も与造も消えてしまう。目の前の患者だけが全てになる。


その夜、また、おふねの夢を見た。

おふねは今にも泣きそうな顔で立っていた。

「おふねちゃん……」

「手遅れだったよ、おいちちゃん」

おふねが泣く。はらはらと涙を零《こぼ》す。

「遅かった……遅過ぎた……救ってもらいたかったのに……」

「おふねちゃん、何のこと。何が手遅れなの」

「お松ちゃんを……」

「え?」

「せめて、お松ちゃんだけは……」

おふねが涙を流しながら、おいちを見る。じっと見る。

「お松ちゃんだけは、助けて。お願い」

目が覚《さ》める。

暗闇《くらやみ》がある。

夜が明ける寸前、最も暗い、深い闇だ。闇がおいちを取り巻いている。

「お松ちゃん」

名を呼んでみる。

障子戸《しょうじど》を揺する風の音だけが、返ってきた。

三たび走る。

おいちは走っていた。

用心のために、鼻緒《はなお》をしっかりと結《むす》び直してきた。今度は切れたりしないはずだ。

気が急《せ》く。

心が騒《さわ》ぐ。

おいちは真《ま》っ直《す》ぐに前を向き、走った。

尻切半纏《しりきりばんてん》に素草鞋《すわらじ》ばきの魚売りが、傍《かたわ》らを走り抜けるおいちを見送る。

夜は明けたばかりで、空は瑞々《みずみず》しい浅葱色《あさぎいろ》だ。昨日《きのう》とはうってかわって、小春《こはる》日和《びより》の気持ちのよい一日になりそうだった。

もっとも、おいちには頭上など眺《なが》める余裕はなかった。たとえ鯨《くじら》が泳いでいたとしても、気がつかなかっただろう。

ひたすら走る。

ともかく走る。

「おいち、こんな早くに出かけるのか?」

家を出るとき、松庵《しょうあん》が声を掛けてきた。

「うん。ちょっと」

「ちょっとって、どこに行くつもりだ。まだ、木戸《きど》が開いたばかりじゃないか」

「父さん、ご飯は炊《た》き上がっているし、味噌汁《みそしる》も拵《こさ》えてあるから、一人で食べてね。あっ、食べ終わったら器《うつわ》はちゃんと洗っといてくださいよ。汚《よご》れたままほったらかしにしないでね」

「おいおい、おれは朝飯じゃなくて、おまえのことを尋《たず》ねてるんだぞ。木戸が開くか開かないかの刻《とき》に、どこに行こうってんだ。まさか上方《かみがた》にでも出かけようってんじゃないだろうな」

父の軽口《かるくち》にかぶりを振る。

「常盤町《ときわちょう》に行ってくる」

「常盤町?」

「お松《まつ》ちゃんのところ、ちょっと気になることがあって。たぶん、何でもないと思うけど……。じゃ、五つ(午前八時)までには帰ってくるから」

「おい、おいち」

松庵の声を振り切るように飛び出してから、ずっと走っている。

おふねの泣き顔が浮かぶ。

お松ちゃんだけは助けて。

振り絞《しぼ》るような声がよみがえる。

父には何でもないと言ったけれど、何でもないわけがない。おふねがあれほど必死に訴《うった》えてきたのだ、何でもないわけがない。何かがお松の身に起ころうとしている。あるいは、既《すで》に起こってしまった。

間に合いますように。

間に合いますように。

お松ちゃんが無事でありますように。

猿子橋《さるこばし》を渡る。井上河内守《いのうえかわちのかみ》の下《しも》屋敷に沿って、さらに走る。鬱蒼《うっそう》と庭木の茂る屋敷内から聞こえてくるのは、小鳥のさえずりだけだ。

一日が始まるという弾《はず》みも、人の動くざわめきも伝《つた》わってこない。

静まりかえり行き交《か》う人の姿もない道に、おいちの下駄《げた》の音だけが響《ひび》く。

常盤町一丁目の作兵衛《さくべえ》長屋は、一文商《もんあきな》いの物売りの声で賑《にぎ》わっていた。おかみさん連中が物売りを呼び止め、豆腐《とうふ》や味噌《みそ》や漬物《つけもの》を値切《ねぎ》っている。どぶ板の上を子どもたちが走り、井戸端《いどばた》で顔を洗う。若い男が手拭《てぬぐ》いを肩にぶらぶらと木戸を出ていく。朝湯にでも行くつもりなのだろう。さまざまな声が飛び交い、音がこだまする。

「もう少し、まけなよ。そしたらもう一匹、買ってやるからさ」

「おかみさん、勘弁《かんべん》だぜ。これだけ脂《あぶら》ののった鯖《さば》、そうそうお目にかかれねえんだ」

「あんた、昨日もそう言ったじゃないか」

「おまささん、鍋《なべ》が沸《わ》いてるよ」

「おはようございます。今日は良《い》いお天気になりそうで」

「うちの宿六《やどろく》ときたら、稼《かせ》いだ金を全部、飲み代《しろ》に使っちまいやがって。昨夜《ゆうべ》は大《おお》喧嘩《げんか》さ」

「ああ、聞こえた聞こえた。すごい怒鳴《どな》り声だったたね」

「おや、平助《へいすけ》さん、もうお出かけかね」

「へえ、早出でやして。貧乏暇《ひま》なしってのはほんとうでやすね。ご隠居さんが羨《うらや》ましいですよ」

「年寄りには年寄りの苦労があるもんさ」

「シロ、シロ、こっちにおいで」

おいちは木戸にもたれ、そんな音や声を聞くともなく、聞いていた。息が乱れ、苦しくて動けなかったのだ。

目を閉《と》じる。

生き生きと騒がしい空気を胸一杯に吸い込む。それは、あの広大な武家屋敷からは僅《わず》かも漂《ただよ》ってこなかったものだ。

あぁ、好きだな。

束《つか》の間《ま》、そう感じた。

この空気が好きだ。

間口《まぐち》九尺《しゃく》（三メートル弱）、奥行き二間《けん》（四メートル弱）の長屋《ながや》暮らしの人々が醸《かも》し出す、この音が、この匂《にお》いが、このざわざわと揺れ動くものが好きだ。生命《いのち》が眩《まぶ》しい。

そう感じるのだ。

長屋の住人はいつも死にさらされている。どぶ板の下には汚泥《おでい》が溜《た》まり、少し雨が長引けば汚水《おすい》が溢《あふ》れ出す。そのどぶ以上に、仕事は行き詰まりやすい。仕事が行き詰まれば、その日暮らしの人々は明日どころか今日の米にも事欠くはめに陥《おちい》る。

育ち盛りの子どもたちは腹を空《す》かし、赤子《あかご》を抱《かか》えた母親の乳が止まってしまう。子どもは痩《や》せ、老人はさらに老《ふ》け、ちょっとした病《やまい》にも太刀打《たちう》ちできなくなる。

何百坪《つぼ》という屋敷に住み、三度三度の食事を摂《と》れる武家とでは生命の儚《はかな》さ、脆《もろ》さは比べものにならない。

それでも、生命が眩しい。

みんなが生きている。明日を、明後日《あさって》を、一年後を、十年後を生き抜こうとしている。

それがおいちには愛《いと》しくて堪《たま》らないのだ。必死で生き抜こうと足掻《あが》いている人たちを美しいとも愛しいとも思う。

だけど、今は……。

そんなことを悠長《ゆうちょう》に考えているときじゃない。

おいちは目を開けた。胸に手を当て、ゆっくりと深く息を吸う。そして吐《は》き出す。

お松の家は、長屋の奥、井戸の近くにあった。父親の友蔵《ともぞう》は昔は数人の経師《きょうじ》職人を抱えた親方でもあったのだが、身内の裏切りに遭《あ》い、仕事場のある家も弟子《でし》も奪われてしまった。作兵衛長屋に移り住んでからも、友蔵はもう一度、家を取り戻すために、家族を養うために、必死に働き、懸命に生きてきた。しかしお松の母、女房のお信《のぶ》を失ってからは、人が変わったように、酒に溺《おぼ》れる日々を送っている。

お松の下にはお清《きよ》、お良《よし》、という幼い妹たちがいたから、日々の暮らしはかなり逼迫《ひっぱく》していたようだ。

「お清が家の仕事をやれるようになったら、奉公《ほうこう》に出るんだ。一文《もん》でも一銭《せん》でも多く稼がなくちゃ。おとっつぁんを頼りにしてたら、そのうち、あたしたち干上《ひあ》がっちまうからさ」

　お松らしいさらりと乾《かわ》いた口調《くちょう》でそう言いはしたが、口元は笑っていなかった。そして、

「お金が欲しいよねえ。お金さえあれば、みじめな思いをしなくてすむんだもの」

　おいちと二人っきりになると、そんな言葉を口にして嘆息《たんそく》を漏《も》らすことが、度々《たびたび》あった。おふねの前では、決して見せない暗い顔つきだった。

　裕福な商家の娘であるおふねに対し、お松はどこかわだかまりを持っていたのだろうか。おふねの方は、しっかり者で暮らしの苦労を骨の髄《ずい》まで知っているお松を姉のように慕《した》っていたのだけれど。

「おいちちゃんって、すごいなって思うの。松庵先生のお手伝いをしてお医者さまの仕事を一人前にこなすなんて、ほんとにほんとに、すごいよね」

「一人前じゃないよ。いいとこ、半人前どまり」

「それでも、すごいよ。けど、お松ちゃんはもっとすごいなって、あたし思うの。だって、何てのかな……上手《うま》く言えないけどほんとうに一人前って気がするんだ」

「うん。わかる。お松ちゃん、一家を背負ってがんばってるものね。おさんどんもお針《はり》も、小さい子の世話も一人前以上だもの。十《とお》になるかならずのころから、身体《からだ》

の弱いお母さんを助けてた」

「そうなんだよねえ。ほんとに……どうしたら、お松ちゃんみたいになれるのかなあ。お松ちゃんみたいに強くて、何でもできるようになれるのかなあ。あたし、すぐ周《まわ》りに甘えちゃうし、意気地《いくじ》なしだし、泣き虫だし、どんなにがんばっても、お松ちゃんみたいにはなれないよねえ」

「おふねちゃんはおふねちゃんでしょ。お松ちゃんにはない良いところがいっぱい、あるじゃない」

「……そうかなあ。でもやっぱり、お松ちゃんはすごいよ」

そんな会話をおふねと交《か》わしたことがある。おふねは、心底《しんそこ》、お松が好きだったのだ。頼りにもしていたし、敬意に近い思いを抱《いだ》いていた。

凜《りん》とした強さ、困難に敢然《かんぜん》と立ち向かう気概《きがい》に憧《あこが》れていたのかもしれない。それは、おふねが持とうとして、どうしても持ち得なかったものだったから。

そこまで考えて、おいちは木戸に寄りかかっていた背を起こした。やっと、息の乱れが治《おさ》まった。再び深呼吸を二度、繰り返す。

朝の冷ややかな空気が肺腑《はいふ》に染《し》みる。

足の裏が鈍《にぶ》く疼《うず》く。腰から下が重かった。力いっぱい走り続けた疲れが、不意に覆《おお》いかぶさってきた。

足を引き摺《ず》るようにしてお松の家に向かう。

おいちが井戸の近くまで来たとき、障子戸《しょうじど》が乱暴に開いた。赤ら顔の上背《うわぜい》のある男が出てくる。まだ、単《ひとえ》を着込んでいた。男は顔を歪《ゆが》め、唾《つば》を吐き捨てた。それから、背中を丸め懐《ふところ》手《で》をして歩き出す。

友蔵だった。

しばらく見ないうちに、ずいぶんと面変《おもが》わりしていた。頬《ほお》がこけ、肌《はだ》から艶《つや》が失《う》せ、髪は半《なか》ば白くなっている。

十も二十も老けたようだ。

作兵衛長屋に移る前、友蔵は若々しい陽気な職人で、仕事もばりばりこなしていた。手先がとても器用で、おいちたちに竹ひごを使ってさまざまな細工物《さいくもの》を作ってくれたりもした。

「三人の姫さまがたに、献上品《けんじょうひん》でございまする」

差し出された友蔵の手のひらには、小さな鳥籠《とりかご》や虫籠がちょこんと載《の》っていたりして、おいちもおふねも大喜びしたものだ。

友蔵はおいちに目もくれず、遠ざかっていく。

おじさん……。

あの顔色は酒毒《しゅどく》にやられているのではないか。だとしたら、早く治療しないと、身体全部が蝕《むしば》まれてしまう。

とっさにそう考えた。

いや、今はおじさんより、お松ちゃんだ。

友蔵が閉めたばかりの障子に手をかける。泣き声が聞こえた。か細い子どもの声だ。

「ごめんください」

障子を開け、土間《どま》に一歩、踏み込む。酒の臭《にお》いがぶつかってくる。思わず鼻を押さえていた。

泣き声がぴたりとやむ。

小さな女の子が涙の溜まった目をおいちに向けていた。その女の子を十あまりの少女がしっかりと抱きかかえている。

「お清ちゃん」

「おいち姉ちゃん」

お松の妹、お清が駆《か》け寄ってくる。おいちに飛びつき、声をあげて泣き始めた。妹のお良も唱和《しょうわ》するように声を大きくする。

「どうしたの、二人とも」

お清の痩せた身体を右手に、お良を左手に強く抱き締める。

「だいじょうぶよ。もう、だいじょうぶだから、泣かないで。ね、もう泣かなくていいから」

「おいち姉ちゃん、お姉ちゃんが、お姉ちゃんが……」

お清がしゃくりあげる。

「お松ちゃんが？　お松ちゃんがどうしたの？　お清ちゃん、泣かないで教えて。お松ちゃんはどこに行ったの」

家の中に、お松の姿はなかった。

胸の奥が冷たくなる。

「お清ちゃん、教えて。何かあったの」

お清が頷《うなず》く。姉によく似た気丈《きじょう》な性質《たち》の少女だった。頬の涙を拭《ぬぐ》い、もう一度、頷く。

「おとっつぁんが、お姉ちゃんのことを売ろうとしたの」

「え？　売る？」

「うん。おとっつぁん、お酒を飲むお金が欲しくてあちこちに借金がいっぱいあったんだって。その内の一人が、とっても怖い人で……昨日、貸した金を返せって……」

「ここに来たの？」

「うん。その人はお店者《たなもの》みたいな格好《かっこう》してるんだけど、仲間がいて、その人たちはごろつきなの。頬に刀傷《かたなきず》のある男もいて、すごい怒鳴《どな》り声で脅《おど》して……。この月が終わるまでに返さないと、おとっつぁんのことただじゃおかないって、二度と箸《はし》も持てないようにしてやるって……匕首《あいくち》でおとっつぁんの頬《ほ》っぺたをぴたぴた叩《たた》いたりして……あたしたち、怖《こわ》くて、お姉ちゃんにしがみついてた。そしたら、男の一人が……返す金がないんだったら、娘を売れって……」

息が詰《つ》まった。

指の先が震《ふる》える。

「そんな……。まさか、おじさん、うんと言ったわけじゃないよね」

お清が俯《うつむ》く。折れそうなほど細いうなじが露《あら》わになる。

「おとっつぁん……この月末までにお金ができなかったら、お姉ちゃんを渡すって……」

「まさか」

友蔵は子煩悩《こぼんのう》な父親だった。子どもたちを心底《しんてい》からかわいがっていた。それは、友蔵の物言《ものい》いにも眼差《まなざ》しにもちょっとした仕草《しぐさ》にも現れていて、傍《はた》で見ている者を微笑《ほほえ》ましく幸せな気分にさせてくれた。他人のおいちでさえ確かに感じられる親の愛だったのだ。お松たちも、友蔵の許《もと》で貧しいながら幸せに暮らしていた。おいちが松庵と一緒に、忙しく、楽しく、ささやかな幸せを感じながら生きているのと同じように。

それが、娘を売る？

借金のかたに、娘を差し出すというわけか。

そんな、そんな、そんな、それはあんまりだ。

「それでお松ちゃんは、お姉ちゃんは今、どこにいるの」

「朝早くに出ていった。まだ暗いうちに」

「どこに？」

「わかんない。お姉ちゃん、昨日の夜は寝てなかったみたい。あたしが、夜中に目を覚《さ》ましたとき、夜具《やぐ》の上に座ってじっと考え事してたみたいだったから」

「夜中に考え事を……。それで、朝早くに出ていったのね」

「うん」

「出ていくとき、何も言わなかった？」

お清は首を傾《かし》げ、唇《くちびる》を結《むす》んだ。しばらく考え、

「お医者さん」

と、答えた。

「え？」

「あの、あのね。はっきりとは聞こえなかったんだけど、お医者さんって……」

「お松ちゃん、お医者さんに行くって言ったの？　お清ちゃん、もう少し、もう少しだけでも詳《くわ》しく思い出せない？」

お清の涙はきれいに乾いていた。乾いた目の奥で意思の光が瞬《またた》く。

「あの、えっと、あたし、お姉ちゃんを追いかけたの。えっと、お姉ちゃんが出ていったとき、怖くなって……お姉ちゃんがこのまま帰ってこなくなったらどうしようって、とっても怖くなって……あたし、追っかけたの」

「うん」

「それで、木戸のところで追いついて、それで、あの、お姉ちゃんの袂《たもと》をぎゅって摑《つか》んだの。お姉ちゃんがいなくなったら困るもん。だから、行かないでって……」

お清が幻《まぼろし》の袖《そで》を手繰《たぐ》り寄せるように、指を握《にぎ》った。

「そしたら、お松ちゃん、何て？」

「お姉ちゃん、笑ったの」

「笑った？」

「うん、笑った。心配しなくていいから、家で待ってなって言って、笑ったの。あたしがどこに行くのって尋《たず》ねたら、お医者さんのとこだって……」

「お医者……」

「お医者さんのとこに行ってくる。お姉ちゃん、そう言ったの。小さな声だったから、あんまりはっきり聞き取れなかったけど……、でもあたし、びっくりして、お姉ちゃんが病気になったのかと思って……おっかさんみたいに、死んじゃうんじゃないかって思って……。でも、お姉ちゃん、元気で……あたしの頭を撫《な》でてくれて。良い子で待っててな。だいじょうぶだから、あたしはどこにも行かないから……えっと、あの、えっと……行かなくてもすむように段取りをしてくるから、しばらくお良の面倒《めんどう》をみてておくれって、それだけ言って出ていったの」

お清が口に溜まった唾《つば》を呑《の》み下した。しゃべっているうちに、はっきりと思い出したのか、表情がみるみる暗くなる。

母を失い、父は酒に溺れ、頼りとするたった一人の姉さえも夜明けの薄闇《うすやみ》に消えていった。

小さな妹を抱え、お清はどれほど心細かったか、不安だったか、怖かったか。今までその心細さや不安や恐れと、お清はお良と二人で闘《たたか》っていたのだ。

不憫《ふびん》でならない。

「おいち姉ちゃん、お姉ちゃん帰ってくるよね」

おいちを見上げた眼差しが、声音《こわね》が揺《ゆ》れる。おいちは、少女の双眸《そうぼう》を見返しながら、笑《え》んで見せた。

「もちろんだよ。お松ちゃん、嘘《うそ》つきと蛇《へび》が大嫌《だいきら》いなんだから。帰ってくるって約束したら、絶対に帰ってくるよ」

「ほんとに、ほんとに」

「ほんとのほんと。お清ちゃん、心配することなんかなーんにもないからね」

お清の鼻の先を軽く指でつつく。

お清が笑った。小さな白い梅のような笑顔だった。

「お清は、あたしより器量好《よ》しだし、頭だっていいんだ。だから、あの子には手習いやお稽古《けいこ》事《ごと》をきちんと身につけさせてやりたいんだ。お針も教えておきたいし。どこに嫁にいっても恥ずかしくないようにしとかないとね。お良はまだこれからだけど、一人前の女にきちんと育ててみせるよ」

お松はどこか誇《ほこ》らしげな口調で、妹たちのことを語っていた。姉というより母親に近い物言いだった。

おいちには妹などいなかったから、庇護《ひご》する相手が二人もいるお松が、少し羨ましかったのを覚えている。実際には、自分もまだ小娘のお松が幼い二人を育てる、その苦労は並大抵ではなかったはずだ。しかし、妹たちに関する限り、お松は一度として愚痴《ぐち》も弱音《よわね》も吐かなかった。少なくとも、おいちは耳にした覚えがない。

「あたし、お腹《なか》が空《す》いたよ」

お良が次姉の膝《ひざ》に手を置く。

「起きてから、まんま食べてないよ」

「よしっ。おいち姉ちゃんが何か拵《こしら》えてあげるね」

おいちは紐《ひも》を取り出すと、袖《そで》を絞った。

米櫃《こめびつ》の中には一粒《ひとつぶ》の米も残っていなかったけれど、釜《かま》には茶碗一杯ほどの飯があった。竈《へっつい》には熾《お》き火もある。天井《てんじょう》から吊《つ》り下がっている籠《かご》には、萎《しな》びた野菜が入っていた。

「お良ちゃん、もうちょっと、待ってて。お雑炊《ぞうすい》作ってあげる」

「おぞうすい」

お良の目が輝く。

「おぞうすい、食べたい」

「はいはい。すぐにできるからね。お清ちゃん、その間に夜具を片付けて、お掃除《そうじ》してくれる？」

「はい。ほら、お良も手伝って」

お清が立ち上がり、きびきびと動き出す。不安を抱えてうずくまっているより、とりあえず目の前の仕事をこなす。身体を動かす。その方が、ずっと楽だ。どれほど動き回っても、不安の因《もと》が消え去るわけではないけれど、一時《いっとき》でも心が紛《まぎ》れる。

お松ちゃん、どこに行ったんだろう。

萎びた青菜を刻《きざ》みながら、おいちは考える。

お医者さんのところへ行く。

お松がそう言ったとすれば、おいちを訪《たず》ねるつもりだったのだろうか。実際、一年ほど前、お良が急な熱を出したとお松が駆け込んできたことがある。あれも、夜明け前のことだった。

いいえ、ちがう。

おいちは、かぶりを振った。

あのときと今とでは、まるでちがう。

お松の周りに病人が出たわけでも、怪我人《けがにん》がいるわけでもない。

それなら、あたしに相談しようと菖蒲長屋《しょうぶながや》に向かった……。

もう一度、かぶりを振る。

それもちがう。

あたしのところに来るつもりなら、〝お医者さん〟じゃなくて〝おいちちゃんのところ〟って言うだろう。それに、木戸が開くか開かないかのうちに訪ねてきたりもしないはずだ。

どこにも行かないから、行かなくてすむように段取りをしてくるから。

お松の残した言葉は、どういう意味なのか。

月末までに、父の借金を払えるだけの金が工面《くめん》できるということか。しかし、ごろつきが押し掛けるほどの額となると一分《ぶ》、一朱《しゅ》やそこらではないだろう。五両、十両、いや、もっと上かもしれない。そんな大金を都合できるあてが、お松にあるとは思えない。どうしても、思えない。

お松ちゃん、いったいどこに行ったの。

唇を嚙《か》む。

もっと早く、来ればよかった。木戸が開くのを待ってたりしなければよかった。

もう少し早く、もう少し急げばよかった。

お松ちゃんを助けて。

おふねちゃんが知らせてくれたのに。懸命に訴えてくれたのに。あたしったら、吞気《のんき》に夜が明けるのを待っていた。

悔《く》いが込み上げてくる。苦《にが》い。口中に苦い思いが広がって、舌《した》の先を痺《しび》れさせる。

後悔って、こんなにも苦いんだ。

手早く雑炊を作り、お良とお清に食べさせる。

「お清ちゃん、お雑炊、まだ残っているからお昼に食べて。あたし、一度帰って、また夕方に覗くから」

「おいちゃん、きてくれるの」

「もちろん、くるよ。おにぎりを持ってくるから、待ってて」

握り飯なら、粥《かゆ》にも雑炊にもなる。できるだけたくさん握ってこよう。そのときまでには、お松ちゃんも帰って……いるだろうか。

帰っていて、お松ちゃん。


作兵衛長屋を出て、六間堀町《ろっけんぼりちょう》に向かう。

来たときとは反対に、のろのろと重い足取りになっていた。

時折立ち止《と》まって、目を閉じてみる。けれど、眼裏《まなうら》におふねはもう現れてくれなかった。

朝の日差しが瞼《まぶた》に当たり、ほんわりとした明るさが広がるだけだ。猿子橋の上で目を閉じ、もしや……と待ったけれど、淡《あわ》い光が広がっただけだ。「おふねちゃん」。呟《つぶや》きながら目を開けたときは、糊売《のりう》りの老婆の怪訝《けげん》そうな視線とぶつかった。

頬が熱くなる。慌《あわ》てて橋を渡ったけれど、足はすぐに鈍《にぶ》り重くなってしまう。

親分さんに、相談してみようか。

そうも考えたけれど、やはりかぶりを振っていた。

何か事件が起こったのならともかく、娘が一人、家を出ていったぐらいで、仙五《せんご》朗《ろう》を煩《わずら》わすことはできない。それでなくても、吉助《よしすけ》と与造《よぞう》が殺された件で走り回っているはずなのに。

足が止まる。

医者？

あのごろつき二人の死因にも医者が関《かか》わっている。仙五朗も松庵もそう考えていた。言い切れるわけではないが、かなりの公算はあると思っているのだ。

そして、お松は妹に告げた。

お医者さんのところに、行ってくる。

繋《つな》がっている？

お松の残した言葉とあの殺しが繋がっている？

まさか。

おいちは大きく息を吸い込み、歩き出した。

考え過ぎだ。

お松がごろつきたちの死に関わり合うわけがない。

考え過ぎだ。一度にあんまりいろんなことが起こったから、頭の中がぐちゃぐちゃになってる。きちんと、物事が考えられなくなってる。落ち着こう。こんなときこそ、落ち着かなくちゃだめだ。

足を止め、腕を広げ、もう一度深く息を吸い込む。まだ、朝の名残《なごり》の冷たさが残っている。それでも微《かす》かに陽《ひ》に温《あたた》まった空気が胸に滑《すべ》り込んできた。

それにしても、と別の思いが頭をもたげる。

それにしても、女って悲しい。すぐに、売り買いの代《しろ》になってしまう。若い娘を買う男がいて、女房《にょうぼう》や娘を売る男がいる。

この世は男を中心にしか回らないんだろうか。

あたしは、医者になりたい。

お松ちゃんは、お清ちゃんやお良ちゃんを守って生きていきたい。

身の程知らずの望みではないだろう。

それが叶《かな》わない。

おふねちゃんだって、女でなければあんな死に方をせずにすんだのだ。

なんで、こんなに悲しいんだろう。みんな、懸命に生きているのに、誰を傷つけたわけでも、誰を苦しめたわけでもないのに。

なんでだろう。

いつの間にか、菖蒲長屋に着いていた。

もう診察が始まる時刻はとっくに過ぎている。患者相手に、松庵がてんてこまいをしているかもしれない。

お松ちゃんのことは、夕方まで待ってみる。それでも帰ってなかったら、仙五朗親分に相談してみよう。

心を決める。

さっき使った細紐を取り出し、襷《たすき》に掛ける。今度は、医者の助手としての仕事をするためだ。この上に上《うわ》っ張《ぱ》りを着込む。

さあ、やろう。

何があっても、為《な》すべきことを為す。

松庵から教わった心がけの一つだ。

「よしっ」

自分に気合を入れ、家へと走る。

「あれ？」

木札が黒い面を見せて、ぶらさがっている。不在の印《しるし》だ。

父さん、出かけたのかしら？

往診は、特別なことがない限り、昼八つ（午後二時）を過ぎてからと決まっている。こんな時刻に出かけるわけがない。とすれば、
特別なことが起こった？

おいちの脳裡《のうり》に往診の患者の顔が次々に浮かぶ。

腰痛で動けない、大工《だいく》の棟梁《とうりよう》。

胃の腑《ふ》に腫《は》れ物ができて、寝たきりの油問屋《どんや》の主《あるじ》。

足首を挫《くじ》いた五歳の男の子。

さまざまな人々の面《おもて》が浮かび、消え、また浮かぶ。

油問屋の主の容態《ようだい》が急変したのだろうか。この前、往診したときはずいぶんと症状は落ち着いていたが、いつ、どう変わるかわからないのが病人というものだ。

病は猛々《たけだけ》しく、狡猾《こうかつ》だ。眠っているふりをして、突然に牙《きば》を剝《む》く。爪《つめ》を立てる。用心しなければいけない。どんなに用心しても、敵《かな》わないことは度々あるけれど、それでも、用心を怠《おこた》ってはいけない。

これも、松庵が教えてくれた。

松庵が出かけたのなら、行き先を残しているはずだ。

すぐに追いかけよう。

障子戸に掛けようとした手を、おいちはとっさに引っ込めた。人の気配《けはい》がしたのだ。

家の中に、人がいる。

「どうなんです。松庵先生」

若い声が聞こえた。若く、張り詰め、厳《きび》しい声だ。聞き覚えのある声だった。

田澄《たずみ》さま。

田澄十斗《じっと》の声だ。間違いない。

十斗が父を詰問《きつもん》している。

「あなたは人殺しだ。医者でありながら、人の命を奪ったんだ。そのことを認めますか」

は？　なんのこと？

人殺し？

医者でありながら？

「認めますね、松庵先生。わたしが目の前にいて、否《いな》めはすまい」

父の声は聞こえない。十斗の声だけがさらに熱を帯び、さらに険《けわ》しく突き刺さってくる。

おいちは両手を胸の上で重ね、呆然《ぼうぜん》と立ち尽くしていた。

佇《たたず》む。

風が寒い。

身に染《し》みる。

暑くて、暑くて、日が暮れるのを待ちかねたように、川辺《かわべ》まで夕涼《ゆうすず》みに出かけた。あの夏の日は、どこにいってしまったのだろう。夏がまた巡《めぐ》ってくるなんて信じられないような、風の冷たさだ。

ふっと、飛蝗《ばった》を思い出した。

自身番《じしんばん》の障子《しょうじ》に止まっていた小さな飛蝗だ。

もう生きてはいまい。

日差しの温《ぬく》もりは、季節に抗《あらが》い、奇跡のように生き抜いた小さな虫を、優《やさ》しく包み込んだだろうか。

あたし、何を考えてるの。

おいちは、かぶりを振り、目の前の障子を見詰《みつ》めた。

見慣れた我が家の障子戸だ。今朝《けさ》、朝餉《あさげ》の用意もそこそこに飛び出してきた。患者さんが出入りし、さまざまなお客が訪《おとず》れる。

そういう障子戸だ。

おいちはその前で佇《たたず》んでいる。いや、息を詰め、聞き耳をたてていた。家の中には十斗《じっと》と父がいる。激しく父を問詰《もんきつ》する十斗の声が、そばだてた耳に届いてくる。

いや、突き刺さる。

「あなたは母を殺した。救える命《いのち》を見捨てたんだ」

おいちの心《しん》の臓《ぞう》が、大きく鼓動《こどう》を打った。鼓動は塊《かたまり》になり、息の道を塞《ふさ》ぐ。

「なぜ、黙《だま》っている。なぜ、答えない」

松　庵《しょうあん》が何か答えた。十斗の激した声がそれを遮《さえぎ》る。

「嘘《うそ》だ。あなたは嘘をついてる」

我慢の限界だった。

親子とはいえ、父と客の話を立ち聞きするなんて、はしたない振舞いだとわかっている。寒風に震《ふる》えながら立ち聞きしているはしたない自分が、恥ずかしかった。だから、そっと戸口を離れ、頃あいを見計《みはか》らい戻るつもりだった。つもりだったけれど……我慢できない。

「いい加減《かげん》にしてください」

障子戸を開け放つ。

十斗と松庵は向かい合って座っていた。

十斗は戸口に背を向け首だけを捩《ねじ》っておいちを見た。松庵は大きく目を見開いて、腰を浮かせている。

「田澄《たずみ》さま、あまりの言い様じゃありませんか。ほんとに、ほんとにいい加減にしてください」

「おいち、おまえ……聞いていたのか」

松庵の顔から血の気《け》が引いていく。顎《あご》の先が微《かす》かに震えた。

「聞いてました。立ち聞きしてました。だって、動けなかったんだもの。田澄さまの言うことが、あんまりひどくて……ひど過ぎて、あんまりです」

十斗の唇《くちびる》が端《はし》だけ上がる。薄い笑《え》みが広がる。それは、おいちの知らない田澄十斗の顔だった。もっとも、十斗の何を知っているかと問われれば、答えに窮《きゅう》してしまう。ほとんど何も知りませんと答えるしかないだろう。ほんとうに何も知らないのだから。

ただ、別人のようだとは思う。

北の橋でおいちとお松《まつ》を救ってくれた十斗と、今、薄笑いを浮かべている男が同じ人とは、俄《にわか》には信じられなかった。

むろん、顔立ちも身体《からだ》つきも同じだ。別人であるわけがない。けれど、北の橋での十斗は凛々《りり》しく、清々《すがすが》しく、真《ま》っ直《す》ぐに伸びた青竹の印象があった。今、目の前にいるのは、爪《つめ》と牙《きば》を隠し持った狡猾《こうかつ》な狐《きつね》のようだ。

「おいちさん、松庵先生は偽《いつわ》りを口にした。わたしは、嘘つきを嘘つきだと言ったまでです」

「父は嘘つきなんかじゃありません」

叫《さけ》んでいた。

こぶしを握《にぎ》り締《し》め、十斗を睨《にら》む。

「あなたこそ、嘘つきです」

「わたしが？」

「父の弟子《でし》になりたいと、そのためにここにやってきたと、出まかせを言ったじゃないですか。出まかせでしょ？　あたしを騙《だま》したでしょ？　そんな人が、他人を嘘つきだと詰《なじ》ることができるんですか」

「おいち、やめろ」

松庵が立ち上がり、かぶりを振る。

「もうやめるんだ」

「おいちさん」

十斗がすっと身体を回し、おいちに向き合う。

「確かにわたしは、あなたを騙した。それについてはお詫《わ》びしなければならない。けれど、わたしの嘘など松庵先生の嘘に比べれば、かわいいものです、人の命がかかっているわけじゃないんだ」

「人の命？」

「そうです。松庵先生の嘘で人間一人の命が失われたんだ。いや、一人じゃない……二人、いや三人だ。三人の命が」

「やめろ」

松庵が叫ぶ。叫びながら、十斗の腕を摑《つか》んだ。

「田澄さん、今日のところはお引き取り願いたい。この話は、また後日にしてくれ」

「ここでも逃げるつもりですか、松庵先生」

「逃げるつもりなどない。後日、出直してくれと言っているのだ。もう診療の刻限はとっくに過ぎている。患者たちが待っているんだ」

「後日とはいつです。明日ですか、明後日《あさって》ですか」

「それは……」

「わたしは間もなく江戸を離れます。長崎遊学《ながさきゆうがく》が当初の予定より、早まることになったので」

十斗は座ったまま、松庵を見上げ、唇を一文字《いちもんじ》に結《むす》んだ。口元に、目元に、強い意志が現れる。

「一度、江戸を離れてしまえば、今度はいつ江戸の土を踏めるかわからない。だから、それまでに、あなたに会いたかったんですよ、松庵先生。会って、本心を聞きたかった。なぜ、わたしたち一家を見殺しにしたのか、とね」

「田澄さん」

松庵が呻《うめ》く。

どこかに膿《う》んだ傷でもあるかのように、顔を歪《ゆが》める。

見殺しにした？　何のことだろう？　そして、なんて禍々《まがまが》しい響《ひび》きなんだろう。

見殺しにした。ミゴロシニシタ。

父さん……。

おいちは背筋《せすじ》が冷えていくのを感じた。吹き込む風のせいではない。松庵の表情があまりに暗く、あまりに苦しげだったからだ。手を尽くし、能《あた》う限りの努力をし、それでも患者を救えなかったとき、松庵の顔は醜《みにく》いほどに歪む。けれど、今のように苦しげではない。むしろ、深い悲しみのために歪んだ顔だった。

「人には寿命がある。天が定めた命の長さがな。どんなお大尽《だいじん》だって、公方《くぼう》さまだって、逆《さか》らえない定めだ。けど、高直《こうじき》な薬が買えないために、ろくな食事が摂《と》れないために死ななくちゃならない人たちがいる。そういう人たちに、おれはどうしても、これが寿命でしたとは言えないんだ。助かる術《すべ》がある人たちがみすみす死んでいかなくちゃならない。それを見ていなくちゃならない医者ってのは、いったい何なんだろうな」

声音《こわね》にも眼差《まなざ》しにも、哀《かな》しみを滲《にじ》ませて、松庵は項垂《うなだ》れる。そういうとき、おいちには、たった一言しか掛ける言葉がなかった。

「父さん、明日も患者さんが父さんを待ってるよ」

松庵は頭をもたげ、そうだなと呟《つぶや》く。

「明日も明後日も、患者が待ってる」

「その次もその次も、ね」

わざと明るい笑顔を父に向ける。松庵は哀しげな眼差しのまま、うっすらと笑い返してくれるのだ。

けれど、今、おいちはどくどくと鼓動を刻《きざ》む胸を押さえ、黙《だま》り込むしかなかった。

父にどんな言葉も掛けられない。

松庵の表情はそれほどに苦しげだった。くしゃくしゃと歪み、怖《こわ》いほどだ。

父さん、どうしてそんな顔をするの。

おいちは喉《のど》の奥の痞《つか》えを無理やり呑《の》み下《くだ》す。

どうして怒らないの。どうして言い返さないの。どうしてそんなに狼狽《うろた》えているの。父さん。

松庵はおいちを見ようとしない。目を逸《そ》らしたまま、掠《かす》れた声を出した。

「帰ってくれ。ともかく今日は……」

「いえ、聞かせてください」

座敷に上がり、十斗ににじりよる。

「田澄さま、ちゃんとお話を伺《うかが》いたいのですが」

余程《よほど》、険《けわ》しい眼つきをしていたのだろう。十斗が顎《あご》を引き、瞬《まばた》きを繰り返した。

「はっきり申し上げます。田澄さまは、さっきから何を言ってるんです。父はどんな理由があろうと、人を見殺しになんかしません。あなたは、とんでもない思い違いをしてるんです。そうでなければ、言い掛かりをつけているんだわ」

「思い違い？　おいちさん、残念だが、わたしは何の思い違いもしていない。むろん、言い掛かりなんてつけに来たわけじゃない。わたしの話していることは、みな、真実だ」

「嘘よ。何もかも、嘘よ。あたしは、あなたの言うことなんて信じない。絶対に信じないから」

十斗が大きく息を吐《は》いた。吐ききった後、おいちをちらりと見やる。憐《あわ》れむような眼の色をしていた。

「そこまで言うのなら、嘘なのか真実なのか、松庵先生に尋《たず》ねてみたらいい」

松庵が膝《ひざ》をついた。身体が一回り萎《しぼ》んだように思える。急に老《ふ》け込んだようにも思える。

おいちはその膝の上に手を置いた。

「父さん。なんで黙ってるの。こんなこと言われて悔《くや》しくないの。この人にちゃんと説《と》いてあげて。わからせてあげてよ」

『田澄さま』がいつの間にか『この人』に変わっていた。

おいちは、怒っていた。

田澄十斗に対して、一方《ひとかた》ならぬ憤《いきどお》りを覚えている。父を責め続ける若者が、どうしようもなく腹立たしい。できるものなら背中を蹴《け》飛《と》ばして、外に放り出してやりたいと、本気で思う。

何という無礼《ぶれい》、何という不躾《ぶしつけ》だろう。

しかし、松庵は口を開かない。こぶしを握ったまま、ただの一言も言い返そうとしないのだ。

歯痒《はがゆ》い。悔しい。悔しくて堪《たま》らない。

おいちは、幼い子どものように地団太《じだんだ》を踏みたかった。苛立《いらだ》つ。その苛立ちの底に不安が渦巻《うずま》いていることに、おいちは気づかぬふりをしていた。

ほんとうは憤りより苛立ちより、不安の方がずっと強いのに。

十斗が僅《わず》かに目を伏《ふ》せる。

「そうですね。ほんとうはおいちさんのいないところで、この話はすべきだったのでしょう。けれど、わたしには、もう出直してくる余裕はないのです」

松庵は項垂れたまま、動かない。刑場に引き出される咎人《とがにん》のように、項垂れたまま動かないのだ。

おいちの胸の中で、不安はさらに膨《ふく》れ上がる。膨れて、膨れて、今にも破裂しそうだ。

父さん。

十斗の声が低く、重くなる。

「松庵先生、わたしはずっと、あなたを捜《さが》してきました。そのために医者になったようなものだ。医者になれば、いつか必ず、あなたに会えると信じていましたからね。あなたに復讐《ふくしゅう》することばかり考えていたころもあった。父や母の仇《かたき》を討《う》ちたい一心で、町道場に通い、剣術を習ったりもしたのです。けれど……そうだな、いつぐらいからだろう。わたしの心は徐々に両親の仇討ちより、医の道を究《きわ》めたいといという思いで占められるようになっていったのです。死病と呼ばれる病《やまい》に打ち勝つことのおもしろさ、たいそうな怪我《けが》が癒《い》えていく様《さま》を逐一《ちくいち》見ていくおもしろさ……復讐の一念で凝《こ》り固まっていた心がいつの間にか解《ほぐ》れていきました。むろん、あなたへの恨《うら》みが消えたわけじゃない。父と母の無念を思えば、忘れることなどできるわけがない。ただ、この広い江戸で、あなたを捜し出すのは無理かと諦《あきら》めかけてはいました。そこに……」

十斗がおいちに顔を向ける。

「おいちさんが現れた。『小峯屋《こみねや》』の一室で、おいちさんが松庵先生の名を口にするのを聞いたときの……あの驚きは、言葉では言い尽くせない気がしますよ。雷《かみなり》に打たれたほどの衝撃《しょうげき》でした。間に合ったと叫びそうになったものです。江戸を発《た》つ前に、あなたに会うことができる。神仏が、わたしを憐れんでか、餞別《せんべつ》のつもりなのか、ついにあなたに会う機会を与えてくれたのだと、本気で思いました。今でも思っています」

『小峯屋』、血と薬の臭《にお》いの混ざり合う一室、瀕死《ひんし》のおふねが横たわっていた座敷。「藍野《あいの》松庵が娘、いちと申します」と型通りに名乗ったあの一言が、何かを大きく動かしたのか。

おいちは姿勢を正し、十斗の視線を受け止めた。

「田澄さま、あなたがここに来られた経緯《いきさつ》はわかりました。次に理由を教えてください。あなたは、父のことを、まるで罪人のように責めておられましたね」

「そう。わたしにとって……松庵先生は罪人だ」

「父がどのような罪を犯《おか》したか、お聞かせください。ぜひ、お聞きしとうございます」

十斗に向かって、また少しにじりよる。十斗は口を結び、視線を天井《てんじょう》へと逸らした。黙り込んだ十斗にかわり、松庵がおいちを一喝《いっかつ》する。

「おまえには関《かか》わりないことだ。口を挟《はさ》むな」

「父さん、でも……」

父から頭ごなしに怒鳴《どな》られた覚えは一度もなかったから、おいちは少し、ひるんでしまった。

「でもじゃない。何でもかんでも、首を突っ込むもんじゃない。いいか、おいち、おまえには一切《いっさい》、関わりないんだ。どこか他所《よそ》へ行ってろ。午《ひる》まで帰ってくるな」

「父さん」

「出ていけ。八名川町《やながわちょう》にでも行ってろ」

「父さん、あたしと関わりがあるの」

松庵が息を詰める。黒眸《くろめ》が左右に泳いだ。

だけ《だけ》

「おいち、おまえ、何を……」

「わかるわ。父さんがそんなに意固地《いこじ》になるのは、何かを隠そうとしてるときだけだもの。そうでしょ。父さん、この人が言っていることと、あたしはどこかで繋《つな》がってるのね。関わりがあるんでしょ」

「……馬鹿《ばか》な。そんなことあるわけが……」

「話しておやりよ、松庵さん」

張りのある声が聞こえた。

「義姉《ねえ》さん」

「伯母《おば》さん」

おうたが戸口に立っていた。季節に合わせたのか、桔梗色《ききょういろ》の小紋《こもん》に薄縹《うすはなだ》の帯《おび》を締めている。きちんと化粧を施《ほどこ》した顔は、ついこの前、死ぬの生きるのと騒いでいた病人とは信じられないほど艶《つや》やかだった。後ろには小女《こおんな》のおかつが風呂敷包《ふろしきづつ》みを抱《かか》えて控《ひか》えている。

「伯母さん、どうしたの」

「どうしたのじゃないよ。この前届けてくれた薬があんまり苦《にが》いから、文句を言いに来たんだよ。松庵さん、あんな薬、飲めたもんじゃありませんよ。ああ、それとね、文句のついでに、おいちに新しく拵《こしら》えた袷《あわせ》と帯を持ってきたのさ。そしたら、まあ、ほんとに、まったく、朝っぱらから何の騒ぎだい。外へまる聞こえじゃないか。みっともない」

おうたは、障子戸を音高く閉めた。おかつから風呂敷包みを受け取り、顎をしゃくる。

「おまえは外で待っておいで。人が来たら、只今《ただいま》、取り込み中です、もう暫《しばら》くお待ちくださいと、言うんだよ」

「あ、はい。えっと、只今、取り込み中で……お待ちください」

「ああ、それでいいよ。おまえにしちゃあ上出来だよ」

おかつが出ていくと、おうたは座敷に上がり、おいちと松庵の間に割り込むように座る。そこに座るのが当然だという態度だった。

「わたしは、八名川町の紙問屋《かみどんや》『香西屋《こうさいや》』の内儀《おかみ》、おうたと申します。おいちの伯母、松庵の義理の姉にあたるものです」

「田澄十斗と申します。朝からお騒がせして申し訳ない」

「『甲州屋《こうしゅうや》』の息子さんでいらっしゃいますね」

下げかけた頭を止め、十斗がおうたを窺《うかが》う。おうたは、艶っぽい笑みを浮かべて、十斗を見返す。

「存じております。妹から、聞いておりましたからね。妹というのが、松庵の連れ合い、おいちの母になります。もう、ずいぶんと前に亡くなりましたがね」

「はぁ……」

「妹はずっと、あなたのことを、『甲州屋』の幼い男の子のことを案じておりましたよ。あの子はどうしているだろうかって」

「それは罪滅ぼしの気持ち、というわけですか」

「罪滅ぼし？」

おうたの眉《まゆ》が寄る。眉間《みけん》に深い皺《しわ》ができた。

「田澄さん、憚《はばか》りながら言わせてもらいますけど、あんた、へんな思い違いをしてやしませんか。妹もこの人も」

おうたは二重《ふたえ》の顎を松庵に向かってしゃくった。

「あなたに罪滅ぼししなきゃならないようなこと、一切、やってませんよ」

十斗の顔に、再び薄笑いが浮かぶ。ほとんど蔑《さげす》みに近い感情が、眼の中に走った。おうたの口調《くちょう》が尖《とが》る。

「何ですか、その眼は。あたしが戯言《ざれごと》を言っているとでも思ってるんですか」

「戯言だ。身内をかばうのはそちらの勝手だが、つまらぬ戯言を並べるのは止《よ》してもらいたい」

「まぁ」と呟き、おうたは顎を引いた。

「よござんすよ。そこまで、意固地になるなら、全部、洗いざらいしゃべっちまいましょう。ほんとうのことを教えてあげますよ」

「義姉さん」

松庵がおうたの袖《そで》を引っ張る。

「松庵さん、止《よ》しておくれよ。おろしたての着物なんだから、汚《よご》れちゃうじゃないか」

「なんで、わたしが持つと汚れるんですか」

「いかにも薬草《やくそう》の汁《しる》がつきそうな手をしてるんだもの。この着物、結構なお値段なんだからさ」

おうたが袖をひらひらと振る。

おいちは、身体から力が抜けていくのを感じた。おうたがいるだけで、普段の空気が戻ってくる。松庵の頬《ほお》にも、ほんの僅かだが赤みが差してきた。

「松庵はこれ、この通りの男ですからね。『甲州屋』の内儀さんが亡《な》くなったことについちゃあ、そりゃあもう、ずいぶんと自分を責めてね。さる大名家の御抱《おかかえ》医者の地位を約束されてたのに、それを捨てて、一介《いっかい》の町医者になっちまったのも、それが原因さ。殿さま、お大尽を診《み》るんじゃなくて、医者にろくにかかれない人たちの役に立ちたい。それが、『甲州屋』の内儀さんへのせめてもの供養《くよう》になるってね。おかげで、妹は苦労続きさ。御抱医者の奥方になるはずが、貧乏医者の女房になって、こんな長屋《ながや》で暮らさなきゃならなくなったんだからね」

「お里《さと》は、ここでの暮らしを楽しんでましたよ。仕来《しき》たりや作法に囚《とら》われた御抱医者の生活より、よほど性《しょう》に合ってるとね」

「そりゃあ、あの子が優《やさ》しいからですよ。『甲州屋』のことで、あんたが苦しんでるのを知ってたからじゃないですか」

「伯母さん」

おいちは松庵とは反対側の袂《たもと》を引っ張る。汚れるからやめなさいと、おうたは言わなかった。

「その『甲州屋』のことって何？　肝心《かんじん》なところが、あたしにはさっぱりわからないんだけど」

「そうだね。まずは、そこから話さないとね。あたしが話しても、お二人とも、よござんすね」

女博徒《おんなばくと》のような口を利《き》いて、おうたが十斗と松庵を見やる。二人の男は気圧《けお》されたように黙り込んだ。

笑っている場合ではないが、笑ってしまいそうだ。

伯母さんって、やっぱりすごい。

「いいかい。一度しか言わないからね。よくお聞きよ。後で聞き逃《のが》したなんて言ったって、知らないからね」

「ご心配無用よ。身体全部を耳にして聞くから」

「おやま、それじゃ、耳垢《みみあか》の掃除が大変だ」

「伯母さん！　あたし、本気なのよ」

「あたしだって、本気ですよ。けどね、これから話すことは昔のこと、過ぎ去ったことなんだよ。これからの話じゃない。田澄さん、あなたもそこのところ、よぉく胆《きも》に銘じておいてくださいよ。いくら松庵さんを罵《ののし》っても、恨んでも、何にも変わりゃしないんだ。先のことは幾《いく》らでも変えられるけれど、過ぎたことはどうにもならないからね。あんたの、おとっつぁんやおっかさんが生きて戻るわけでも、昔通りの『甲州屋』がよみがえるわけでもないんだ」

「だから、どうだと言うんです。すっぱり忘れろとでも？」

「そうじゃありませんよ。過ぎたことに拘《こだわ》って、先を見失うなって言ってるんです。年寄りなら、それもいいけど、若い人はやはりね、前を見て生きなくちゃ。おいち、おまえもだよ」

おうたは指を滑《すべ》らせ、襟元《えりもと》を整えた。それから、ゆっくりと話し出す。

「『甲州屋』は両国橋《りょうごくばし》の近くにあった小さな荒物屋《あらものや》さ。小さいけれど、なかなか繁《はん》盛《じょう》していて、評判のいい店だった。あたしも、嫁にいく時、細々《こまごま》とした品を買い揃《そろ》えたもんだ。松庵さんは、そのころ、長崎から帰ってきて、腕の確かなお医者さまだと、めきめき売り出し中だったんだよ」

「義姉さん、売り出し中って、役者じゃないんだから」

「うるさいね。口を挟むんじゃないよ。ともかく、さっきも言ったように松庵さんは御抱医者の口がかかるほどの名医で、お里とも祝言《しゅうげん》をあげて、まあ順風満帆《まんぱん》な日々だったわけだ。おいち、あんたのおとっつぁんにも、そんなころがあったんだよ。信じられないだろうけどね」

「義姉さん、それはどういう意味です」

「口を挟むなって言ってるだろ。それで、あれはもう十六年も昔のことさ……」

「ちょうど、あたしが生まれたころ？」

「え？　あ、ああ、そうだね、おまえが生まれたころだね、確かに……。そのころ、江戸に疱瘡《もがさ》（天然痘《てんねんとう》）が流行《はや》ってね。大人も子どもも、たくさんの人が亡くなったんだよ。そりゃあもう、たいへんな騒ぎだった。『甲州屋』の内儀さんも、旦那《だん》さんも罹《かか》っちまって、特に、内儀さんはひどくてねぇ。明日をも知れないってことになっちまって……とうとう」

「亡くなられたの」

おうたがこくりと首を倒した。十斗が身じろぎする。

「そのあたりをもう少し詳《くわ》しくお話ししましょう。おいちさん、母と父は疱瘡に罹った。そして、母はどんどん重篤《じゅうとく》になっていったんです。子どもから見ても、はっきりと察せられるほど衰《おとろ》えていきましたから。母はそのとき……腹に赤子《あかご》を抱えていました。もともと身体の強い方じゃなかった母の体力は、腹の子と疱瘡のためにすっかり奪われていたのです。だから、松庵先生が直接、手を下《くだ》して母を殺したわけではない。それくらいは、幼かったわたしにも、わかります。たぶん、母はあそこで亡くなる定めだったのでしょう。しかし、だからこそ、死にゆく母を裏切った松庵先生が許せないのです」

「裏切った?」

「そうです。松庵先生は、ずっと母の治療をしてくれていました。父も母も、先生を信じていました。先生が必ず治《なお》してくれると信じていたんです。そして、あの夜、母の容態《ようだい》が急変して、松庵先生が駆《か》けつけてくれました。手を尽くしてくださって、母は一時《いっとき》、持ち直したように思えました。話しかけたら返事ができるほどに恢復《かいふく》したのです。そのとき、松庵先生に迎えが来ました。御抱医者として召し抱えられる予定の大名家からでした。幼い姫君が高熱を出したというのです。おそらく、同じ疱瘡に罹ったのでしょう。先生は『甲州屋』を飛び出していきました。不安がる母に『すぐに戻ってくるから、安心しなさい』と言い残して……。でも、先生は戻ってきてはくれませんでした。一刻《いっとき》（二時間）もしないうちに、母は苦しみ出して……わたしは疱瘡の伝染を恐れて、二階の部屋に隔離《かくり》されていましたが、二階の廊下にまで、母の苦しむ声が聞こえてきたのです。心配でいたたまれず、そっと様子を見にいきました。母はほんとうに苦しんでいた。苦しんで、苦しんで、明け方近くに亡くなりました。後で聞いた話では、最後まで松庵先生を待っていたとか。意識がなくなる寸前まで、先生が来てくれると信じていたのです。実際に、先生が来てくれたのは、夜がすっかり明けてしまってからでした。これも後で聞いた話ですが、大名家の姫君は先生の手厚い治療、看護《かんご》によって、数日で恢復したそうですね」

十斗はおいちから松庵へと視線を移す。

「疱瘡に罹って身も心も弱っていた父は、母の死を受け入れきれず、その夜、自らの命を絶ちました」

「でも、でも、それは……」

「ええ、そうですよ。松庵先生のせいじゃない。さっきも言ったように、それは母の定め、父の定めだったんでしょう。だけど、母は帰ってこない先生をずっと待っていた。父も待っていた。その心の裡《うち》を思うと、哀《あわ》れでならない。先生にとっては一介の町人より、大名家の姫君の方がたいせつだったわけでしょうが、わたしにとっては、掛け替えのない両親でした。そして生まれてくるはずだった弟か妹も……

わたしは、三人の家族を失ったわけです。先ほどは激昂《げっこう》して、つい口汚く罵ってしまいましたが……、しかし、先生が母を見捨てたのは事実。先生ほどの医者なら母の容態が急変するのは、わかっていたはずですからね。それなのに……」

おうたが息を吸う。胸が膨《ふく》らんだ。

「松庵さん、あんた、ちゃんと言っておやりよ。黙って責められていればいいってもんじゃないよ」

「義姉さん、田澄さんの言うことは事実で……」

「半分はね。あのね、田澄さん、おっかさんの病状が急に悪くなったのは、疱瘡のせいじゃなくて産気《さんけ》づいたからなんですよ」

「えっ」

十斗の顔に初めて驚《おどろ》きの表情が現れた。そうすると、初々《ういうい》しい若さが目の辺《あた》りに浮かび上がる。

「あんたのおっかさん、急に産気づいたんですよ。弱った身体の中に赤子としては、いつまでもいるわけにはいかなかったんでしょうね。だけど、おっかさんの身体はとても出産に耐《た》えられなかった。そりゃあね、産気づくことまで見通せなかったのは松庵さんの落ち度だ。でも松庵さんが姫君の命とおっかさんの命を天秤《てんびん》にかけて、姫君を助けたわけじゃない」

「そんな……そんなこと、誰も教えてくれなかった。ただ、母が苦しんで死んだと……それだけで」

「失礼ですけど、田澄さんは、誰に引き取られたんで」

「遠縁の家に、養子として入りました。男の子のない家で、跡取りを欲しがっていたのです。代々の庄屋で、医者になりたいと言ったらあっさり縁を切られました」

「そうですか。あなたもご苦労なさったんですね。でもま、これが真実ですよ。こう言っちゃあ何ですが、おっかさんは運がなかった。お気の毒ですけどね」

「じゃあ……母の産《う》んだ子は」

「……死産だったそうですよ。生まれる途中で力尽きたんでしょうかねえ」

十斗の視線がふわふわと宙《ちゅう》を漂《ただよ》った。

おいちはその横顔をぼんやりと眺《なが》めながら、考えていた。

あたしは？

今の話のどこに、あたしは繋がっているの？

松庵もおうたも、どことなく力の籠《こも》らない眼差しを自分の膝に落としていた。

障子戸に、朝の光が注《そそ》いでいる。小さな飛蝗の影が映っているような気がした。

むろん、幻覚だ。

ねえ、あたしはどこに繋がっているの？

閃《ひらめ》く。

おいちは、六間堀《ろっけんぼり》に沿って歩いていた。隣《となり》に十斗《じっと》がいる。

二人とも押し黙《だま》り、どことなく虚《うつ》ろな眼差《まなざ》しで前を見ている。

まだ日が中天《ちゅうてん》にある時分から、若い男と女が連立《つれだ》って歩いているのだ。好奇の目を向ける者も、詰《なじ》るように睨《にら》んでいく者もいた。けれどおいちと十斗の顔を見たとたん、口をつぐみ目を逸《そ》らして遠ざかっていく。

それほど、思いつめた顔つきをしていたのだ。もっとも、おいちも十斗も周《まわ》りの様子に気を配《くば》る余裕はなかった。ただ、それぞれの思いの中に沈み込んでいた。

十斗は腕組みをし、おいちは紺絣《こんがすり》の巾着《きんちゃく》を固く握《にぎ》り締《し》め、一言も言葉を交《か》わさぬまま、歩き続ける。巾着は、おいちが自分で拵《こしら》えた。疝気《せんき》の治療をした端切《はぎ》れ売りの女房《にょうぼう》が、払《はら》えない薬礼《やくれい》の代わりにと端切れの束《たば》を置いていったのだ。

端切れは端切れで、どう縫《ぬ》い合わせても反物《たんもの》にはならない。けれど、巾着なら十分間に合う布が幾枚かあった。

紺地に井桁模様《いげたもよう》が白く浮き出た絣が気に入り、一刻《いっとき》（約二時間）ほどで巾着に縫い上げた。ついでに、おふねには紅色《べにいろ》の縮緬《ちりめん》で、お松《まつ》には黄八丈《きはちじょう》で、おうたには山吹色《やまぶきいろ》の業平菱文様《なりひらびしもんよう》の布でそれぞれに作ってみた。

おふねは跳《と》び上がるようにして、お松は頬《ほお》を赤くしてよろこんでくれた。おうたは、矯《た》めつ眇《すが》めつ巾着を眺《なが》め、まぁまぁと嬉《うれ》しげな声をあげた。

「見事じゃないか。綺麗《きれい》だねえ」

「気に入ってくれた？」

「気に入ったとも。ちょうど普段に使う小綺麗な巾着袋が欲しかったんだよ。ありがとうよ。それにしてもおいち、おまえがこんなにお針《はり》が上手《じょうず》だったなんて知らなかったよ。これなら、いつでもお嫁にいけるね。そうそう、そういえば尾上町《おのえちょう》の丸重《まるじゅう》って大工《だいく》の棟梁《とうりょう》が、息子の嫁を探《さが》してさ。丸重っていえば、あの界隈《かいわい》じゃ知らない者はいない大工だよ。なにしろ、使っている職人だけで三十人は下《くだ》らないって大所帯《おおじょたい》だからねえ。また、棟梁の息子ってのがよくできた男で」

「お針は昔から好きだったの。人を縫うのも好きよ」

「……なんだって？」

「人の傷口《きずぐち》を縫うのも好きなの。でも、着物を縫うようにはいかなくて、まだまだ、父さんみたいにはいかないわ」

「当たり前だろ。何てことをお言いだい」

「やっぱり、伯母《おば》さんもそう思う？　そうだよね、父さんと同じってわけにはいかないよねえ」

「誰がそんなこと言ってるんだい。着物と人を縫うのを一緒くたにする人がどこにいるんだよ。まったく、おまえって娘《こ》は、もう、情けない。あたしゃ、あの世にいって、お里《さと》に顔向けができないよ。あぁほんとにもう、情けない、情けない」

褒《ほ》められていたはずが、また、嘆《なげ》かれて、おいちは早々に『香西屋《こうさいや》』を後にした。

人を縫うのが好きとは、むろん戯言《ざれごと》の類《たぐい》だが、おいちの心は縫合《ほうごう》という技《わざ》に確かにときめくのだった。ぽかりと開いた傷口を釣《つ》り針とよく似た形状の針と絹糸《きぬいと》で縫い合わせていく。傷口は塞《ふさ》がり、薄《うす》い肉の盛り上がりとなって痕《あと》が残る。

人の身体《からだ》とはたいしたものだ。

おいちはいつも、感嘆するのだ。

むろん父、松庵《しょうあん》の技にも瞠目《どうもく》する。けれど、傷を塞ぎ、血を止め、肉を再生させる身体の力に、より深くおいちは魅《み》せられてしまうのだ。人の身体とはたいしたものだ、ほんとうに。

「人というのは、すごいものだと思う」

不意に十斗が言った。呟《つぶや》きに近いくぐもった声だった。

「は？　田澄《たずみ》さま、何と？」

「人の身体ですよ。病《やまい》に勝ち、傷を塞ぐ。たいしたものだと、ずっと感じていました」

「あ……、あたしも」

「おいちさんも、そう思いますか」

「思います。どんなによく効《き》く薬も腕のいい医者も、患者さんの持っている力に手を貸すことしかできない。病を治《なお》すのも、傷を癒《いや》すのも結局は患者さんの力なのかなと、考えたりします」

「ええ」

十斗は腕組みをしたまま深く息を吐《は》いた。

「あっけなく、儚《はかな》く亡《な》くなるかと思えば、たいそうな傷や病に打ち勝って生き延びる。おもしろいと言えば、いささか憚《はばか》られるが、人とは一筋縄《ひとすじなわ》ではいかぬしたたかな生き物だと驚《おどろ》くことが、度々《たびたび》あります」

「はい」

「けれど、そう思えるようになったのは、医者としての道を進み始めてからのこと。それまでは……両親の恨《うら》みをどう晴らすか、そればかりを考えていた時期もありましたよ。人を助けるためではなく、松庵先生に仇《あだ》を返すために医者になったのだと自分に言い聞かせて生きてきた。あぁ、これは先刻も言いましたよね。なんだか、頭の中が堂々巡《めぐ》りしている――

十斗が自分の額《ひたい》をぴしゃりと叩《たた》く。

おいちは足を止めた。

背の高い十斗を見上げる。

十斗も立ち止まり、おいちを見下《みお》ろした。視線が絡《から》む。二人同時に目を逸らせた。

米沢町《よねざわちょう》にある山賀貝弦《やまがかいげん》の屋敷に住み込んでいる十斗を両国橋《りょうごくばし》の辺《あた》りまで見送る。それを口実に家を出てきた。

十斗と一緒にいたい。そんな甘やかな思いからではなく、松庵やおうたといるのが、いたたまれないような気分だったからだ。

大好きな父と伯母なのに、まともに目が合わせられない。いや、父と伯母が目を合わそうとしないのだ。

どことなくぎこちない、強張《こわば》った空気が嫌《いや》だった。松庵にひどく叱《しか》られたこともある。叱られて悔《くや》しくて、泣いたこともある。おうたの物言《ものい》いに腹を立て、拗《す》ねたこともある。けっこう、ある。でも、二人といて今日のような居心地《いごこち》の悪さを覚えたのは、初めてだ。自分がここにいてはいけない心持ちになったのも、初めてだ。

戸惑《とまど》っていた。

戸惑いをなんとか静めたくて、いたたまれなくて、おいちは歩いた。十斗がいなければ、もっとがむしゃらに歩き回ったかもしれない。

十斗も心の重さに耐《た》えているのか、ほとんど口を利《き》こうとしなかった。このまま両国橋の袂《たもと》まで歩き、軽く頭を下げただけで別れるのかと思っていた。

「どうすればいいのかなぁ」

十斗が空を仰《あお》ぎ、また、ため息を吐《つ》いた。途方に暮れた顔つきであり声音《こわね》だった。道に迷った子どもみたいだ。泣きたいのを必死に堪《こら》えているようにすら見える。

『香西屋』の内儀《おかみ》さんの言う通りだとすれば、わたしはずっと、幻《まぼろし》の敵《かたき》を追っかけていたわけになる。ずっと」

「田澄さま」

おいちは顎《あご》を上げ、十斗を見る。

「こんなこと言うの、すごく生意気《なまいき》だって、よくわかっているんですけれど……」

「何です？」

「あたし、今、ちょっと安堵《あんど》しています」

「安堵？」

「はい、田澄さまがさっき、『人っていうのは、すごいものだと思う』っておっしゃったでしょう。それを聞いたとき、ちょっと……ううん、すごくほっとしました」

十斗の黒眸《くろめ》がちらりと動く。

「なぜです？」

おいちは、再び歩き出す。さっきより、やや緩《ゆる》やかな足取りになっていた。十斗もその歩みに合わせ、横に並ぶ。

「田澄さま、その前に『おもしろい』っておっしゃったじゃないですか。病に打ち勝つおもしろさ、怪《け》我《が》が癒《い》えていく様《さま》を見るおもしろさに仇《あだ》討《う》ちを忘れそうになったって」

「ええ、確かに言いましたが」

「それを聞いたとき、あたし、間違ってるって感じたんです。このお方は間違ってるって」

十斗が瞬《まばた》きをした。それだけだった。でも、おいちの一言、一言に、耳を傾《かたむ》けていることは察せられた。

「田澄さまは、病や怪我は診《み》ているけれど、患者さん、人そのものは見ていないんだって、感じてしまって。あの、でも……田澄さまが、人のすごさにちゃんと気がついていらして……それが、わかって、あたし、ほっとしたんです」

「おいちさん」

「すみません。出過ぎたこと言っちゃって」

「いや……」

「田澄さま、田澄さまなら、ほんとうにりっぱな医者になれます。ちゃんと人を見て、治せる医者になれます。あたし、わかります。長崎《ながさき》でご研鑽《けんさん》を積んで、病で苦しむ人たちを一人でも多く救ってあげてください」

十斗が首肯《しゅこう》したように見えた。

「あなたは？」

「はい、あたしですか？」

「おいちさんは、どんな医者になるつもりなのですか」

「あたしは……」

答えられない。胸の裡《うち》には、想《おも》いが渦巻《うずま》いているけれど、それを上手《うま》く伝《つた》えられない。十斗と自分の間にはとてつもない隔《へだ》たりがある。これから何年もかけて、十斗は蘭方《らんぽう》を学ぶ。おいちの知らない世界を知っていくのだ。

おいちは目を伏せた。

偉《えら》そうなことを言いながら、心の片隅《かたすみ》で田澄十斗を羨《うらや》んでいる。己《おのれ》の卑小《ひしょう》さを思い知る。

十斗が何かを小さく口の中で呟いた。ほんの束《つか》の間《ま》だが、目を閉《と》じた。

「病や怪我ではなく人そのものを見る、か。おいちさん、それは松庵先生から」

「はい。学んだことです。もっとも、口で伝えられたわけじゃありません。父の許《もと》で働いているとそんな気がするのです」

顔を上げる。

あたしは羨ましがりやの卑《いや》しい者であるけれど、父さんはちがう。父さんは、今の自分に誇《ほこ》りを持って生きている。

「田澄さま、もしかしたら父が御抱《おかかえ》医者にならなかったのは、田澄さまのお母上を救うことができなかった悔《く》いもさることながら、高位の方々だけを相手にしての医術より、たくさんの人たちを診《み》る日々を生きたかったからかもしれません。ほんとにもしかしたら、です。あたしの勝手な憶測《おくそく》に過ぎないですけれど」

十斗が低く唸《うな》った。

「ずいぶんとちがうものだな」

「え?」

「山賀先生のことです。わたしが弟子《でし》入りしたころは、先生は町医者として精力的に働いておられた。それこそ、菖蒲《しょうぶ》長屋《ながや》と大差ない……いや、もうちょっと広かったかな、ともかく小さな家で、朝から夜遅くまで、患者の治療に明け暮れていたものだ。山賀先生の腕は確かで、わたしなど、側《そば》にいてずいぶんと貴重《きちょう》な経験をさせてもらった」

それは、多分、掛り付け医として『小峯屋《こみねや》』に出入りしていた時期でもあったのだろう。

十斗は懐《なつ》かしむように、視線を遠くに投げた。

「それが、評判が立ち、名が知られるようになればなるほど、先生は昔の志《こころざし》や想いを忘れ堕落《だらく》していった」

「堕落、ですか」

「ええ、堕落です。おいちさんは病や怪我でなく人そのものを診ると言ったが、山賀先生は病や怪我そのものさえ診ていなかった。見ていたのは蓄財《ちくざい》と名声、だけだ」

松の位《くらい》の医者と呼ばれている——。

この前、十斗が吐き捨てるように言った言葉がよみがえってきた。

「法外な診立《みた》て料や薬礼で懐《ふところ》を肥《こ》やし、米沢町に屋敷まで建てた。診るのは金のある連中ばかり。他の患者は、わたしたち弟子に任《まか》せ、自分は女を」

十斗が口をつぐむ。頰《ほお》に僅《わず》かだが血が上った。

「いや、少し言い過ぎたかもしれない。娘さんに聞かせる類《たぐい》の話じゃなかった」

「かまいません。山賀先生って女好きなんですか」

「え？　あ、いや、そうさらりと言われるとこっちが恥ずかしくなるな。つまらない噂話《うわさばなし》をしているようで、赤面《せきめん》する」

「つまらないことじゃありません。でも、山賀先生には、奥さまはいらっしゃるのでしょう」

「わたしが弟子入りして間もなく、御内儀《おないぎ》は亡くなられたのです。あのとき、先生は号泣《ごうきゅう》されたのに……変われば変わるものだ」

「そんなに女遊びをなさるんですか」

「しょっちゅう、いろんな女がやってきますよ。実は今朝《けさ》も、若い女が訪《たず》ねてきていたようです。先生の部屋に忍《しの》んでいく後ろ姿をちらっと目にしただけですが。まだ、夜が明けて間もなくだったから、後朝《きぬぎぬ》の別れじゃなくて、早朝の忍び逢《あ》いなんでしょう。わたしが長崎遊学を決意したのも、これ以上、山賀先生の許にいてもだめだと思ったからでもあるんです。うん？　おいちさん」

「え？　あ、はい」

「どうしました。急に難しい顔になって。やはり、下世話《げせわ》過ぎましたか」

「いえ、そうじゃないんです。そうじゃなくて、あの、田澄さま」

「何です？」

おいちが巾着の紐《ひも》を握り締めたとき、誰かに呼ばれた気がした。

「おねえちゃーん、おいちねえちゃーん」

気のせいではない。ほんとうに呼ばれている。

振り向く。

「まぁ、徳三《とくぞう》ちゃん」

菖蒲長屋の住人で徳三という少年だった。今年で十歳になった。来年はどこかの店に丁稚奉公《でっちぼうこう》に出るのだと言っていた。長屋の子どもたちの大将格で、いつも路地《ろじ》を走り回っている。

その徳三が息をきらし、駆《か》け寄ってきた。

「おねえちゃん、先生が……すぐに帰ってこいって……」

「父さんが？　何かあったの」

「おしまのおばちゃんが……急に、倒れて……」

「おしまさんが」

叫《さけ》ぶより早く、おいちは走り出していた。

おしまは乳に悪性の腫瘍《しゆよう》ができていた。夏を越したあたりからがくりと衰《おとろ》え、一日、一日痩《や》せて窶《やつ》れていくのがわかった。

もう、長くはない。

誰の目にも明らかだった。

けれど、早過ぎる。松庵の診立てだと、あと二カ月や三カ月はもつはずだったのだ。

「父さん、おしまさんにお正月を迎えさせてあげたいね」

「ああ。無理をせずに養生《ようじょう》してくれればなんとかなるかもしれんな」

この前、そう話したばかりだった。

早過ぎる。

十斗と二人、ゆっくり歩を進めてきた堀沿いの道をおいちは懸命《けんめい》に走り戻った。

ただ、ひたすら走った。

あたしって、いつも走っている。

ふっと浮かんだ思いは、すぐにどこかに飛び去っていった。

菖蒲長屋に着くと、声が聞こえた。

「おしま、おしまーっ」

巳助《みすけ》の声だ。亭主が女房を必死に呼ぶ声だ。

「どいて、どいてください」

障子戸《しょうじど》の前に集まった人たちを押しのけ、中に飛び込む。

おしまは戸板の上に横たわっていた。どこかで倒れ、運び込まれてきたのだ。

血を吐《は》いたのか、口の周りが赤く汚《よご》れている。

松庵がおしまの上に馬乗りになり、胸を押していた。

「おしま、おしま、目を開けろ。おれだ、亭主だぞ」

巳助がおしまの手を握り、同じ言葉を繰り返している。

「おしま、おしま、目を開けろ。おれだ、亭主だぞ」

おしまは目を開けなかった。睫毛《まつげ》一本、持ち上がらない。

「おしま、おしま、目を開けろ」

松庵の額に汗《あせ》の粒《つぶ》が浮いた。

あぁ、もうだめだ。

おいちは、懐から取り出した細紐を握ったまま立ち竦《すく》む。巾着が足元に転《ころ》がっていた。

もうだめだ。

手の施《ほどこ》しようがない。

おしまさんは、そういうところに行ってしまった。もう、戻っては来られない。

「お借りする」

細紐が引っ張られた。

十斗が紐で袖《そで》を絞《しぼ》り、板の間に上がる。

「先生、代わります」

「あ、うん。頼む」

松庵は大きく息を吐《は》き出すと、額の汗を拭《ふ》いた。

「父さん……」

「おしまさん、亭主のために魚を買いにいって、木戸の前で吐血して倒れたんだ」

松庵は十斗の背中を見ながら、くぐもった声で言った。

「乳だけじゃなかったんだ。おそらく、胃の腑《ふ》の辺りにも、性質《たち》の悪いやつができてたんだろう。おれは、そいつに気がつかなかった……」

「おしま、おしま、目を開けろ」

ふいに、おしまの身体が震《ふる》えた。それは一瞬で、すぐにまた、動かなくなる。

十斗が振り向いた。

松庵が静かに頷《うなず》く。

「もう、そこまでだ。田澄さん」

「はい……」

十斗がおしまの上から降りる。おいちは手早く、おしまの胸元を整えた。髷《まげ》から櫛《くし》を抜き、丁寧《ていねい》に鬢《びん》の毛を梳《と》かす。

「へ？」

巳助が口を半《なか》ば開け、おいちと松庵にかわるがわる目をやる。

「先生、どうしてやめちまうんで？　おしまの治療をお願《ねげ》ぇしやすよ」

「巳助さん、おしまさんは今、亡くなったよ」

「先生……何を言ってんだよ。おしまは今朝まで元気だったんですぜ。朝飯《あさめし》まで作ってくれて……先生、お願ぇだ。診てやってくださいよ。おしまを元の身体にしてやってくだせぇよ。後生《ごしょう》だから、先生。この通り、お願ぇします」

巳助は額を板の間にこすりつけた。

おいちは横を向き、目を閉じる。

見ていられない。

「諦《あきら》めろ」

松庵の掠《かす》れた、重い声が告げた。

「もう、諦めるしかないんだ」

今度は巳助の身体が震える。こちらは、いつまでも瘧《おこり》のように震え続けた。

「おれは……甲斐性《かいしょう》がなくて、女房に苦労かけて……ほんとに、今日の米さえねえような暮らしをさせちまって……。なのに、こいつ、いつも笑っててねえ。猫が仰向《あおむ》けになって昼寝をしてたって笑い、桜の花が満開になったたって笑い、おれが小銭《こぜに》を稼《かせ》いで帰ったら、おまえさんのおかげでままが食えるって笑って……ほんとに、馬鹿《ばか》みてえに笑い上戸《じょうご》なんで……」

「ああ、そうだな。おしまさんの笑い声は長屋のどこにいても、聞こえるもんな」

「どこでだって聞こえますさあ。時の鐘《かね》よりよっぽど響《ひび》く声なんですからねえ」

巳助が喉《のど》を鳴らした。

「おしま、なんで笑わねえんだよ。目ん玉つぶったままで……何、してやがんだ。この馬鹿。目を覚《さ》まして、笑いやがれ。おしま、聞こえてんだろうが。聞こえてて知らぬふり、してんだろうが。おれには、ちゃんとわかってんだ。馬鹿野郎《やろう》、亭主をなめやがって」

馬鹿野郎、馬鹿野郎。

巳助が呟き続ける。

「馬鹿野郎。おめえがいなくなったら、おれは一人じゃねえか。寡暮《やもめ》らしなんざ、ごめんだよ、おしま。おしま。ちきしょう、おしま、おしまーっ」

おしまに被《かぶ》さり、巳助が嗚咽《おえつ》を漏《も》らす。障子戸の向こうでも、すすり泣きが起こった。

おいちは居住《いず》まいを正し、おしまの亡骸《なきがら》に向かって手を合わせた。

巳助の嗚咽が高くなる。

空には夕焼けが広がろうとしている。

美しい空だ。

仄《ほの》かに臙脂《えんじ》や橙《だいだい》に染《そ》まった空は、人が死んだ夕暮れとは思えないほど美しい。今日に続く明日が必ずあると信じられる空だ。

今日に続く明日がある。

巳助さんは、それを信じられるだろうか。巳助さんの今日と明日は大きく異なってしまったのに。

それでも耐えなければならない。

生きている者は、生き続けなければならない。地を這《は》いずってでも、生き続けなければならないのだ。先に逝《い》ってしまった者への供養《くよう》は、生き続ける、それしかないのだ。

それしか、ない。

「ここまでで、けっこうです」

十斗が振り返り、おいちを制するように手を上げた。

菖蒲長屋の木戸の前だった。おしまが血を吐き、倒れた場所だ。誰かが綺麗《きれい》に後片付けをしていた。清めのつもりなのか、塩が盛られている。

「わざわざ、お見送りいただいて申し訳なかった」

「こちらこそ、いろいろとありがとうございました」

深々と頭を下げる。

「いや、結局、何の手伝いもできなかった」

「いえ……誰も何もできませんでした。何にも」

「惨《むご》いものだ」

「ええ。惨いものです」

「慣れないと言われたな」

「え？」

「いつまで経《た》っても、人の死には慣れないと言われた」

「父が、ですか」

「ええ。さっき、独《ひと》り言《ごと》を呟かれていました」

「そうですか」

松庵はおしまを救えなかった。

闘《たたか》いに敗《やぶ》れたのだ。

松庵は、そして、おいちもしょっちゅう負けている。負け続けている。負けながら、挑《いど》み続けている。

「思い出したんです」

十斗が口元を緩めた。

「唐突《とうとつ》に思い出したんですよ。松庵先生が母を必死で生き返らせようとしていたのを。今日のように、心《しん》の臓《ぞう》を懸命に圧《お》していた。その姿を思い出したんです。わたしは、それを襖《ふすま》の隙間《すきま》から見ていた」

「まぁ……」

「ずっと忘れていたのに、今まで一度も思い出さなかったのに、不意にわかりました。松庵先生は母をなんとか蘇生《そせい》させようとしてくださったと……」

十斗は自分の耳に軽く指を当てた。

「それともう一つ、赤ん坊の泣き声を聞いた気もするんです」

「赤ん坊?」

「ええ。けど、あのとき子どもはわたし一人しかいなかったはず。まして、赤ん坊なんているわけがないから、空耳《そらみみ》だったのでしょうか」

「空耳に決まってますよ」

おうたが後ろに立っていた。

「まっ、伯母さん。いたの」

「いましたよ。いちゃあ悪いかい。そりゃあ申し訳ござそうろう」

「伯母さん、なんで、そんなに機嫌《きげん》が悪いのよ」

「悪くもなりますよ。あの可哀《かわい》そうな人が運び込まれたとたん、部屋の隅《すみ》に押しやられて、ほっぽらかされて。まったく、人を馬鹿にするんじゃないよ」

「馬鹿になんかしてません。おしまさんの治療に一心で、忘れただけじゃないの」

「忘れただけ？　だけ？　よく言ってくれること。ふん、ほんとにこんなところ、うんざりだよ」

　おうたは、十斗を押しのけるようにして前に出ると、にやりと笑った。

「田澄さん、そこまでご一緒しましょうか」

「え？　あ、いや、でも……」

「伯母さん、田澄さまが困っていらっしゃるわよ。やめなさいよ」

「フン、わかったよ。もう帰りますからね。もう、頼まれたって来てやらないからね、覚悟おし。おかつ、ぐずぐずするんじゃないよ」

　おうたが大股《おおまた》で歩いて、遠ざかっていく。一度、振り向き「袷《あわせ》と帯《おび》は押し入れに仕舞《しま》ってあるよ」と大声を出した。

「いや、なかなかに愉快な人だなあ。さて、わたしも帰ろう。帰って、行く末をじっくり考えてみようか」

「田澄さま、一つだけお聞きしたいことが」

　身を乗り出す。

十斗が首を傾《かし》げ、瞬きをした。

「あの、山賀先生と女の人のことで……、あの、今朝、若い女の人が訪ねてきたっていいましたよね」

「ええ」

「確かでしょうか」

「間違いないと思いますが」

「でも、あの……あの、田澄さまがごらんになったのは、後ろ姿だけだったのでしょう」

「そうです。顔はまったく見えませんでした。もっとも、その後ろ姿もちらっと見た程度なのですが」

「それなのに、顔が見えないのになぜ、若いと思われたのですか」

「それは……」

十斗は唇《くちびる》を嚙《か》み、視線を遠く夕映《ゆうば》えの空に向けた。

「そうだな。どうしてだろうか。でも、確かに若い女だった。身体の線がしっかりしていて……あれは若い人の身体つきだ。間違いない。それに……巾着袋」

顔色が変わったのが自分でもわかる。

背筋《せすじ》がぞくりとした。

「巾着袋をその女が持っていたんだ。さっき、おいちさんが持っていたのと同じやつです。形はそっくりだと思うけど」

「色は、どうです。覚えていますか」

「ええ、覚えています。あれは、確か」

黄八丈。まさか、お松ちゃんが。

「紅い縮緬だった気がします。いや確かにそうでした。あんな色は若い娘さんしか持たないでしょう」

紅い縮緬？

おふねちゃんの巾着？

わけがわからない。

何もかも、辻褄《つじつま》があわない。

紅い縮緬の巾着。誰がそれを持っているの。

誰が……。

謎に迫る。

作兵衛長屋《さくべえながや》は、やはり猥雑《わいざつ》な音や匂《にお》いに満ちていた。菖蒲《しょうぶ》長屋と同様に、明日の暮らしが確かに見えぬほど貧しく、でも、明日を信じて生きている人たちの住処《すみか》だった。

お清《きよ》が井戸端《いどばた》で洗濯《せんたく》をしていた。父親の下穿《したば》きだろうか、灰汁《あく》につけ一心にもんでいる。口元をきつく結《むす》んだ横顔が、お松《まつ》によく似ていた。こんなに小さいのに、もう一人前の仕事をしている。

江戸の子どもたちは、急《せ》かされるように大人になっていく。日々の暮らしが厳《きび》しければ厳しいほど、巣立ちを急がされるのだ。

いつまでも甘えてちゃいけないよ。一日でも早く、自分の口を養《やしな》えるようになりな。

大人たちに応《こた》えるように、子ども時代にすっぱりと別れを告げて歩き出す。

「お清ちゃん」

そっと名前を呼んでみる。

「あっ、おいちお姉ちゃん」

お清の口元が瞬《またた》く間に緩《ゆる》み、歳《とし》相応の幼い笑顔になる。

「遅くなってごめんね。お腹空《なかす》いたでしょ。おにぎり持ってきたからね。おつけもすぐに作ってあげる」

「おにぎり？　ほんとに、おにぎり、持ってきてくれたの」

「ええ、たくさん作ってきたよ。たぁんとおあがり」

「嬉《うれ》しい。ありがとう、お姉ちゃん」

お清の顔がどんどん明るくなっていく。その表情を見ただけで、握《にぎ》り飯《めし》を提《さ》げてここまで来た甲斐《かい》があったと思う。

薄い夜具《やぐ》にくるまって眠っていたお良《よし》を起こし、おいちは手早く夕餉《ゆうげ》の支度《したく》をすませた。

「美味《おい》しい、美味しい」

お清もお良も夢中で握り飯にかじりついている。

「お良、ゆっくり食べなきゃだめだよ。おまんまが喉《のど》に痞《つか》えちゃうんだから。ほら、ご飯粒《はんつぶ》、零《こほ》した。勿体《もったい》ないでしょ。おつけがいるの？　ここにあるから」

お清が母親のように妹の世話をするのが、おいちには微笑《ほほえ》ましくもあり、不憫《ふびん》でもあった。お清はお清なりに、両親も姉もいない家の中で、必死に妹を守ろうとしているのだ。

松庵《しょうあん》にわけを話し、釜《かま》の中のご飯を全《すべ》て握り飯にして持ってきた。米櫃《こめびつ》の中にはもう僅《わず》かな米しか残っていないから、おいちも松庵も明日からは雑炊《ぞうすい》か粥《かゆ》で凌《しの》がなければならない。

それでも、お清たちの嬉しそうな顔を見ていると、おいちもまた、嬉しくなる。明日は明日。なんとかなる。明日を憂《うれ》うより、今日、笑う方がたいせつだ。とても、たいせつだ。

そんな気になるのだ。

「お清ちゃん。お松ちゃん、まだ帰ってこないんだね」

お清が握り飯をほぼ食べ終わったのを見計《みはか》らい尋《たず》ねる。お松が帰ってきた様子はなかったが、もしやという思いだった。もしや、文《ふみ》の一通なりと届いてはいないだろうか。

しかし、お清はかぶりを振り、目を伏《ふ》せる。

「……帰ってこない。おとっつぁんもお姉ちゃんも」

「手紙も？」

「うん……」

「そうか。お松ちゃん、何してんだろうね。帰ってきたら、怒ってやろうね。『この、馬鹿者《ばかもの》』って大きな声で怒ってやろう」

「うん。あたい、お姉ちゃんを怒ってやる。『この、馬鹿者』って」

お清が小さなこぶしを振り上げる。

「ばぁかもの」

お良も姉よりさらに小さなこぶしを振った。おいちは二人を抱き締《し》め、呟《つぶや》く。

「だいじょうぶ、だいじょうぶ。もうすぐ、お姉ちゃん、帰ってくるから。うん、あたしが迎《むか》えにいってくる」

「おいち姉ちゃんが？」

「そう。お松ちゃんを連れて帰るから、もう少し良《い》い子でお留守番《るすばん》していてね、お清ちゃん」

「うん。あたい、ちゃんとお留守番できる。お洗濯だって、ちゃんとできたもん」

「そうだよね。ちゃんとできたね。お松ちゃんが帰ってきたら、うんと褒《ほ》めてもらえるよ」

おいちはお清の細い腕を摑《つか》み、黒い眸《ひとみ》を覗《のぞ》き込んだ。

「お清ちゃん、お姉ちゃんの巾着《きんちゃく》がどこにあるか知らない？」

「巾着?」

「うん、黄八丈《きはちじょう》の巾着。黄色い布に黒い格子縞《こうしじま》が入ってるの」

「知ってる」

お清がはっきりと頷《うなず》く。

「おいち姉ちゃんが縫《ぬ》ってくれた巾着でしょ。お姉ちゃん、すごくだいじにしてたよ。あたいが触《さわ》ろうとしたら、汚《よご》れた手で触っちゃだめだって、叱《しか》られた。出かけるときは、どこに行くにも必ず持っていってたよ。あたい、羨《うらや》ましかったな」

そうか、お松ちゃん、そんなにたいせつにしてくれてたんだ。

胸の底が温《あたた》かくなる。

けれど、今は温かさに浸《ひた》っているときではない。

「今朝《けさ》もお松ちゃんは巾着を持って出た?」

おいちの問いに、お清はすぐに答えた。

「お姉ちゃん、何にも持っていなかったよ」

お松は何も持たずに家を出た。ということは、あの巾着は、この家のどこかにあるはずだ。

「お松ちゃんがどこに、その巾着を仕舞《しま》ったか、わかる?」

「わかるよ。箪笥《たんす》の一番下の引き出し」

お清が古箪笥を指差す。

「開けていい？」

「うん、いいよ。あたいの着る物が入ってんの」

お清の言う通り、引き出しには家族の着物が入れられていた。どれも古着で色も模様《もよう》も褪《あ》せている。でも、洗濯もつくろいも糊《のり》づけもきちんとされて、きれいに折り畳《たた》まれていた。

お松らしい。

黄八丈の巾着は引き出しの隅《すみ》にあった。

取り出してみる。

型崩《かたくず》れしないようにするためか、中には反故紙《ほごがみ》や襤褸屑《ぼろくず》がぎっしり詰められていた。これだけでも、お松がおいちの贈った巾着をどれほどたいせつに思ってくれたか、伝《つた》わってくる。

「ねえ、お清ちゃん、お松ちゃんは他の巾着を持ってなかった？　たとえば……紅《あか》い巾着。布がね、こう縮《ちぢ》れたような感じの紅色の巾着なんだけど」

お清は記憶を辿《たど》るように視線を宙《そら》に向ける。

「……うん、何にも持ってなかった。でも……」

「でも？」

「あたい、お姉ちゃんの袖《そで》を摑んだの。行かないでって。そしたら……袖に何かが入ってた。石みたいに硬《かた》くなくて、でも、お豆腐《とうふ》みたいに柔《やわ》らかくもないの」

「袖に……」

石のように硬くなく、豆腐のように柔らかでもない。

お松は袖に紅縮緬《べにちりめん》の巾着を隠していたのだろうか。でも、なぜ手に提げなかったのだろう。両手とも空《あ》いていたはずなのに。何より、紅縮緬の巾着はおふねに贈ったものだ。それをお松が持っているとしたら、なぜなのだろう?

おいちは黄八丈の巾着を見詰《みつ》める。

おいちちゃん。

呼ばれた気がした。

おふねに呼ばれた気がした。

おいちちゃん。お願い。

手の中で巾着が動いた。

小さな生き物が身じろぎしたように感じた。

錯覚《さっかく》だろうか。

おいちは、口の中の唾《つば》を呑《の》み下《くだ》し、もう一度巾着の口を開けた。中身を引っ張り出す。古びた反故紙が、色褪せた襤褸布が次々に出てくる。小さな巾着の中によくもこれほどと驚くほどの量だ。

「おいち姉ちゃん、何をしてるの」

お清が手元を覗き込んできた。

「うん。ちょっと……あ」

巾着の底から紙包みが出てきた。きっちりと折り畳まれたそれは、見た目だけでも上質な紙だと知れる。反故紙や襤褸布とは明らかに異質のものだ。

おいちは丁寧《ていねい》に、ゆっくりと開いていった。

「手紙……」

書状だった。二通の書状が封に包まれていた。どちらも上等な美濃紙《みのがみ》だろう。しっかりとした、でも柔らかな手触《てざわ》りがする。表書きはなかった。

躊躇《ためら》いはなかった。

中を検《あらた》める。

流麗《りゅうれい》な筆致の文字が並んでいる。

おふねどの。

黒々とした墨文字《すみもじ》が目に飛び込んできた。

おふねどの。

これは、おふねちゃんへの手紙なんだ。

誰かが、おふねちゃんに宛《あ》てた手紙。それをお松ちゃんは、巾着の底に隠し持っていた。

どういうことだろう。

お清の不安気《げ》な視線を感じながら読み進める。指が震《ふる》えた。震えながら二通の手紙を読み終える。

これって……。

口の中が乾《かわ》いて、ひりつく。舌《した》が縮まって喉を塞《ふさ》ぎそうだ。

これって、まさか、まさか、おふねちゃん。

おいちちゃん、お願い。

おふねの声がした。唇《くちびる》を噛《か》み、涙を溜《た》めた顔が浮かぶ。

急がねばならない。

不意に焦《あせ》りが突き上げてきた。

雷《かみなり》に打たれたように身体《からだ》が痺《しび》れた。

急がなくちゃ、急がなくちゃ。

おふねちゃん。お松ちゃん。

おいちは、お松の巾着を摑んだまま立ち上がった。あまりに唐突《とうとつ》な動作だったからか、お清が大きく目を瞠《みは》って見上げてくる。

巾着の中に手紙を仕舞い込み、おいちは大きく息を吸い、吐《は》いた。

「お清ちゃん、この巾着借りていくね」

「あ、うん。おいち姉ちゃん、どこに」

「待ってて。お松ちゃんを連れて帰るから」

下駄《げた》を履《は》くのももどかしく、飛び出していく。飛び出したとたん、何かにぶつかった。

「うわっ」

「きゃあっ」

男の分厚《ぶあつ》い胸板《むないた》だ。もろにぶつかり、おいちの身体は数歩、後ろによろけた。戸口の敷居《しきい》に足を掛け、辛《かろ》うじて踏み止《とど》まる。

「すっ、すみません。急いでいて」

「おいちさん」

「え？　あ、まあ、新吉《しんきち》さん」

今度はおいちが目を瞠る番だった。

目の前に、地味《じみ》な小袖《こそで》姿の新吉が立っていたのだ。

「おいちさん、なぜ、ここに……」

新吉が瞬《まばた》きし、ふっと息を吐く。口元、目元にはまだ青痣《あおあざ》がしっかり残っていた。新吉が瞬きする度《たび》に、息を吐く度に、ひくりひくりと動く。まるで痣そのものが、小さな命《いのち》を宿《やど》しているようだ。

「新吉さんこそ。どうして、ここにいるんですか」

「どうしてって、そりゃあ、その……。あっしの家がそこなもんですから」

新吉が隣の家に向かって顎《あご》をしゃくった。

「ええっ、ほんとに」

「へえ。ほんとです。といっても、ついこの間、越してきたばっかりなんですが」

そうだろう。作兵衛長屋には、今まで何度も訪《おとず》れている。新吉が住んでいるのなら、もっと早く気がついたはずだ。

「そうですか。ここに、引っ越してこられたんですか」

「へえ、今まで親方の家に住み込みだったんですがね、一月《ひと》ほど前から通《かよ》い職《じょく》になったんで……、それで、まあ、あっしなりの住処が入《い》り用《よう》になっちまって」

新吉が長身を屈《かが》めるようにして、ぼそぼそとしゃべる。

住み込みから通い職人になった。それは、年季《ねんき》が明けていよいよ一人前になる、その一歩を踏み出したということだ。新吉の腕なら、いつか、そう遠くないいつか、ひとかどの飾《かざ》り職人になっているのではないか。

仙五朗《せんごろう》から聞いた新吉の生《お》い立《た》ちを思えば、見事な生き方をしていると心から称したくなる。

生まれながら背負った不幸にも、理不尽《りふじん》な運命にも、降りかかる困難にも、負けず、くさらず、ひねくれず、一歩一歩前に進む。自分の足で地道に歩いていく。ここを行けと前もって敷かれた道ではなく、自らが切り拓《ひら》き、道を作りながら進む。それがどれほどたいへんなことか、どれほどの強靭《きょうじん》な心が必要か、おいちは知っていた。だから、新吉を祝いたい。

おめでとうございます。

頭の一つも下げて、言祝《ことほ》ぎたい。それが、礼儀であり人情だ。

おめでとうございます。新吉さんのがんばりの賜物《たまもの》ですね。

そう伝えたい。

束《つか》の間《ま》だった。思いがけず新吉に出会った驚きも新吉への称賛《しょうさん》も束の間で掻《か》き消えた。夜空を流れる星のように消え去った。

今はお松の行方《ゆくえ》を捜《さが》し出すのが第一だ。言祝ぎも称賛も、その後でいい。

おいちの沈黙《ちんもく》をどう解したのか、新吉は顔を赤く染《そ》め、手を何度も横に振った。

「いや、ちっちがうんで。えっと、あの、この通りの貧乏長屋なんで、壁《かべ》なんて障子紙《しょうじがみ》とそう変わんねえって代物《しろもの》じゃねえですか。隣の声が筒抜《つつぬ》けなんで。今日はいつもより早仕舞《はやじま》いできたんで、その……飯でも食いに出るか、けどそれも億劫《おっくう》だなんてあれこれ思案してたら……、あの、覚えのある声が聞こえたような気がして……あの、それでつい気になって……。いや、別に中を覗こうなんて了見《りょうけん》は、小指の先っぽほどもなかったんで。そこのところだけは、おいちさんに誤解してもらいたくないと」

「新吉さん」

新吉の腕を摑む。

確かな筋肉の手応《てごた》えがあった。

「昨日の騒動も聞こえた？」

「昨日？」

「昨日、隣《となり》で騒動があったでしょ。男たちが押し掛けてきたの」

「いや、あっしは昨日はずっと仕事場にいやした。急ぎの仕事が入ってたもんで。だから今日は早仕舞いできたんですが」

そうか。そうだろう。この真《ま》っ直《す》ぐな若者が、隣人《りんじん》の揉《も》め事を見て見ぬふりをできるわけがない。

「おいちさん、昨日、友蔵《ともぞう》さん家《ち》で何かあったんで？」

新吉が怪訝《けげん》そうに眉《まゆ》を寄せる。

「ごめんなさい。詳《くわ》しく話をしてる暇《ひま》がないの。それより新吉さん、お願いがある

りと見やる。

新吉の頰《ほお》がさらに上気《じょうき》する。黒眸《くろめ》が動き、自分の腕を摑んだおいちの指をちらりと見やる。

「何でしょう。あっしにできることなら、何でもやらせてもらいます。おいちさんには、大恩《だいおん》がありやすから」

「また、そんな大げさなことを」

新吉がすっと目を伏せる。

「おいちさんにとっちゃあ、傷《きず》を治《なお》すのは仕事。当たり前のことかもしれやせんが、おれ……あっしにとっちゃあ、ほんとうに恩としか言い様《よう》のねえことなんで。おいちさんも松庵先生も、あっしみたいな半端者《はんぱもの》のために懸命《けんめい》に治療してくれた……どれだけ、頭を下げても下げ足りねえんで」

新吉の気持ちは嬉しい。そんな風に言ってもらえると、苦労も疲れも吹き飛ぶようだ。新吉が喧嘩《けんか》で拵《こしら》えた傷（匕首《あいくち》で三寸《すん》あまり太腿《ふともも》を斬《き》られていた）を縫合《ほうごう》していたときの松庵の、実に楽しげな表情を思い出せば、いささか心苦しくはあるが（松庵は人の身体を縫うのが三度の飯より好きなのだ）。

だけど、そんな思いを伝える暇も、やはりない。

「仙五朗親分にあたしが捜していると伝えてほしいの。親分がどこにいるか見当がつきますか？」

「親分ですか……。うーん、ついこの前までおれの周《まわ》りをうろうろしてたんだが」

新吉が腕を組み、空を仰《あお》ぐ。

秋の日は忙《せわ》しい。冬となれば尚更《なおさら》、足は速くなる。ばたばたと走り去ってしまうのだ。そして、夜が大手《おおで》を振ってやってくる。

新吉の見上げた空は、既《すで》に眩《まばゆ》い光を失い、赤みを帯びていた。その赤みが徐々《じょじょ》に濃《こ》くなっていく。

「吉助《よしすけ》と与造《よぞう》の件で、根掘り葉掘り訊《き》かれやした。あいつらの顔を最後に見たのはいつだとか、二人が殺された日はどこで何をしてたかとか」

「親分さんは、新吉さんのことを疑ってたんじゃないわ。下手人《げしゅにん》じゃないことを自分で確かめたかったのよ」

「ええ……よく、わかってます。親分がおれのこと、どれだけ目を掛けてくれているか。よぉく、わかってますよ。有り難《がた》いとも思ってやす。おれのこと本気で心配してくれるなんて、親方と親分の二人だけですからね」

新吉のしみじみとした口調《くちょう》がなぜか悲しかった。新吉に同情したわけではない。憐憫《れんびん》を感じたわけではないのだ。

ではなぜ、こんなにも胸が締め付けられるのだろう。

二人だけじゃないよ、新吉さん。あたしだって、心配していたの。あたしだって……。

「ともかく心当たりを片《かた》っ端《ぱし》から捜してみやしょう。親分の手下《てか》を務めているやつを何人か知ってやすから、そっちから当たってみます。なあに、それほど時を食いやしませんよ」

「お願いします」

おいちの肩を新吉の手が摑む。

「おいちさん、頭なんか下げちゃいけやせんよ。あっしは、おいちさんに頼まれ事をしてもらって、その……なんていうか、嬉しいんだ」

「新吉さん……」

「それで、親分が見つかったら、菖蒲長屋にすぐに行くように伝えればいいんですね」

「いえ。菖蒲長屋じゃなくて米沢町《よねざわちょう》に」

「米沢町？」

「はい。米沢町の山《やま》賀《が》貝弦《かいげん》ってお医者さまの屋敷です。高名《こうめい》なお医者さまだから、親分も知ってるはず」

「これを渡して」

「そう。医者の屋敷だって、必ず伝えてくださいね。そして、これを渡して」

黄八丈の巾着を新吉に渡す。

「お願いします。とっても大事なことなの。お松ちゃんの命に関《かか》わることなんです」

「お松ちゃんって、友蔵さんのところの……」

わかりやしたと、新吉は巾着を固く握った。

「必ず仙五朗親分に渡しやす。けど、おいちさん」

「はい」

「早まったことをしちゃあ、だめですよ。一人で危《あぶ》ねえ場所に近づいちゃならねえ。わかってますね」

おいちの答えるのを待たず、新吉は身を翻《ひるがえ》し駆《か》け出した。

速い。

肩幅のある逞《たくま》しい背中が、瞬く間に見えなくなる。

まるで、小さな妹を諭《さと》す兄さまみたい。

さっきの新吉の物言《ものい》いを、おいちは温かいと感じた。こちらを思いやる温かさに満ちている、と。

兄と妹か。

新吉は妹として、おいちを愛《いと》しんでいるわけではない。

わかっている。

おいちだって、兄のように新吉を慕《した》っているわけではない。

愉快《ゆかい》で楽しくて、まっとうな人だと思う。ほんとうの意味でりっぱな生き方を貫《つらぬ》いている人だ。

真っ直ぐな気性《きしょう》で、優《やさ》しくて、ちょっと粗忽《そこつ》で短気でかわいらしい。特異な体質なのか傷の治りが尋常《じんじょう》でなく早く、普通の人の半分の日数で塞がってしまう。

「あの新吉って威勢《いせい》のいい若造《わかぞう》、また、怪我《けが》をして運び込まれてこねえかなあ。今度は太腿じゃねえ場所を縫ってみたいんだが。やっぱり身体の場所によって、恢復《かいふく》力もちがってくるのか……。うーん、試《ため》してみてえなあ」

松庵が真顔《まがお》で呟いていた台詞《せりふ》を新吉が耳にしたら、どんな顔をするだろうか。

そう、兄のように慕ってなどいない。兄のようにではなく……。

おいちは、かぶりを振る。

あたしも動かなくちゃ。

おいちは、新吉の消えた角《かど》を新吉とは逆に曲がり、走った。

走りながら考える。

あたし、これから、何をしたらいいんだろう。どうしたらいいんだろう。考え続ける。確かな答えが摑めない。

もしかしたら、とても無謀《むぼう》なことをしようとしているのかもしれない。見当違いの、的外《まとはず》れの過《あやま》ちを仕出《しで》かそうとしているのかもしれない。仙五朗親分まで巻き込んで。

風が首筋を撫《な》でて通る。

身が竦《すく》んだ。

足が止まる。

間もなく両国橋《りょうごくばし》だ。この橋を渡れば、米沢町はもうすぐだ。

見当違いの、的外れの過ち。

だとしたら、どうしよう。

いや、そんなことはない。絶対にない。

おいちちゃん、お願い。

おふねの声だ。迷っちゃいけない。迷う必要もない。迷う必要なんてないんだよ、おいち。

おいちはこぶしを握り、両国橋を渡る。大川《おおかわ》の風を胸に吸い込み、走る。自分の下駄《げた》の音が、耳の奥に響《ひび》いた。

山賀貝弦の屋敷はすぐにわかった。武家屋敷かと見紛《みまご》うほどの大層な構えで、人目を引く。

瓦《かわら》屋根《やね》の腕木門《うできもん》はさほど大きくはないが、屋敷そのものは常緑の木々の間から、残照《ざんしょう》に甍《いらか》を光らせて堂々と建っていた。

菖蒲長屋の一間《ひとま》とは、天と地ほどの差がある。門はぴたりと閉められ、人が出入りしている気配《けはい》はまったくなかった。それこそ、武家屋敷のようだ。広い屋敷というものは、概して人の気配を呑《の》み込み消し去ってしまうのだろうか。

いや、それはおかしい。

おいちは、高く聳《そび》える松の枝を見上げる。

ここは武家屋敷ではない。医者の家だ。患者の出入りはないのだろうか。それとも、もう診療時間は終わったのだろうか。

患者がひっきりなしに訪れ、朝から夜遅くまでわさわさと騒がしい自分の家とはこれもまた、天地ほどの開きのある静寂《せいじゃく》だ。

さわさわと風が吹く。松の枝が揺《ゆ》れる。

「ごめんくださいまし。もし、ごめんくださいませ」

おいちはこぶしで木戸を敲《たた》いた。耳を澄《す》ませる。中からは何の物音《ものおと》も気配も伝わってこない。ただ、風の音だけが強くなる。

「ごめんくださいまし。お願いです。ここを開けてください」

何度、こぶしを打ちつけても門は一寸《ちよつと》も開かなかった。

背戸《せど》に回ろう。

築地塀《ついじべい》に沿って裏手に回る。檜皮葺《ひわだぶき》の裏門が見えた。ここもぴったりと閉め切られている。

「ごめんください。どなたか、いらっしゃいませんか。ごめんくださいませ」

声を張り上げる。

こうなったら、誰か出てくるまで叫《さけ》び続けてやるんだから。

おいちが腹に力を込め、こぶしを握ったとき、門の内側で足音が聞こえた。

かたりと閂《かんぬき》の外《はず》れる音がして、門が僅かに開いた。

「誰だ？」

無愛想《ぶあいそう》なくぐもった声がして、隙間《すきま》から若い男の顔が覗く。頬に丘疹《きゆうしん》が幾《いく》つも散っている。団子鼻《だんごつばな》の上の細い目が、おいちの頭の先から足元までをすっと舐《な》め回した。

「何用だ」

「わたくし、藍野《あいの》松庵が娘、いちと申します。山賀先生にお目通りを願いたく参《まい》りました」

「先生に？」

若者の目がもう一度、おいちの全身を撫でる。

「はい。ぜひにお会いしたいのです」

「約定《やくじょう》はあるのか」

若者の物言いはぞんざいなままだった。

「いえ、ございません」

「紹介状は」

「持っていません」

「それなら、無理だな。約定もなく、紹介状もなく先生に会うことはできん」

「そこを曲げてお願いいたします。人の命がかかっているんです」

「だめだ。だめだ。いきなりやってきて先生に会って、治療してもらおうなんて、面張牛皮《めんちょうぎゅうひ》も甚《はなは》だしい。まったく、何を考えてんだ」

若者が舌打ちする。

おいちは込み上げてくる怒りを何とか堪《こら》えた。

もし、急患だったら、どうするのよ。約定だ、紹介状だなんて呑気《のんき》なこと言ってられないでしょ。

「お願いします。この通り、お願いします」

「いくら、頭を下げても無駄だ。先生はお忙しいのだ。町人風情《ふぜい》がそう簡単にお目にかかれるお人じゃない」

若者は犬を追い払うように手を振った。

「では、田澄《たずみ》さまに、田澄十斗《じっと》さまにお取次ください。菖蒲長屋のいちが訪ねてきたと、お伝えくださいませ」

「田澄だと」

隙間からでも、若者の表情が強張《こわば》ったのがわかる。

「おまえは、田澄の知り合いか」

「そうです。どうかお取次を」

「田澄はもうここには、いない。出ていった」

「えっ」

絶句《ぜっく》していた。そんな馬鹿な。ほんの二刻《ふたとき》（四時間）ばかり前に別れたばかりだ。十斗は米沢町の屋敷に帰ると言っていたではないか。

「今朝《けさ》、長崎へと旅立ったんだ。ここにはいない。とっとと帰れ」

門が閉まろうとする。

「嘘《うそ》つき」

おいちは叫んでいた。
叫びが喉を突き破るようだ。
「嘘つき。あなたは嘘をついてるでしょ」
門が閉まる。
おいちの背中に悪寒《おかん》が走った。
お松ちゃん。
田澄さま。
目眩《めまい》がする。目眩がするほどの不安に襲《おそ》われる。
お松ちゃん。
田澄さま。
おいちは閉《と》じられた門に縋《すが》りついていた。

闇《やみ》に潜《ひそ》む。

「開けて、お願い。開けて！」

おいちは、こぶしを門に打ちつける。

力いっぱい、何度も叩《たた》き続ける。

「開けて、開けて、開けてください」

門は閉《と》ざされたまま、僅《わず》かも動かない。

肘《ひじ》の辺《あた》りまで痺《しび》れてきた。手の先がじんじんと痛む。ふと見ると皮膚が破れ、血が滲《にじ》んでいた。

どうしよう。

どうしたら、いい。

血の滲んだ手を胸の前で重ね、おいちは唇《くちびる》を噛《か》んだ。

この屋敷の中に入らなければならない。どんな手立てを使ってでも、入らなければばならない。

けれど、その手立てが思いつかなかった。

仙五郎《せんごろう》親分を待つしかないのだろうか。親分なら、この門を開けさせることなど雑作《ぞうさ》もないのでは……。

おいちはかぶりを振る。

だめだ。そんな悠長《ゆうちょう》なこと、やってはいられない。新吉《しんきち》は必死に仙五朗を捜《さが》してはくれるだろう。しかし、八方を走り回っている岡《おか》っ引《ぴき》を捜し出すなんて、気紛《きまぐ》れな野良猫《のらねこ》の行方《ゆくえ》を探るようなものだ。

だめ、あたしがなんとかしなくちゃ。親分を待っていては、間に合わない。

おいちはさらに強く、唇を噛んだ。錆《さ》びた鉄の味が口中に広がる。唇にも血が滲んだのだろう。

唇を噛み締《し》めたまま、おいちは目を閉じた。

おふねちゃん、おふねちゃん。

もうこの世にはいない友に語りかける。この世の者でないからこそ、語りかける。それは、おいちにしかできないことだった。

おふねちゃん、おふねちゃん。

あたしの声が聞こえる？

あたしのことを見守ってくれてる？

お願い、おふねちゃん。力を貸して。

あたしを助けて。

強く、強く、願う。

閉じた眼裏《まなうら》に白い花弁《かべん》が散った。

桜だ。

桜の花弁が風に散っている。

桜色の光の粒《つぶ》になり、煌《きら》めき、舞い落ちる。川面《かわも》は花弁で埋《う》まり、桜色の布《ぬの》を川幅いっぱいに、広げたように見える。

あぁ、三人でお花見に行った、あのときの風景だ。周《まわ》りの全《すべ》てが桜の色に染《そ》まって、夢みたいに綺麗《きれい》だった。ほんのりと桜の匂《にお》いもした。あれは、あれは何年前だったろう。あれは……。

「花筏《はないかだ》って、言うんだよね」

おふねが川面を指差す。頬《ほお》がうっすらと上気《じょうき》していた。

「花筏？　へえ、知らなかった。ずいぶん洒落《しゃれ》た言い回しだね。けど、あたしは」

お松《まつ》は、桜の花弁のくっついた団子《だんご》を一口に頬張る。

「やっぱり、花より団子で……うっ、うっ」

「お松ちゃん、どうしたの」

腰を屈《かが》めたおいちの目の前で、お松の顔がみるみる赤らんでいく。

「うっ、苦しい……団子が、喉《のど》に……」

「えーっ、やだ。おふねちゃん、水、水」

「あっ、はい」

おふねが慌《あわ》てて、水の入った竹筒《たけづつ》を差し出す。おいちは、栓《せん》を抜くとお松の口元に持っていった。

「お松ちゃん、これで呑《の》み込んで。それとも、吐《は》いちゃう?」

「う……だめ。吐くなんて……勿体《もったい》ない」

「そんなこと言ってる場合じゃないでしょ」

おいちが背中をどんと叩いたとたん、お松は大きく息を吐《つ》いた。

「あ、今ので喉を通った。おいちちゃん、ありがとう。さすが、松庵《しょうあん》先生の娘だけのことはあるね」

「もう、お松ちゃんたら」

おふねが吹き出す。

袂《たもと》で顔を覆《おお》い、肩を震《ふる》わせる。おいちも笑った。

「お松ちゃんって、ほんとに花より団子なんだから」

「うわっ、おいちちゃんにだけは、言われたくないね。あたし以上に色気《いろけ》より食い気《け》のくせに」

「そっ、そんなことないよ。お松ちゃんと一緒にしないでよ」

「へーえ、そうですかね。けど、おいちちゃん、鯔背《いなせ》な若衆《わかしゅう》より『三関屋《みせきや》』の大福の方が好きだろ」

「うっ、まあ……それは、そうだけど……」

おふねが今度は、声をたてて笑った。

おいちもお松も笑う。

重《かさ》なり合った三人の声は風になり、桜をさらに散らす。

「おかしいね」

おふねが笑い涙の浮いた目尻《めじり》を押さえる。

「いつまでもこうやって、笑っていられたら……よかったのに」

おふねの顔が不意に曇《くも》る。頬から赤みが消え、青く窶《やつ》れていく。屈託《くったく》なく笑い転《ころ》げる少女ではなく、ままならぬ世の苦しみを知った女の顔だった。

「いつまでも笑っていられると……思っていたのに……」

「おふねちゃん」

おいちは立ち竦《すく》む。

いつの間にか、お松の姿は消えていた。

桜の木も、花弁も、花筏も消えていた。

晴れやかな笑い声も、行《ゆ》き交《か》う人々も、空に浮かんだ雲も、仄《ほの》かな桜の匂いも、何もかもが消えていた。

おふねとおいちだけが残っている。

「おいちちゃん、助けて……お松ちゃんを……あたしが……あたしが、巻き込んでしまったから……」

おいちは頷《うなず》く。窶れたおふねの顔を見据《みす》えながら、深く頷く。

「お松ちゃんは、あたしが助ける。だいじょうぶ、安心して」

あたしは、おふねちゃんを救えなかった。みすみす、逝《い》かせてしまった。でも、だから、だからこそ、お松ちゃんの命《いのち》は守る。誰にも奪《うば》わせはしない。

「安心して、おふねちゃん」

おふねの口元に微《かす》かな笑《え》みが浮かんだ。

「……ついてきて」

口元を引き締め、おふねが手招《てまね》きする。そして、背を向けた。よく目を凝《こ》らさないと、透《す》けて見えなくなるような気がする。そんな、儚《はかな》いおふねの後ろ姿だった。

築地塀《ついじべい》に沿って歩く。塀が切れたところは、細い路地《ろじ》になっていた。隣《となり》の屋敷と山賀貝弦《やまがかいげん》の屋敷に挟《はさ》まれた道は、細身《ほそみ》の女一人がやっと通り抜けられるほどの幅《はば》しかなかった。

おふねは迷うことなく、その路地に入っていく。おいちも後に続く。路地に入って、数歩あるくと、おふねが立ち止まった。

振り返る。

頬に桜の花弁が一枚、くっついているように見えた。

「おふねちゃん」

おいちが呼び掛けたのと同時に、おふねは、ふっと掻《か》き消えた。薄闇《うすやみ》に融《と》け込んだかのようだった。

木戸《きど》が見えた。

これも闇に紛《まぎ》れてしまいそうな、小さな裏木戸だ。

おいちは、そっと押してみた。

開かない。

ギギッ、ギギッ。

蝶番《ちょうつがい》が錆びているのか、不快な音がするだけで開かなかった。

おいちは全身の力を込めて、木戸を押す。

ギッギギッギギッ。

少し離れ、身体《からだ》ごとぶつかっていく。

ギギッギッ、ギギッギッ。

蝶番の壊《こわ》れる音がした。おいちは、外《はず》れた木戸と一緒に内側に転がった。地面に思いっきり身体を打ちつける。

「うっ……」

痛みにしばらく声が出なかった。頭から足の先まで、痺れが走る。

痛がってる場合じゃない。こんなところにしゃがみ込んでいる時間はないんだ。おふねちゃんが力を貸してくれたんだよ。おいち、しっかりしろ。

自分で自分を叱咤《しった》する。少し背筋《せすじ》が伸びた。

歯を食いしばり、立ち上がる。食いしばったまま辺りを見回す。

屋敷の裏手らしく、ひょろりと細い庭木が並んでいる。その奥には、苔《こけ》むした大岩が置かれていた。その向こう側は二間《けん》（四メートル弱）ほど離れて、廊下《ろうか》になっている。

庭は広く、幾《いく》つもの石灯籠《いしどうろう》に明かりが灯《とも》されていた。石灯籠の周りには玉砂利《たまじゃり》が敷き詰められ、炎《ほのお》に照らされて翡翠色《ひすいいろ》に光っている。

なんて贅沢《ぜいたく》な庭だろう。

造りから考えて、ここは裏庭だろう。だとしたら、表はもっと豪奢《ごうしゃ》で見事《みごと》なのだろうか。

医者って、こんな暮らしもできるんだ。

頭の片隅《かたすみ》を、そんな思いが過《よぎ》った。

過っただけだ。

おいちは、大岩の後ろに身を潜《ひそ》めると、もう一度、入念《にゅうねん》に視線を巡《めぐ》らせてみた。母屋《おもや》と思《おぼ》しき大きな建物は、既《すで》に雨戸が閉められて、黒々とした大きな塊《かたまり》となっている。廊下は、その母屋から延びていた。掛《か》け行燈《あんどん》の明かりがぽつぽつと闇に浮いている。

「あっ」

小さく声を漏《も》らし、おいちは岩陰《いわかげ》に身を縮《ちぢ》めた。

手燭《てしょく》を持った男が廊下を歩いてきたからだ。おいちの方にやってくる。むろん、それは錯覚《さっかく》で、男はおいちではなく、廊下の先にある一室——そこにも、明かりがついていた——に向かっていたのだ。

あの男だ。

けんもほろろにおいちを追い返し、門を閉めた男だ。男は、先刻《せんこく》よりもっと無愛《ぶあい》想《そう》な顔つきになっている。手燭の明かりに照らし出された顔は、ひどく禍々《まがまが》しく見えた。

男が止まる。

大岩のすぐ横だった。

庭に目をやり、しばらく、そのまま佇《たたず》んでいた。おいちの気配《けはい》を感じ取り、怪《あや》しんでいるみたいだ。犬なら、鼻先をひくつかせているところだろう。

おいちは、胸を押さえ、さらに身を縮ませた。手のひらに、心《しん》の臓《ぞう》の鼓動《こどう》が伝《つた》わる。背中に汗が滲んだ。

男が大きく息を吐《は》き出す。

「どうすりゃ、いいんだ」

そんな呟《つぶや》きが聞こえた気がした。おいちの気のせいかもしれない。しかし、息を吐き出したとたん、悪鬼《あっき》のようだった男の表情が、今にも泣き出しそうな情けないものに変わったのは、確かだ。

「おれは……どうすりゃ、いいんだ」

男はもう一度、ため息を吐《つ》くと、項垂《うなだ》れたまま歩き出した。

明かりのついた部屋の前まで行き、ひざまずく。障子《しょうじ》を開けると、するりと部屋の中に入り込んだ。

おいちは躊躇《ためら》わなかった。

廊下に上がり込み、部屋の前まで足音を忍《しの》ばせて歩く。近くにある掛け行燈の火を吹き消すと、闇がいっそう濃《こ》くなった。こうすれば、遠くからでは、おいちの姿は闇に紛れて見えないだろう。障子に影が映る心配もない。

なんだか、いっぱしの夜盗《やとう》にでもなった気分だ。夜盗にいっぱしもひとかどもないだろうが。

闇に包まれ、聞き耳をたてる。

遠くからふくろうの啼声《なきごえ》が響《ひび》いてくる。

ホー、ホー、ホッホウ。

ホー、ホー、ホッホウ。

その声がぴたりと止《や》んだとたん、人の声が聞こえてきた。

「田澄《たずみ》を訪ねてきた者がいるだと？」

太い男の声だった。聞き覚えがある。おふねの部屋で耳にした声、山賀貝弦の声だ。

「はい。女です」

男が答えた。こちらは貝弦に比べると、やや細く、力がなかった。時折《ときおり》、掠《かす》れてさらに細くなる。

「どんな女だ」

「まだ小娘のようでした。貧しい形《なり》をしていましたから、どこぞの貧乏人の娘でしよう」

失礼しちゃうわ。

おいちは唇を尖《とが》らせた。

貧乏人の娘で悪かったわね。あたしは、ちゃんと名乗ったじゃない。ちゃんと聞いてないなんて、ほんと礼儀知らず。

「その娘、最初は先生にお目通りを願っておりましたが、それが叶《かな》わぬと知ると、十斗《じっと》の名前を出してまいりました」

「……わしにか？　ふふん。とすると、どこぞの病人の家族だろう。わしに診療を請《こ》うてきたのだろうよ。それだけのことだ」

「しかし、先生。その娘は十斗の知り合いなのです。十斗に会わせろとはっきり言いましたから」

「それがどうした。田澄だとて娘の一人や二人、知り合いはおるだろう。おっても少しも不思議ではない。あいつは、頭の良いわりに、妙に甘いところがあったからな。貧乏人に仏心《ほとけごころ》でも出して、診療してやったのかもしれん。その甘さにつけ込んで、図々《ずうずう》しい娘が診療か金かを、ねだりにきたのではないか。よくある話だ」

「しかし、先生」

「江上《えがみ》」

貝弦が男の名前を呼んだ。氷のような冷たさがあった。江上と呼ばれた男が身を震わせたのが見えるようだ。

「何をびくびくしている。みっともない」

「あ……申し訳ありません。しかし……しかし、先生。あの……」

「何だ言いたいことがあるなら、さっさと言え。わしは忙しいのだ」

膝《ひざ》が畳《たたみ》をする音がした。

江上が膝行《しっこう》したのだろうか。

「先生、十斗をどうするおつもりなのですか。それと、それと……あの娘を」

おいちは声をあげそうになった。慌《あわ》てて、口を押さえる。胸の動悸《どうき》が激しくなる。汗がまた滲んできた。

「始末する」

「先生！」

江上の声は裏返り、引《ひ》き攣《つ》った。

「そっそんな。じっ、十斗まで……。そんなことは、おやめください。それは、だめです」

「いたしかたないだろう。田澄は何もかも知ってしまったんだ。おまえのように、知った上でわしの片腕としてはたらいてくれるならまだしも、やったことを全て奉《ぶ》行所《ぎょうしょ》に申し出ろなどとほざいた。師であるわしを咎《とが》めたのだ。そんなやつが許されるわけはない。生かしておけば、禍《わざわい》の因《もと》になるだけだ」

「そんな……そんな、十斗を殺すなんてそんな……」

「江上」

貝弦がまた、男の名を呼んだ。今度は、妙に優《やさ》しげな語調だった。

おいちの背中に悪寒《おかん》が走る。

「ちょうど、よかったではないか」

「は？」

「おまえにとっては、願ってもない機会かもしれんぞ」

「どういうことです」

「ははは、惚《とぼ》けるな。おまえにとって、田澄は目の上の瘤《こぶ》、鬱陶《うっとう》しくて堪《たま》らない男だっただろう。同い歳《どし》でありながら、田澄はいつもおまえより一歩、先んじていた。いつも、いつもな。長崎遊学《ながさきゆうがく》も決まり、あいつの前途はさらに洋々たるものになろうとしている。長崎から帰れば、さらに、おまえとの差は開いているだろう。おまえが、田澄をどういう目で見ていたか、わしが気づかなかったと思っているのか」

「先生……」

「死ねばいいと願わなかったか、江上」

一瞬、全ての音が途切《とぎ》れる。

「田澄が死ねばいいと望んだことが何度もあったろう。殺してやりたいと思っただろう」

「そんなことは……」

「田澄が死ねば、長崎遊学の機会はおまえに回ってくる」

「え?」

「おまえはいつも二番手に甘んじていた。田澄がいるばかりにな。悔《くや》しかっただろう。腸《はらわた》が捩《よじ》れるような思いではなかったのか。しかし、その田澄がいなくなってみろ。おまえは、わしの門下で最も優秀な者として、長崎遊学の機会を手に入れられるのだぞ。おまえの頭を押さえる者、おまえの前に立つ者は、もう誰もいなくなるのだからな」

「……先生」

「田澄さえ消えてしまえばな」

深い吐息《といき》の音がする。

どちらの男のものなのだろう。

「江上、腹《はら》を据《す》えろ。おまえは、もう、手を汚《よご》したのだ。後戻りはできん。前に進むしかないんだ」

また無言のままの時間が流れる。

「わかりました」

江上が答える。語尾が震えていた。

「よく、わかりました。先生」

「そうか。それでいい。毒を食らわば皿までと言うからな。では、今夜、みなが寝静まってから、二人を始末する」

「……どうやってですか」

「なに、簡単なことさ。前と同じだ」

「と言いますと、薬で眠らせて……」

「匕首《あいくち》で心の臓を一突きだ。この前は、おまえはずいぶんと手際《てぎわ》よくやったではないか。感心したぞ」

「やめてください」

江上が悲鳴をあげる。

「もう、あんなことは二度とごめんだ。あんなこと……」

「これで最後だ。あの二人を始末しさえすれば、わしを脅《おびや》かすものは何もなくなる。江上、もう、ひとはたらきしてくれ。そうすれば、長崎から帰ってきたあかつきには、わしの娘婿《むすめむこ》としてこの診療所の全てをおまえに譲《ゆず》る。山賀貝弦の名ともともにな」

「えっ、先生、それは真《まこと》ですか」

「真だ。おまえは、わしのためによくはたらいてくれた。それに報《むく》いるだけのことはするつもりだ。おまえは、ゆくゆくは山賀貝弦を継ぐ男だ」

「先生……ありがとうございます」

「うん。だから、頼むぞ。あの二人を心中《しんじゅう》に見せかけて、殺《や》るのだ。お互いに胸を突いて、喉でもいいが、心中したと、な」

「……はい。では、その前に薬を飲まさねばなりませんね」

「そうだな。そこが難しいかもしれん。前のごろつきのように、酒に混ぜた薬を、田澄があっさり飲むとは思えんからな」

「力ずくでやるしかありませんか」

「そうだな。おまえが押さえつけ、わしが無理やり口に流し込むか。女の方は簡単だろうが。田澄はちょっと手がかかるな」

おいちは固唾《かたず》を呑《の》んだ。

男とは、こんなにも恐ろしい話を平然とできるものなのか。

恐ろしい。

まさに、鬼《おに》。いや、鬼でももう少し、哀《あわ》れを知る心があるだろう。

鬼よりも恐《おそ》ろしいのが人なのか。

おいちは、そっと、後ずさりした。

二人、十斗とお松は、この屋敷のどこかに囚《とら》われている。まだ、生きているのだ。生きている。

早く、早く。一刻《いっこく》を争う。

早く、急がなくちゃ。

あっ、でも、二人はどこにいるの。それを聞き出さなくちゃ。いや、そんなことをしていたら間に合わないかも。

焦《あせ》る思いに、慎重《しんちょう》な心配《こころくば》りを忘れていた。向きを変えようとしたおいちの腕が障子戸に当たったのだ。

ガタッ。

耳の奥まで突き刺さる物音がした。

「誰だ」

貝弦と江上が同時に、叫《さけ》んだ。

立ち向かう。

障子《しょうじ》が開く。明かりが廊下《ろうか》に零《こぼ》れた。

「誰だ、誰かいるのか」

江上《えがみ》の怯《おび》え声が辺《あた》りに響《ひび》く。

「江上、大声を出すな。人が集まってくると仕事がやり難《にく》くなる」

「しかし、先生。誰かがいたような……」

ミヤウ。

縁の下から三毛猫《みけねこ》が一匹、現れた。

貝弦《かいげん》が声をたてて笑った。

「なんだ、この辺りをうろついている野良猫《のらねこ》ではないか。台所方《だいどころかた》の女中が戯《たわむ》れに餌《えさ》をやるものだから、図々《ずうずう》しく居付《いつ》いたやつだろう」

「はあ……猫ですか」

「ふふ、なかなかかわいい顔をしているではないか。ここではなく、台所に回れ。魚の尻尾《しっぽ》ぐらいにはありつけるぞ。おまえは良《い》い子だから、たっぷり餌をもらうがいいさ」

ミャア。

三毛猫が愛らしい声を出す。甘える術《すべ》をちゃんと心得《こころえ》ているのだ。

「しかし、猫にしては音が大きかったような気が……」

「江上、まだ事を為《な》す前からそんなにびくびくしていて、どうする。気持ちを強く持たねば、事は前には進まんものだ」

「あ、はい」

「みなが寝静まったら、早速《さっそく》あの二人を始末する。それまで、物置小屋《ものおきごや》には誰も近づきはしまいな」

「だいじょうぶです。あそこはがらくたを放り込んであるだけで、人などめったに近寄りません。鍵《かぎ》をかけてもおりますし」

「そうか、抜かりはないな」

「はい」

障子が閉まる。

三毛猫がふわぁと欠伸《あくび》をした。

おいちは、縁の下から用心しながら這《は》い出す。障子の閉まっているのを確かめ、大きく息を吐《は》いた。それから、三毛猫の頭をそっと撫《な》でる。小声《こごえ》で礼を言う。

「ありがとう。おまえのおかげで助かった」

ミャウゥ。

三毛猫は耳を二度三度動かすと、歩き出す。「ついておいで」と誘《いざな》っているように思えた。足音を立てないよう忍《しの》び足で、三毛猫の後を追う。一度振り返ってみたけれど、貝弦の部屋の障子戸《と》は固く閉ざされたままだった。

それにしてもと、おいちは考える。

おまえは良い子だから、たっぷり餌をもらうがいいさ。

三毛猫に話しかけた貝弦の声は柔《やわ》らかかった。たぶん、猫という生き物が好きなのだろう。人を殺《あや》める相談をしたその口で、猫を愛《め》でることができる。なんと摩訶《まか》不思議《ふしぎ》な男だろうか。いや、貝弦だけでなく、人はみな摩訶不思議なものなのかもしれない。

空を見上げる。星が瞬《またた》き始めていた。人とは、頭上のこの夜空より広く、とりとめなく、摑《つか》み難《がた》いものだと感じる。

母屋《おもや》の裏手に出た。

こちらは、病室や診察室になっているらしく窓から仄《ほの》かな明かりが漏《も》れていた。

三毛猫の姿はいつの間にか消えて、声も聞こえない。

水先案内がいなくなった。

さて、どうしよう。

植え込みの陰でおいちが思案していたとき、かたりと音がして裏口から白い上《うわ》っ張《ぱ》りを着た娘が出てきた。手に桶《おけ》を提《さ》げている。桶の水を梅の木の根元に捨て、娘は二言三言、呟《つぶや》いた。

「あー、疲れた」とも「やれやれ」とも聞こえた。腰をとんとんと叩《たた》いて、母屋の中に入っていく。

戸口を開け放したままなので、中を覗《のぞ》くことができた。娘は上っ張りを脱《ぬ》ぐと壁《かべ》にかけ、髪に手をやった。手櫛《てぐし》で素早く整える。それから、また裏庭に出てきた。今度は戸を閉め、急ぎ足で去っていく。

おいちの目に白い上っ張りが焼きついた。

娘はおそらく、看護の手伝いに雇《やと》われた者だろう。背格好《せかっこう》はおいちとそう変わらないように見えた。

これだわ。

閃《ひらめ》く。やるべきことが定まると、おいちの動きは素早かった。娘の出てきた戸口にそっと手をかける。鍵は掛かっていなかった。ゆっくりと引く。やはり、そっとそっと内側を覗き込む。

そこは、板敷《いたじ》きの間で壁に幾枚かの上っ張りが掛かっていた。板敷きの向こうは畳《たたみ》になっていて、行燈《あんどん》が灯《とも》っている。箱膳《はこぜん》と陶器の火鉢《ひばち》が隅《すみ》に置いてあった。戸口の近くには、桶が幾《いく》つも重《かさ》ねられている。柄杓《ひしやく》も数本、立て掛けてあった。

どうやら、手伝いの女たちの控《ひか》えの間らしい。微《かす》かに、薬草の匂《にお》いが漂《ただよ》っている。おいちには馴染《なじ》みの匂いだ。

躊躇《ためら》いはなかった。

戸口から中に滑《すべ》り込む。

上っ張りを手早く身につけると桶と柄杓を摑み、おいちは外に出た。きっちりと戸を閉める。心《しん》の臓《ぞう》が鼓動《こどう》を打っていた。

背筋《せすじ》を伸ばし、気息《きそく》を整え、歩く。急く心《せ》を抑《おさ》え、逸《はや》る思いと闘《たたか》い、おいちはごく普通の足取りで歩く。

物置小屋を探《さが》さねばならない。見つけ出さなければならない。

江上より先に、十斗《じっと》とお松《まつ》を見つけなければ、救い出さなければならないのだ。

物置小屋というからには、庭の奥まった辺りにあるのではないか。だいたいの見当をつけて、探し回るしか手立てはない。けれど、そんなことをしていて間に合うだろうか。

なんで、こんなに広いのよ。裏庭だけで、菖蒲長屋《しょうぶながや》全部より広いじゃないの。ああ、もう苛《いら》つく。

だめよ、おいち。落ち着かなくちゃだめ。慌《あわ》てたって、なんにもならないんだから。

けど、こうしている間にも田澄《たずみ》さまやお松ちゃんの命《いのち》が……。

おいちの中のおいちたちがぶつかり、声高《こわだか》に叫《さけ》んだり、落ち着けと諭《さと》したりする。胸はざわざわと鳴りっぱなしだ。

足が止まった。

向こうから上っ張りの女が二人、歩いてくる。二人とも年配で、身ぶりを交《まじ》え、楽しげにおしゃべりをしていた。

「そうなのよ。『佐渡屋《さどや》』さんの手代《てだい》ときたらさ、ほんと、おもしろいのよね。それに、けっこう色男でしょ」

「あら、嫌《いや》だ。おみわさんたら、あの手代に気があるの」

「そんなこと、あるもんですか。ただ『佐渡屋』の清明丸《せいめいがん》みたいにさ、見た目はすっきりしてるってこと」

「あははは。上手《うま》いこと、言うわね」

『佐渡屋』は、江戸でも屈指《くっし》の薬種問屋《やくしゅどんや》の一つだ。おいちも名前は知っているが、知っているだけで近寄ったこともない。『佐渡屋』の扱う薬はどれも驚《おどろ》くほど高直《こうじき》で、長屋住まいの町医者に手が出る代物《しろもの》ではなかった。

おいちは女二人に、頭を下げる。女たちはちらりともおいちを見ようとはしなかった。

「あの、すみません」

すれ違い、少し離れたところから声を掛ける。

女たちが同時に振り向いた。

「物置小屋はどちらにございますでしょうか」

「物置小屋？」

女の一人、おみわと呼ばれた女が首を傾《かし》げる。

「あんた、物置小屋に何の用事があるんだい」

「はい。壊《こわ》れた桶を仕舞《しま》ってくるように言いつかったものですから」

おみわの視線がおいちの手元に注《そそ》がれる。

「でも、あたし、新しく雇われたばかりで勝手がわからなくて迷ってしまって、物置小屋ってこちらでよかったんでしょうか」

「物置小屋なら、ここを真《ま》っ直《す》ぐにいった突当《つきあた》りを塀《へい》にそって左にいけば、庭の隅っこにあるけど」

「あっ、そうなんですか。ありがとうございます」

「けど、新しく手伝いが入るなんて、聞いてないよ」

石灯籠《いしどうろう》の明かりでも、おみわが訝《いぶか》しげに目を細めたのが見て取れた。もう一人の女も、おいちをまじまじと見詰《みつ》めている。

「あ、そうですか。あたし、薬草に詳《くわ》しいのでこちらの手伝いにいくように『佐渡屋』から言われたのですけど」

「『佐渡屋』さんから？」

「はい。清明丸の効能をより高めるために、紫蘇《しそ》や石菖《せきしょう》、栴檀《せんだん》を薬研《やげん》で砕粉《さいふん》するお仕事を主《おも》に言いつかって参りました」

「え？　あ、まあそうなの……」

「はい。これから、よろしくお願いいたします」

もう一度、深く頭を下げる。

踵《きびす》を返し、女たちに背を向ける。

全身から汗《あせ》が噴《ふ》き出していた。

怪《あや》しまれただろうか。

しゃべり過ぎただろうか。

物置小屋の場所なんて尋《たず》ねない方がよかっただろうか。

頭の中にさまざまな思案が渦巻《うずま》く。

いいえ、あれこれ考えてるときじゃない。今は動かなくちゃ。

唇《くちびる》を強く嚙《か》む。

ともかく、物置小屋の場所がわかった。

立ち止まり振り返ってみる。

女たちの姿はもうなかった。誰もいない。

おいちは桶と柄杓を放り投げ、走り出した。全力で走る。道はすぐに塀にぶつかり、行き止まりとなる。

左だ。

おいちは石灯籠に手を入れて蠟燭《ろうそく》を取り出した。

庭を照らすのに蠟燭を使うなんて、贅沢《ぜいたく》というよりただの無駄使《むだづか》いだと普段なら腹を立てるところだが、今は心底《しんそこ》、有り難い。上っ張りを脱いで手に巻き付け、蠟燭をかかげる。

足元がずいぶんと明るくなった。

冷えが足を這い上ってくる。

物置小屋の中も冷え込んでいるはずだ。水も食べ物も与えられないままだとしたら、二人とも相当、衰弱《すいじゃく》しているのではないか。衰《おとろ》えた身体《からだ》には、寒さがさぞやこたえるだろう。

お松ちゃん、田澄さま。待ってて、今、助けてあげるからね。

胸裡《むねうち》で叫ぶ。

植栽《しょくさい》の間に、小屋が見えた。黒い塊《かたまり》になって周《まわ》りの闇《やみ》に半《なか》ば融《と》け込んでいる。

あれだ。

近づくとそれは、茅葺《かやぶき》の小さな建物だった。小さいといっても、菖蒲長屋の一間《ひとま》分より、よほど広い。

戸には錠前《じょうまえ》がぶら下がっていた。

「お松ちゃん、田澄さま。おいちです。二人とも無事で中にいるの？」

そっとこぶしで戸を叩《たた》く。

耳を澄ますと……微かな呻《うめ》き声が聞こえた気がした。

「待ってて。今、開けるからね」

おいちは簪《かんざし》を抜き取ると、錠前の穴に差し込んだ。

数年も前になる。一人の小柄《こがら》な老人が疝痛《せんつう》で運び込まれた。薬を処方《しょほう》したけれど、ほとんど文無《もんな》しで薬礼《やくれい》が払《はら》えないと言う。そんな患者はちっとも珍《めずら》しくなかったから、松庵《しょうあん》はいつも通り、あるとき払いでかまわないと答えた。

老人はいたく感じ入り、薬礼の代わりにもならないがと、おいちに錠前の開け方を伝授《でんじゅ》してくれたのだ。その老人が『飛び竜の政《りゅうまさ》』と異名《いみょう》をとる錠前破りだったと聞いたのは、半年も後のことだった。

「飛び竜の直弟子《じきでし》ってことになると、おいちさんもなかなかの盗人《ぬすっと》になれまさぁ。あっしも油断できねえや」

仙五朗《せんごろう》がにやりと笑いながら、そう言ったのを覚えている。錠前破りの技《わざ》なんて伝えられても何に使えばいいのやらと苦笑《にがわら》いしたのも覚えている。

役立った。

捕《と》らえられ、遠島《えんとう》に処せられた老人に、おそらくもうこの世の人ではないだろう老人に、語りかける。

おじいさん、ありがとう。役に立ちました。

カチッ。

音を立て、錠前が外《はず》れた。

建て付けの悪い戸を力を込めて横に引く。

おいちの前に漆黒《しっこく》の闇が広がった。

その闇に挑《いど》むように蠟燭をかかげ、一歩、踏み込む。

「ううっ……」

呻き声がした。

「田澄さま」

　菰《こも》に包まれた荷物の横に十斗が転《ころ》がっていた。後ろ手に縛《しば》られている。蠟燭を床《ゆか》に立て、おいちは十斗を抱き起こした。

「田澄さま、ご無事ですか」

　十斗は口を手拭《てぬぐ》いで塞《ふさ》がれていた。猿轡《さるぐつわ》をとると、十斗は大きく目を開き、おいちを見詰めた。

「母上、まさか……」

「え？　田澄さま、何と？」

「……あ、いや、おいちさん。おいちさんですね」

「そうです。お助けに参りました。だいじょうぶですか。今、縄《なわ》を解《ほど》いてさしあげます」

　結《むす》び目は固く、爪《つめ》が剝《は》がれそうだった。それでもなんとか、十斗の縛《いまし》めを解《と》いた。

「おいちさん、かたじけない。奥にもう一人、娘さんが……」

「はい。お松ちゃんです。お松ちゃん、お松ちゃん、どこ」

「奥だ。荷物の陰に」

　十斗が闇の中に飛び込み、お松を抱《かか》えてくる。お松も猿轡をかまされていた。目を閉じ、ぐったりと頭を垂《た》れている。

「お松ちゃん！」

十斗はお松の猿轡をとり、縄を解いた。お松は目を閉じたままだ。「えいっ」。十斗がお松の背に活《かつ》を入れる。

「あっ、う……」

お松の目が半分開き、口から息が漏れた。

「お松ちゃん、しっかりして。おいちちゃん。あたしがわかる？」

「あ……おいちちゃん……来てくれたんだ」

「そうだよ。助けに来たからね。安心して」

お松の目から涙が零れる。

鬢《びん》の毛は乱れ、頰《ほお》はこけ、目の下にはくっきりと隈《くま》が浮き出ている。蠟燭の光に照らされた顔は老婆のようだった。

「あたし、もう……だめだと思った。殺されるんだって……あたし、悪いことしちゃったから、やっちゃいけないことしちゃったから……殺されてしまうんだって……」

「貝弦を脅《おど》そうとしたんだね」

お松が目を瞬かせる。涙が丸い粒《つぶ》になって、滴《したた》った。

「あたしも読んだの。巾着《きんちゃく》の中の手紙。あれは、貝弦からおふねちゃんに宛《あ》てたものだったね」

「……そうか、おいちちゃんも読んだのか。あたし、おふねちゃんの死んだことが悔《くや》しくて、悔しくて、おふねちゃんを孕《はら》ませた男をどうしても見つけたくて……『小峯屋《こみねや》』に行って、お元《もと》さんにあれこれ尋ねたりしたんだ。そしたら、お元さんがもうやめろって。おふねちゃんの相手を詮索《せんさく》することは、死者を鞭打《むちう》つようなものだって泣いて……」

まだ娘であるおふねが腹に子を宿《やど》し、そのために命を落とした。確かに醜聞《しゅうぶん》であるかもしれない。おふねだけに止《とど》まらず、『小峯屋』の評判にも関《かか》わってくる。あたしだって悔しい。悲しい。やりきれない。だけど、これ以上、深入りしないでおくれ。深入りすればするほど、おじょうさまが、『小峯屋』が傷つくことになる。気丈《きじょう》なお元が泣きながら訴《うった》えたのだ。

このまま、そっとしておいてと。

「あたし……黙《だま》って引っ込むしかなかった。言われてみたら、ほんとにそうだものね。悔しいけどしょうがないって……。そしたら、お元さんが、紅色《べにいろ》の巾着を渡してくれて。おじょうさまが大切に大切にしていたものだから、お形見《かたみ》にって……。おふねちゃん、おいちちゃんの作ってくれた巾着、とっても気に入ってたものね……」

おいちは頷《うなず》く。

甘い感傷《かんしょう》は少しも湧《わ》いてこなかった。

お松は形見として巾着を持ち帰り、その底に隠してあった文《ふみ》を見つけたのだ。

山賀《やまが》貝弦がおふねに宛てた文を。

貝弦はおふねを見初《みそ》めた。掛り付け医として『小峯屋』に出入りするうちに、少女から大人の女へと変わる娘に心を惹《ひ》かれていったのだ。そっと付け文をし、おふねはそれに応《こた》えた。道ならぬ恋に落ち、子を宿し、その子を産《う》むことなく命を消した。

「あたし、最初は知らないふりをするつもりだったんだ……、おふねちゃんを傷つけないためにも……でも、でも、あたしお金が欲しくて……おとっつぁんの借金を返さないと、あたし売られてしまうんだ。だから、だから、あたし……貝弦からお金を……」

お松はおいちの胸に顔を埋《う》め、嗚咽《おえつ》を漏らした。

「文は全部で四通あった。あたし、その内の二通だけ持って貝弦に会いにいったんだ。おとっつぁんの借金が返せるだけのお金を貰《もら》ったら全部、渡すつもりだった。何もかも忘れるつもりだった」

二通を動かぬ証拠として、残りの二通を駆《か》け引きの道具に使おうと、お松は考えた。しかし、何を言う間もなく、縛《しば》り上げられ、物置小屋に監禁された。

お松は違《たが》えたのだ。

山賀貝弦という男の正体《しょうたい》を読み違えてしまった。

世間知らずのくせに世間体《せけんてい》ばかり気にする無能な医師ではなく、己《おのれ》の保身のためなら底なしに冷酷《れいこく》にも非情にもなれる男であったのだ。貝弦は脅迫者《きょうはくしゃ》を黙って帰すほど甘くはなかった。

吉助《よしすけ》、与造《よぞう》。あの二人のならず者もまた、貝弦を強請《ゆす》っていたにちがいない。強請りの種《たね》がおふねなのか他の何かなのかまでは計《はか》れないが、江戸から逃げるために入り用な金を貝弦から巻き上げようとしたのだ。

そして、殺された。

毒を飲まされ殺された。殺されて、さらに、深々と匕首《あいくち》を胸に突き立てられた。

貝弦は人を殺めることなどなんとも感じていないのかもしれない。

「おいちちゃん、あいつ……おふねちゃんのことを知らぬふりをして、のうのうと生きてるんだ。文のことだって、何を書いたか、何通出したかも忘れてんだ。あたしを金で買ってやろうかなんて……そんなことまで口にしやがった……」

「まぁ」

絶句《ぜっく》する。

背後で十斗がため息を吐《つ》いた。

「先生は猟色《りょうしょく》の気《け》があるのだ。先生のために泣いた女は数知れないだろう。金も地位もあるから、始末《しまつ》が悪い」

「田澄さまは、お松ちゃんを助けようとしてくださったんですね」

「いや、そう言われると面目《めんぼく》ない。江上という同僚の様子が変だったし、早朝に目にした娘の後ろ姿がひっかかっていたので、問い質《ただ》したら、あっさり白状《はくじょう》した。すぐに先生を詰問《きつもん》したのだが、逆に江上に後ろから頭を殴《なぐ》られて……気がつけば、ここに転がっていたんだ。先生はお松さん共々《ともども》、おれも始末する気でいるのだろう」

「その通りです。ここにいれば、みんな殺されます。逃げましょう」

おいちは立ち上がり、お松の手を引いた。

「歩ける。お松ちゃん」

「うん、だいじょうぶ……」

お松は立ち上がろうとしたけれど、そのまままた、くずおれてしまった。

「おれが背負おう。裏口から逃げるんだ」

十斗がしゃがみ込んだのと同時に、音をたてて物置の戸が閉まった。お松が小さく悲鳴をあげる。

おいちは力いっぱい戸を引いたけれど、びくともしなかった。

「開けて。ここを開けなさい」

こぶしを叩《たた》きつける。

「見知らぬ娘がうろうろしていると聞いて駆《か》けつけてみれば、案《あん》の定《じょう》だ。こうなれば仕方ない。三人まとめて、ここで始末するしかないな」

貝弦の声だ。

背筋に悪寒《おかん》が走る。

「江上、何をしている。やれ」

「しっしかし、先生。これは……」

「申し開きは何とでも立つ。田澄《たずみ》が無理心中《しんじゅう》を図《はか》り、女二人を殺して火をつけたことにすれば、いいのだ」

火！

火ですって！

「江上、やれ。もう後戻りはできんぞ」

「やめて、やめなさい。山賀さん、あんた、おふねちゃんの気持ち、考えたことあるの？　おふねちゃんはね、あんたに人殺しをさせたくない、そんな怖《こわ》い人になってほしくないって、死んでからだって心配して……聞いてるの？」

しばらくの静寂《せいじゃく》。

その静かさに心の臓が凍《こお》る。

何が、外で何が起ころうとしているの。

「煙が」

お松が悲鳴をあげた。

板壁の隙間《すきま》から煙が入り込んでくる。火の爆《は》ぜる音がはっきりと聞こえてきた。

「やめろ。江上、ここを開けるんだ。おまえ、自分が何をやっているのか、わかっているのか」

十斗が声を張り上げる。

「田澄、すまん。許してくれ。すまん」

煙は白い靄《もや》のように広がり、おいちたちを包み込む。

喉《のど》が痛い。

息が苦しい。

お松が激しく咳《せ》き込んだ。

天井《てんじょう》の一部がふいに明るくなった。茅《かや》に火が燃え移ったのだ。ぱらぱらと火の粉《こ》が降ってくる。煙は白いうねりとなって、物置小屋に満ちようとしていた。

苦しい。

息ができない。

助けて、父さん、親分さん。助けて……新吉《しんきち》さん。

「くそっ、二人とも伏《ふ》せて。なるべく低く、煙を吸わないように袂《たもと》で口を押さえるんだ」

十斗の顔が歪《ゆが》む。

菰に火の粉が落ち、くすぶり始める。

焼け死ぬ前に、煙で窒息《ちっそく》してしまう。

「ごめんね。ごめんね、おいちちゃん。あたしが邪《よこしま》なこと考えたばっかりに……、こんなことに巻き込んじゃって……ごめんね」

「おふねちゃん、諦《あきら》めたらだめだよ。だいじょうぶ、きっと助けが来るから」

「おふねちゃんにもそう言われた。気を失っていたとき、おふねちゃんがあたしに、がんばれって……おいちちゃんが来てくれるまで諦めたらだめだって……」

「そう……おふねちゃんが……」

十斗が立ち上がり、こぶしを握《にぎ》った。

「二人とも伏せていろ。おれが戸に体当たりする」

「だめっ。そんなことしたら、田澄さまの息が続きません」

煙を吸って一度倒れたら、起き上がれなくなる。そのまま気を失い、落命《らくめい》する。

「燻《いぶ》し焼きになるのを指をくわえて待っているわけには、いかん」

「無茶《むちゃ》をしないで」

十斗が振り向き、おいちの目を覗き込んだ。

「おいちさん、こんなときだが……」

「え？」

「おいちさんは、おれの母によく似ている」

「お母さまに……似ている」

「そうだ。さっき、闇の中で一瞬、母が現れたのかと思った。日の光の下では気がつかなかったが、蠟燭の光に照らされると、目元などそっくりだ」

「田澄さま……」

「おいちさん。もしかしたら、あなたは」

十斗と視線が絡《から》み合う。

まさか、そんな。でも……。

「もし、もしそうなら……なおさら、おいちさんを死なせるわけにはいかない。絶対に生き延びさせてみせる」

十斗は立ち上がると、戸に向かって全身でぶつかっていった。戸は激しい音をたてただけで、十斗を弾《はじ》き返した。

「くそっ」

床に転がり、十斗が喘《あえ》ぐ。

「もう一度、もう一度……」

「田澄さま、だめ。だめです」

煙が立ち込める。

火の粉が着物の袖《そで》を焼く。

息ができない。

気が遠くなる。

苦しい。苦しい。

ああ、息がしたい。

「ちくしょう。てめえら、どきやがれ」

怒声《どせい》が響いた。

続いて獣《けもの》の咆哮《ほうこう》のような叫びが耳を貫《つらぬ》く。

あっ、この声は。

戸が二つに砕《くだ》け散る。

風が起こり、炎《ほのお》が燃え上がった。

「おいちさん」

太い腕がおいちとお松を抱き上げる。

「新吉さん」

おいちは新吉の胸に縋《すが》りついた。

目の前に火の色が広がる。天井が崩《くず》れようとしている。

怖くはなかった。

新吉がいる。少しも怖くない。

おいちは目を閉じ、そのまま闇に引きずり込まれていった。


「へえ、実はあっしも別の筋から貝弦と与造たちとの繋《つな》がりを調べていたんでさ」

仙五朗は茶をすすり、一息、吐き出した。

菖蒲長屋の一間にはおうたと松庵、それにおいちが座っている。

炎に包まれた物置から新吉に助け出されて、三日が経《た》っていた。新吉がおいちとお松を、仙五朗が十斗を抱え出した直後、小屋は炎の中に崩れ落ちたと、たった今、仙五朗から聞いたばかりだった。

「あいつら、別の女とのいざこざで貝弦を強請ってたんでさ。何でも百両、二百両って金を脅し取ろうとしてたようでやす。貝弦の方は、端《はな》から二人を殺す気で、屋敷内に留《とど》めていたんでやすね。人を殺すのなど、医者からすれば何ほどのこともないとうそぶきやしたよ。まったく、ひでえ男だ」

「『小峯屋』の娘は、なんでそんな男に惚《ほ》れちまったのかねえ」

おうたがこれも茶をすすり、ため息を吐いた。

「どうしてでしょうかねえ。おぼこ娘からすれば貝弦は、頼り甲斐《がい》のある良《い》い男に見えたんでしょうか。男女の仲ばっかりは、どうしようもありやせんね」

おいちは、膝《ひざ》の上の手に視線をおとした。松庵の手当てで、火傷《やけど》の疼《うず》きはだいぶ楽になった。

十斗もお松も、そして新吉も、身体のあちこちに火傷や傷を負った。新吉など戸に体当たりした勢いで、肩を脱臼《だっきゅう》し、当分、細工物《さいくもの》が作れないそうだ。煙を吸い込んだ十斗は丸一日、気を失っていたし、お松は高熱を出して寝込んでしまった。

それでも、みんな生きている。

「しかし、新吉には、どれほど礼を言っても言い足りないな。命懸《いのちが》けでおいちを救ってくれたんだ」

松庵が遠くを眺《なが》めるように、目を細めた。

「そうでやすね。実はあの日、あっしも貝弦の屋敷の近くにいたんですよ。与造たちが貝弦の裏口から出入りしてたって噂《うわさ》を聞きつけたもんで、どう探ろうか、思案してたんでやす。そこに、新吉がおいちさんの言伝《ことづて》を持ってきたんで、こりゃあ悠長《ゆうちょう》なことやっていられねえってわけで、闇雲《やみくも》に屋敷に踏み込みやした。そしたら、火の手が見えて……。あのときの新吉の形相《ぎょうそう》ときたら、みなさんにご覧にいれたかったですよ。悪鬼《あっき》、魑魅魍魎《ちみもうりょう》も、裾《すそ》からげで逃げ出すほど、ものすげえもんでやした。おいちさんがあの火の中にいるって、とっさにわかったそうでやす」

仙五朗の黒眸《くろめ》がちらりと動き、俯《うつむ》いたままのおいちに視線が向けられた。

「どうしなすった、おいちさん。さっきから黙りっぱなしで。まだ、傷が痛むんで」

「いえ……」

おいちは顔を上げ、おうたと松庵を交互に見やる。

「父さん、伯母《おば》さん……田澄さまは、間もなく長崎に旅立たれるの」

「ああ、そうらしいね。ごたごたがあっても、長崎遊学の話は取り消しにならなかった。田澄さんの優秀さをかっている人がいたわけだ。よかったじゃないか」

おうたが笑《え》みを浮かべた。どこかぎこちない笑顔だ。

「あたし……田澄さまに従《つ》いていってもいい？」

おうたの笑みが強張《こわば》る。松庵が、大きく息を吸い込んだ。

「田澄さまから言われたの。一緒に長崎に行ってくれって。そこで所帯《しょたい》をもとうって。あたし、お受けしようと思う」

「だめだ」

松庵は腰を浮かし、強くかぶりを振った。

「そんなことは許さんぞ、おいち」

「どうして。どうして、だめなの」

「どうしてもだ。許さん。それだけは許さん」

「あたしと田澄さまが、兄妹《きょうだい》だからなの?」

松庵は腰を浮かしたまま、動かなくなった。おうたも胸に手を置いた格好《かっこう》で凍りついた。

「父さん」

おいちは松庵の前ににじり寄り、膝に手をかけた。

「ねえ、父さん。そうなんでしょ。あたし、田澄さまの妹になるのよね。『甲州《こうしゅう》屋《や》』の内儀《おかみ》さんは死産じゃなく、あたしを……あたしを産んで亡《な》くなったんでしょ。父さんは、生まれたばかりの赤ん坊を引き取って、育てた。それが、あたしよね。罪滅ぼしに、引き取り手のない女の子を自分の娘として育てたの。そうでしょ」

「おいち、おまえ、あたしたちを騙《だま》したね。田澄さんと所帯をもつなんて」

おいちはおうたに一切《いっさい》かまわず、父を凝視《ぎょうし》していた。

「そうなんでしょ、父さん」

「ちがう」

松庵は腰を落とし、何度も頭を横に振る。

「ちがう。おいち……おまえは、おれとお里《さと》の子だ」

「父さん。教えてよ。ほんとうのこと、教えて」

「おれの子だ。おれの娘だ。たとえ、たとえ……血は繋がってなくとも……」

「松庵さん」

おうたが悲鳴にちかい声をあげる。

「血は繋がって……いなくても……父さん、やっぱり」

松庵が不意においちの手を握った。

「罪滅ぼしなんかじゃない。そんなことで、おまえを引き取ったんじゃない。おれたちは……ちょうど一月《ひと》前に、生まれて間もなくの赤子《あかご》を亡くしていた。この世に生まれ出て三日も生きられなかった赤子だ。女の子だった。お里は、その子をいちと名付けて葬《ほうむ》ったんだ。だけど……忘れられなかった。どうしても忘れられなかった。『甲州屋』でおまえに出会ったとき、おいちが帰ってきてくれたと……おれとお里のところに帰ってきてくれたと思った。お里もそうだ。お里は自分の全《すべ》てでおまえを慈《いつく》しんだ。己の命より大切に思っていたんだ。おいち、なあ、おいち、おまえはおれの子なんだ。お里がおれに遺《のこ》してくれた、たった一人の娘なんだ。おいち、それだけは、それだけは……」

松庵の手が震《ふる》える。

「そして、あたしのたった一人の姪《めい》っ子ですよ」

おうたが胸を張る。いつものおうたのきっぱりとした口調《くちょう》だった。

「おいち、あたしはね、おまえが赤の他人だなんて思ったことは一度もないよ。あたしにとって、おまえはお里の娘。だいじな妹の忘れ形見なんだよ」

「伯母さん」

「……亡くなるちょっと前だった。見舞いに来たあたしに向かって、お里はこうやって」

おうたが手を合わせる。

「拝《おが》むんだよ。お姉さん、おいちのことをお願い。あたしの代わりに、あの子を守ってやって、って。あれは母親しか言えない台詞《せりふ》だ。おいち、血なんてどうでもいいのさ。誰の腹から生まれたかじゃなくて、誰に慈しんでもらったか、よーく考えな」

「伯母さん……」

「おまえのおとっつぁんは、目の前のちょっと薄汚《うすぎたな》い貧乏医者の他には、いないんだよ」

「義姉《ねえ》さん、薄汚いってのはひど過ぎませんか」

「だって薄汚いんだもの。ねえ、親分」

「へ？　いや、内儀さん、あっしに振られても困りやす」

仙五朗がひょこりと頭を下げた。そのおどけた仕草《しぐさ》がおかしくて、おいちは笑ってしまった。

笑うと胸に空気が滑り込んでくる。

わかっていた。

誰が父なのか、誰が母なのかちゃんとわかっていた。

おいちには、思い出の中の母と、薬草の匂いを染《し》み込ませて現《うつつ》に生きている父がいる。

松庵より他に父と呼べる人はいない。

おいちは藍野《あいの》松庵の娘だった。


おうたは仙五朗と並んで菖蒲長屋を後にした。

「おいちさんがねえ……人ってのは、ほんとうにいろいろありやすね」

仙五朗がしみじみと言う。〝剃刀《かみそり》の仙〟には似つかわしくない湿《しめ》った口吻《こうふん》だった。

「ほんとにね。でも、あたしが思っていた以上に、あの娘《こ》、しっかりしてましたよ。ほんとうのこと知ったら、もう少し取り乱すかと思ったけど」

「おいちさんは、しっかり者でやすよ。自分の行く道をちゃんと見据《みす》えてやすからね。そういう人間はめったなことじゃ、乱れねえもんだ」

「自分の行く道ね……。親分さん、あの娘は父親と同じ医者になるんですかね」

「そう思いやす。きっと、良い医者になるでしょうよ。貝弦なんかとはまったく逆の、人を生かす先生にね」

「そうでしょうかねえ。あたしは、おいちの花嫁姿だけを楽しみに生きてきたのに」

「そうでやすか、内儀さん」

「え？」

「内儀さんには、おいちさんの行く末がちゃんと見えてるんじゃないですか。白無《しろむ》垢《く》の花嫁姿じゃなく、女の医者として働いている藍野いち先生の姿が、ね」

「まあ、親分さんたら」

仙五朗を軽く睨《にら》む。

そっと下腹《したはら》に手をやる。

そこにはまだ、痼《しこり》があった。

ここをおいちが治療してくれる日がくるのだろうか。

時折《ときおり》、襲《おそ》ってくる鈍痛《どんつう》や倦怠感《けんたいかん》をおいちが取り除いてくれるときが、来るだろうか。

医師、藍野いちと申します。

背筋を伸ばし、凛《りん》と立つおいちが見える。

仙五朗に言われるまでもなく、おうたにははっきりと見えていた。

お里、それでいいかい。あんたの娘がそんな生き方を選んでも、かまわないかい。

おうたは空を見上げる。

お里の笑顔が雲の合間《あいま》に、覗いた気がした。

十斗が長崎へと旅立ったのは、江戸に初雪が舞った翌日だった。

「お気をつけて、行ってらっしゃいませ」

品川宿《しながわじゅく》から海路を行くという十斗を、日本橋の袂まで見送り、おいちは深く辞《じ》儀《ぎ》をした。

「行ってまいります。しっかり励《はげ》み、一人前の医者として江戸に帰ってきます」

「はい。そのときは一番に、菖蒲長屋に寄ってくださいね」

お兄さま。

喉元《のどもと》まで出かかった一言《ひとこと》を呑《の》み下《くだ》す。

十斗も何か言いかけた口をつぐんだ。

いつか兄妹と名乗る日がくるのかどうか。おいちにはわからない。今がその時でないことだけは、わかる。

「お松さんは、もうすっかり元気に?」

「はい。今は『小峯屋』で働いています」

お松の父、友蔵《ともぞう》の借金は『小峯屋』が肩代わりをしてくれた。その返済のために、お松は向こう五年間、無給で働くのだ。むろん、お安《やす》やお元が、お松を邪険《じゃけん》に扱うわけがない。幾らかの給金は渡してくれるだろう。それでも、お松たちの暮らし、境遇《きょうぐう》が苦しいのは変わらない。

事件は解決したけれど、誰もが幸せな結末を迎えたわけではないのだ。

だけど生きているんだ。

あたしもお松ちゃんも。

そうだよね、おふねちゃん。

「おいちさん」

「はい」

「おいちさんは、これから江戸でどう暮らしていくんですか」

「あたしは……今まで通りです」

藍野松庵の娘として生きていく。

松庵の傍《かたわ》らで学びながら、いつか一人前の医者になってみせる。

十斗は暫《しばら》くおいちを見詰めた。おいちも見詰め返す。

「おいちさん。いずれ、また……」

「はい。いずれまた、お会いしましょう」

十斗は一礼し、おいちに背を向けた。

おいちは佇《たたず》んだまま、遠ざかる若者を見送る。その姿はすぐに人込みに紛れ、見えなくなった。

「ぎゃあっ」

悲鳴が起きる。

振り返ると、四、五歳の男の子が額《ひたい》から血を流して転がっていた。荷車《にぐるま》に跳《は》ね飛ばされたらしい。

「きゃあ、ひで坊。ひで坊」

母親らしい女が髪を振り乱し、男の子を抱える。

「誰か、誰か、お医者さまをっ」

おいちは細紐《ほそひも》を取り出すと、手早く袖を絞《しぼ》った。

「動かさないで。頭を打ってるかもしれません」

母親がおいちを見上げる。

顔色が真《ま》っ青《さお》だった。

「だいじょうぶです。任《まか》せてください」

おいちは、母親に向かって力強く告げた。

〈了〉

解　説――死んだ友の想いを叶えるために

小松エメル

六年半前の桜舞う季節、私は作家になるべく、文学賞への応募を考えました。公募雑誌との睨《にら》み合いが続いたある日、これだ！　と思う賞を見つけました。

ジャイブ小説大賞――選考委員　あさのあつこ
（この賞に出せば、あさのさんに読んでもらえる！）

あまりにも短絡的な理由でしたが、その呑気《のんき》さが功を奏したのかもしれません。その時書いて応募した小説は、大賞を受賞しました。あさのさんに読んでいただけて、作家になれた！　――そう喜んだのは、一瞬でした。

受賞作が出版されるまで、一年半もかかってしまったのです。私の力量不足が原因でしたが、当時は（どうして上手《うま》くいかないのだろう）と悩みました。そんな時、いつも心の支えとなった言葉があります。

――借り物ではない強さがあります。

私は弱い人間です。でも、あさのさんがそうおっしゃってくださるなら、きっと強い部分もあるんだ、強くなろう、と思えました。

言葉というのは、不思議なものです。何気ない一言が人を救い、その逆に傷つけてしまう。たった一言で、人生そのものが変わってしまうこともあります。昔の人が「言霊《ことだま》」と表したように、言葉には強い力があるのでしょう。

前作『おいち不思議がたり』に続く、本作『桜舞う』を読み、ますますそれを実感しました。

主人公のおいちは、花の盛りの十七歳――もっとも、江戸の当時では、あと一年もすれば、娘と呼ばれなくなる微妙な年頃です。おいちは、深川六間堀町《ふかがわろつけんぼりちょう》の菖蒲《しょうぶ》長屋で、町医者である松庵《しょうあん》と二人で暮らしています。父子共に日々治療にあたっていますが、暮らしぶりは決して裕福ではありません。貧乏――と言い切ってしまうのが心苦しいのは、おいちがとても健気《けなげ》で明るい少女だからです。

彼女を男手一つで育てた松庵も、素敵な人です。飄々《ひょうひょう》としていて摑《つか》みどころがなく、人を縫《ぬ》うのが楽しくて、思わず笑みを浮かべてしまうような変わったところもありますが、情に厚く、包み込むような温かさを持っています。

そんな父子の周《まわ》りには、やはり自然と魅力的な人々が集まるものなのでしょう。

口が達者で、少々やかましい伯母《おば》のおうたは、おいちを実の娘のように可愛がり、松庵を叱咤激励《しったげきれい》して、二人を支えています。『剃刀の仙《かみそりのせん》』との異名を持つ岡っ引の仙五朗《せんごろう》は、おいちの才を見抜き、事が起きるたび、おいちの無理な願いを聞いてくれる、頼もしき協力者。腕のいい飾り職人の新吉《しんきち》は、松庵とおいちに助けられたことをずっと忘れずにいる、義理堅《がた》い青年です。もっとも、その義理の中には、他の想《おも》いも多分に含まれているのですが……。

前作で登場した彼らは、私たち読者をこの作品世界に誘《いざな》ってくれましたが、本作で登場した面々も、更《さら》に深く引き込んでくれました。

おいちの幼馴染《おさななじみ》のお松《まつ》とおふね――母親がおらず、幼い妹たちの面倒を一身に引き受けている経師屋《きょうじや》の娘と、三代続く呉服屋『小峯屋《こみねや》』の箱入り娘。出自も見《み》目《め》も性格も正反対の二人は、おいちの大事な親友です。仲が良い三人は、連れだって花見に出かけたこともありました。

――桜って、なぜか怖《こわ》いよねえ。

そう言ったおふねに、お松は「なんで？」と問います。おふねは桜が綺麗《きれい》すぎて怖いと思ったらしいのですが、お松は桜が綺麗だから、皆で花見に来た。だから、桜が綺麗なのは当然だ、と考えているのです。

――怖いかもしれないね。

おいちの答えは、おふねに近いものでしたが、発想はまるで違いました。桜の樹《き》の下に半刻《はんとき》も横たわっていれば、花弁に埋《う》まってしまう、などと考えたのです。

少女たちは同じ桜を見つめて違う想いを抱きますが、笑って、楽しい時を過ごしました。意見が違っても気にせず、腹が立つことがあっても、許せてしまう。そんな友情を育《はぐく》んでいたのです。想い合っているからこそ、胸に秘めていることもありました。おいちの場合は、己《おのれ》が持つ、ある力についてです。

――助けて、誰か……助けて……。

おいちには、死者の声が聞こえるという不思議な力があります。前作でも、おいちは死者の声に導かれ、ある事件に深く関わりました。しかし、今回聞こえてきたのは、まだ生きている親友の声でした。

――おいちちゃん。

――苦しいよ、助けてよ。

――早く……来て、早く……。

冒頭で、おいちは必死に駆けています。転《ころ》んで足から血を流しても、破落戸《ごろつき》に絡《から》まれても、足を止めることはありません。目的の場所に着いてからも、おいちは懸命でした。目の前に、命の灯《ともしび》が消えかけている親友がいたからです。おいちは何としても彼女を助けたいと願いましたが、残念ながら叶《かな》いませんでした。親友は、胸に秘めていたある事実を告げて、息を引き取ってしまいます。

――桜の樹の下らしい。暗くてよく見えない。

――闇の中で咲き、散る桜花。その花弁がおふねの髪に降りかかる。

家に帰って大泣きしたおいちは、そのまま眠ってしまい、夢を見ました。春に三人で行ったお花見の場所だったのでしょうか。闇の中にあっては、判別がつきません。夢の中に出てきた親友は、先立ってしまったことを謝《あやま》り、おいちを気に掛けます。死んでも優《やさ》しい彼女に、こちらまで涙が浮かんできます。

――おいちちゃん、あのね……。

彼女が何事か言いかけた時、おいちは夢から目覚《めざ》めてしまいました。親友が本当に伝えたかった言葉は何なのか――おいちは死んでしまった親友の想いを叶えるために、またしても事件の中に身を投じていきます。

その中で重要な役割を果たすのが、今回登場する田澄十斗《たずみじっと》という青年医師です。颯爽《さっそう》と現れた彼は、敵か味方か――そのどちらでもないのか？　私たち読者は、彼への見方を決めかねながら、読み進めることでしょう。同じ青年でも、新吉とはまるで性質が異なります。新吉はそこにいるだけでほっとするのですが、十斗はその逆で、そわそわと落ち着かない気持ちになります。どうやら、おいちも同じ気持ちを抱くようですが、果たしてその気持ちは何なのか？　医術で人を助けることしか興味がなかったおいちが、はじめて人を恋しく想うことについて考えを巡《めぐ》らすのも、この作品の楽しみだと思います。

本作は前作にも増して、ミステリー独特の緊張感に満ちています。そして、ミステリー要素を抜きにしても、そうした空気がある気がします。主人公が愛らしい少女であるにもかかわらず、ぞくり、とする瞬間や、ハッとするような厳しさがあるのです。暖かな部屋でぬくぬくしていたら、いきなり寒風が吹く外に放り出された、というような感覚でしょうか。あさのさんの作品を読んでいると、時折《ときおり》そうしたことを感じます。あさのさんの現実を見つめる厳しい視線が、私はとても好きです。

現実は、楽しいことや嬉《うれ》しいことばかりではありません。辛《つら》くて、哀《かな》しい日々の積み重ね――というのは言い過ぎかもしれませんが、厳しいことの方が多いと思います。それでも、生きていかねばならない。人はいつ死ぬか分かりません。だからこそ、精一杯生きていかねば、と思うのです。

私は三十歳ですが、寿命は何年かなと考えます。死ぬまでに何作書けるか、会心の出来と胸を張れる話を作れるのか――そんなことをつらつらと考えては、こっそり笑います。人生は、何が起こるか分からないのだから、考えたってしようがないと我に返るからです。

それでも、やはり先のことを考えてしまうもの。おいちも、己の先を考えています。医者として生きることは無理なのだろうか、ということです。それは前作でもちらりと垣間《かいま》見えた悩みでしたが、本作では更《さら》に深く考えています。

――どうして、あたしはできないいんだろう。

――ほんとうに、あたしには無理なんだろうか。

自問自答しても答えは出ませんが、何度も考えてしまう。それくらい、おいちは医者になりたくて堪《たま》らないのです。何より、自分が想うように生きたいのでしょう。私もそうです。良い小説が書きたい、作家として生き続けたい。他の生き方を否定するのではなく、自分のやりたいことをやって、これと決めた道を進む――おいちもそう考えているのかなと、読んでいて深く共感しました。

私の人生がどうなるか分からないように、おいちの人生も、どうなるのか分かりません。この先も死者の声を聞き、誰かを助けるために奮闘するのでしょうか？　それとも、その声がすっかり聞こえなくなって、不思議なこととお別れするのでしょうか？　医者を目指して突き進むのか、愛《いと》しい人と所帯を持つのか――あさのさんしか知らない物語の続きを、私は考えてしまいます。そこで、考えたってしようがないのだとまた我に返るのですが、代わりにこんな思いが浮かんできます。

おいちの歩む道が、たとえ暗闇の中にあったとしても、一筋の光が照らしてくれますように。それがおいちにとっての希望でありますように――。

おいちの幸せを願いつつ、次巻を楽しみに、本当に楽しみに待ちたいと思います。

（作家）

この作品は、二〇一二年三月にＰＨＰ研究所より刊行された。

著者紹介

あさの あつこ

1954年（昭和29年）、岡山県生まれ。青山学院大学文学部卒業。小学校の臨時教師を経て、作家デビュー。
『バッテリー』で野間児童文芸賞、『バッテリーⅡ』で日本児童文学者協会賞、『バッテリーⅠ～Ⅵ』で小学館児童出版文化賞、『たまゆら』で島清恋愛文学賞を受賞。著書は、現代ものに、『The MANZAI』『NO.6』『ガールズ・ブルー』、時代ものに、「おいち不思議がたり」「弥勒の月」「燦」のシリーズ、『待ってる』『花宴』『かわうそ』など。メッセージブックとして、『なによりも大切なこと』がある。

ＰＨＰ文芸文庫　桜舞う
おいち不思議がたり

2015年２月27日　第１版第１刷

著者　あさの　あつこ
発行者　小林成彦
発行所　株式会社ＰＨＰ研究所
東京本部　〒102-8331　千代田区一番町21
文藝出版部　☎03-3239-6251（編集）
普及一部　☎03-3239-6233（販売）
京都本部　〒601-8411　京都市南区西九条北ノ内町11
PHP INTERFACE　http://www.php.co.jp/
組版　朝日メディアインターナショナル株式会社
印刷所　共同印刷株式会社
製本所　株式会社大進堂

ISBN978-4-569-76303-3

PHP文芸文庫

おいち不思議がたり

あさのあつこ 著

舞台は江戸。この世に思いを残して死んだ人の姿が見える「不思議な能力」を持つ少女おいちの、悩みと成長を描いたエンターテイメント。

定価 本体五九〇円（税別）